GÉRARD DE VILLIERS

SAS

VENGEZ LE VOL 800

EDITIONS
GERARD de VILLIERS

DU MÊME AUTEUR AUX PRESSES DE LA CITÉ

N° 1 S.A.S. À ISTANBUL
N° 2 S.A.S. CONTRE C.I.A.
N° 3 S.A.S. OPÉRATION APOCALYPSE
N° 4 SAMBA POUR S.A.S.
N° 5 S.A.S. RENDEZ-VOUS À SAN FRANCISCO
N° 6 S.A.S. DOSSIER KENNEDY
N° 7 S.A.S. BROIE DU NOIR
N° 8 S.A.S. AUX CARAÏBES
N° 9 S.A.S. À L'OUEST DE JÉRUSALEM
N° 10 S.A.S. L'OR DE LA RIVIÈRE KWAÏ
N° 11 S.A.S. MAGIE NOIRE À NEW YORK
N° 12 S.A.S. LES TROIS VEUVES DE HONG-KONG
N° 13 S.A.S. L'ABOMINABLE SIRÈNE
N° 14 S.A.S. LES PENDUS DE BAGDAD
N° 15 S.A.S. LA PANTHÈRE D'HOLLYWOOD
N° 16 S.A.S. ESCALE À PAGO-PAGO
N° 17 S.A.S. AMOK À BALI
N° 18 S.A.S. QUE VIVA GUEVARA
N° 19 S.A.S. CYCLONE À L'ONU
N° 20 S.A.S. MISSION À SAÏGON
N° 21 S.A.S. LE BAL DE LA COMTESSE ADLER
N° 22 S.A.S. LES PARIAS DE CEYLAN
N° 23 S.A.S. MASSACRE À AMMAN
N° 24 S.A.S. REQUIEM POUR TONTONS MACOUTES
N° 25 S.A.S. L'HOMME DE KABUL
N° 26 S.A.S. MORT À BEYROUTH
N° 27 S.A.S. SAFARI À LA PAZ
N° 28 S.A.S. L'HÉROÏNE DE VIENTIANE
N° 29 S.A.S. BERLIN CHECK POINT CHARLIE
N° 30 S.A.S. MOURIR POUR ZANZIBAR
N° 31 S.A.S. L'ANGE DE MONTEVIDEO
N° 32 S.A.S. MURDER INC. LAS VEGAS
N° 33 S.A.S. RENDEZ-VOUS À BORIS GLEB
N° 34 S.A.S. KILL HENRY KISSINGER !
N° 35 S.A.S. ROULETTE CAMBODGIENNE
N° 36 S.A.S. FURIE À BELFAST
N° 37 S.A.S. GUÊPIER EN ANGOLA
N° 38 S.A.S. LES OTAGES DE TOKYO
N° 39 S.A.S. L'ORDRE RÈGNE À SANTIAGO
N° 40 S.A.S. LES SORCIERS DU TAGE
N° 41 S.A.S. EMBARGO
N° 42 S.A.S. LE DISPARU DE SINGAPOUR
N° 43 S.A.S. COMPTE À REBOURS EN RHODÉSIE
N° 44 S.A.S. MEURTRE À ATHÈNES
N° 45 S.A.S. LE TRÉSOR DU NÉGUS
N° 46 S.A.S. PROTECTION POUR TEDDY BEAR
N° 47 S.A.S. MISSION IMPOSSIBLE EN SOMALIE
N° 48 S.A.S. MARATHON À SPANISH HARLEM
N° 49 S.A.S. NAUFRAGE AUX SEYCHELLES
N° 50 S.A.S. LE PRINTEMPS DE VARSOVIE
N° 51 S.A.S. LE GARDIEN D'ISRAËL
N° 52 S.A.S. PANIQUE AU ZAÏRE
N° 53 S.A.S. CROISADE À MANAGUA
N° 54 S.A.S. VOIR MALTE ET MOURIR
N° 55 S.A.S. SHANGHAÏ EXPRESS
N° 56 S.A.S. OPÉRATION MATADOR
N° 57 S.A.S. DUEL À BARRANQUILLA
N° 58 S.A.S. PIÈGE À BUDAPEST
N° 59 S.A.S. CARNAGE À ABU DHABI
N° 60 S.A.S. TERREUR À SAN SALVADOR
N° 61 S.A.S. LE COMPLOT DU CAIRE
N° 62 S.A.S. VENGEANCE ROMAINE
N° 63 S.A.S. DES ARMES POUR KHARTOUM
N° 64 S.A.S. TORNADE SUR MANILLE
N° 65 S.A.S. LE FUGITIF DE HAMBOURG
N° 66 S.A.S. OBJECTIF REAGAN
N° 67 S.A.S. ROUGE GRENADE
N° 68 S.A.S. COMMANDO SUR TUNIS
N° 69 S.A.S. LE TUEUR DE MIAMI

N° 70 S.A.S. LA FILIÈRE BULGARE
N° 71 S.A.S. AVENTURE AU SURINAM
N° 72 S.A.S. EMBUSCADE À LA KHYBER PASS
N° 73 S.A.S. LE VOL 007 NE RÉPOND PLUS
N° 74 S.A.S. LES FOUS DE BAALBEK
N° 75 S.A.S. LES ENRAGÉS D'AMSTERDAM
N° 76 S.A.S. PUTSCH À OUAGADOUGOU
N° 77 S.A.S. LA BLONDE DE PRÉTORIA
N° 78 S.A.S. LA VEUVE DE L'AYATOLLAH
N° 79 S.A.S. CHASSE À L'HOMME AU PÉROU
N° 80 S.A.S. L'AFFAIRE KIRSANOV
N° 81 S.A.S. MORT A GANDHI
N° 82 S.A.S. DANSE MACABRE À BELGRADE
N° 83 S.A.S. COUP D'ÉTAT AU YEMEN
N° 84 S.A.S. LE PLAN NASSER
N° 85 S.A.S. EMBROUILLES À PANAMA
N° 86 S.A.S. LA MADONE DE STOCKHOLM
N° 87 S.A.S. L'OTAGE D'OMAN
N° 88 S.A.S. ESCALE À GIBRALTAR

L'IRRÉSISTIBLE ASCENSION DE MOHAMMAD REZA, SHAH D'IRAN
LA CHINE S'ÉVEILLE
LA CUISINE APHRODISIAQUE DE S.A.S.
PAPILLON ÉPINGLÉ
LES DOSSIERS SECRETS DE LA BRIGADE MONDAINE
LES DOSSIERS ROSES DE LA BRIGADE MONDAINE

AUX ÉDITIONS DU ROCHER

LA MORT AUX CHATS
LES SOUCIS DE SI-SIOU

AUX ÉDITIONS GÉRARD DE VILLIERS

N° 89 S.A.S. AVENTURE EN SIERRA LEONE
N° 90 S.A.S. LA TAUPE DE LANGLEY
N° 91 S.A.S. LES AMAZONES DE PYONGYANG
N° 92 S.A.S. LES TUEURS DE BRUXELLES
N° 93 S.A.S. VISA POUR CUBA
N° 94 S.A.S. ARNAQUE À BRUNEI
N° 95 S.A.S. LOI MARTIALE À KABOUL
N° 96 S.A.S. L'INCONNU DE LENINGRAD
N° 97 S.A.S. CAUCHEMAR EN COLOMBIE
N° 98 S.A.S. CROISADE EN BIRMANIE
N° 99 S.A.S. MISSION À MOSCOU
N° 100 S.A.S. LES CANONS DE BAGDAD
N° 101 S.A.S. LA PISTE DE BRAZZAVILLE
N° 102 S.A.S. LA SOLUTION ROUGE
N° 103 S.A.S. LA VENGEANCE DE SADDAM HUSSEIN
N° 104 S.A.S. MANIP À ZAGREB
N° 105 S.A.S. KGB CONTRE KGB
N° 106 S.A.S. LE DISPARU DES CANARIES
N° 107 S.A.S. ALERTE AU PLUTONIUM
N° 108 S.A.S. COUP D'ÉTAT À TRIPOLI
N° 109 S.A.S. MISSION SARAJEVO
N° 110 S.A.S. TUEZ RIGOBERTA MENCHU
N° 111 S.A.S. AU NOM D'ALLAH
N° 112 S.A.S. VENGEANCE À BEYROUTH
N° 113 S.A.S. LES TROMPETTES DE JÉRICHO
N° 114 S.A.S. L'OR DE MOSCOU
N° 115 S.A.S. LES CROISÉS DE L'APARTHEID
N° 116 S.A.S. LA TRAQUE CARLOS
N° 117 S.A.S. TUERIE À MARRAKECH
N° 118 S.A.S. L'OTAGE DU TRIANGLE D'OR
N° 119 S.A.S. LE CARTEL DE SÉBASTOPOL
N° 120 S.A.S. RAMENEZ-MOI LA TÊTE D'EL COYOTE
N° 121 S.A.S. LA RÉSOLUTION 687
N° 122 S.A.S. OPÉRATION LUCIFER
N° 123 S.A.S. VENGEANCE TCHÉTCHÈNE
N° 124 S.A.S. TU TUERAS TON PROCHAIN

LE GUIDE S.A.S. 1989

Photo de la couverture : Michael MOORE
Arme fournie par : armurerie COURTY ET FILS, à Paris
Maquillage : Agnès BRAS

ISBN : 2-7386-5843-1

ISSN : 0295-7604

PROLOGUE

Il était 20 h 48. Ruth Brooks lâcha enfin la main de son mari, Edwin. Le vol 800 de la TWA à destination de Paris qui avait décollé quarante-six minutes plus tôt de l'aéroport John Fitzgerald Kennedy de New York venait d'atteindre l'altitude de treize mille sept cents pieds. Comme ils le faisaient à chacun de leur voyage, les Brooks se tenaient la main tout le temps du décollage, et même parfois plus longtemps. Pourtant, ils étaient de vieux routiers du ciel. Vivant à Edgartown, dans le Massachusetts, ils s'évadaient régulièrement pour de longues balades à travers le monde. Ils avaient visité tous les continents, à part l'Antarctique. Mais comme ils commençaient à se faire vieux, cette escapade de Paris devait être leur dernier voyage.

Trois rangs plus loin, Larkyn Dwyer, le visage collé au hublot, n'en revenait pas de vivre son rêve. Partie le matin de New River, en Arizona, elle allait fêter le lendemain ses onze ans sous la tour Eiffel.

Au premier rang de la classe « éco », Jack O'Hara, producteur de télévision, guettait d'une oreille méfiante les changements de régime des réacteurs. Il détestait l'avion et ne l'utilisait jamais pour ses déplacements aux Etats-Unis. Seulement, son employeur, la chaîne de télévision ABC Sports, lui avait demandé d'aller couvrir le

Tour de France. Pour le décider, on lui avait offert deux billets gratuits pour sa femme Janet et sa fille Caitlen, treize ans, qui étaient, elles, folles de joie de se rendre à Paris.

Le 747 était presque plein. Beaucoup d'Américains, mais aussi des Français.

Michel Breistoff, à vingt-cinq ans, était déjà une vedette de hockey sur glace. Il regagnait Roubaix, sa ville natale, après avoir obtenu son diplôme à Harvard.

Ludovic Chamson, onze ans, rentrait chez lui à Garancières, après avoir bénéficié d'un échange de collégiens qui lui avait permis de passer quelques mois à Chicago. Il était grisé de voyager seul. Du coin de l'œil, il guettait l'équipage qui se préparait à servir le dîner. Il mourait de faim ; à Chicago on dînait plus tôt.

Dans le compartiment de première classe, on servait déjà les apéritifs. Le couple qui assurait le service avait fait des pieds et des mains pour être affecté à cette rotation. C'était leur vol fétiche : vingt et un ans plus tôt, ils s'étaient rencontrés et étaient tombés amoureux sur ce même vol 800, devenu leur trajet porte-bonheur.

Juste au-dessus d'eux, dans le cockpit, le commandant de bord, Ralph Kervorkian, venait de demander à la tour de contrôle de JFK l'autorisation de poursuivre sa montée à une vitesse de croisière de cinq cent soixante nœuds. Son mécanicien, Richard Campbell, était en train de vérifier les paramètres du vol. Pris par leurs tâches, les deux hommes n'avaient pas encore débouclé leur ceinture de sécurité. Prévu à dix-neuf heures, le décollage n'avait eu lieu qu'à 20 h 02, à cause de la saturation des pistes. Les passagers avaient sagement attendu à la porte 27 du TWA building qu'on les appelle.

Ce Boeing 747 était arrivé d'Athènes le même jour à 16 h 38. Les vérifications de routine accomplies entre les deux vols n'avaient rien décelé d'anormal, à part le remplacement d'un indicateur de pression sur le réacteur numéro 3.

Le décollage, face à l'océan, s'était effectué sans le moindre problème. Le temps était clair, les conditions météo idéales.

*
**

Il était 20 h 49.

Du vol 800 de la TWA, il ne restait qu'une mer de flammes à la surface de l'océan Atlantique, où surnageaient de pitoyables débris au large du Long Island.

Une poignée de secondes plus tôt, l'image radar du Boeing 747 de la TWA avait disparu des écrans de la tour de contrôle de JFK Airport. Des témoins, nombreux sur la plage en ce 17 juillet, avaient vu l'appareil exploser en plein vol. La partie avant du Boeing, sectionnée net, avait plongé vers l'océan comme une pierre, à trois cent cinquante kilomètres à l'heure. Le reste du fuselage et les ailes, tirés par les quatre réacteurs qui fonctionnaient encore, avaient continué à voler vingt-quatre interminables secondes avant de s'abîmer à leur tour dans la mer.

Terrifiés, impuissants, les passagers des classes « club » et « éco », plongés instantanément dans l'obscurité, assommés par l'air s'engouffrant à neuf cents à l'heure dans le fuselage éventré, vivaient leurs ultimes instants de vie. Des vies qui se terminèrent lorsque le Boeing 747 se désintégra en heurtant les vagues dans un choc effroyable.

Sur la côte du Long Island, des centaines de témoins choqués appelaient les garde-côtes, la police, les pompiers. Tous ceux qui possédaient des bateaux se lançaient vers le lieu de la catastrophe.

Les hélicoptères de la Coast Guard arrivèrent très vite. Ils ne purent que tourner au-dessus du lieu de la catastrophe. Déchirés à la pensée des deux cent trente occupants du Boeing 747 dont les corps déchiquetés gisaient désormais par trente-cinq mètres de fond.

CHAPITRE PREMIER

Un soleil écrasant, inhumain, tombait à la verticale sur les larges dalles de l'esplanade située entre la partie sud de la grande mosquée du roi Fahd et la vieille forteresse. A Ryad, jusqu'en septembre, la température ne descendait jamais en dessous de 45 degrés à l'ombre. En plein soleil, il devait faire plus de 55 degrés...

Des palmiers rachitiques arrosés à prix d'or encerclaient la place, mais ne parvenaient pas à lui donner un aspect engageant.

La grande prière du vendredi était terminée depuis une vingtaine de minutes et pourtant les fidèles sortis de la mosquée ne s'étaient pas dispersés, en dépit de la chaleur effroyable. Au contraire, ils avaient été rejoints par une foule de non-Saoudiens – Philippins, Pakistanais, Jordaniens, Yéménites – employés dans le royaume à la plupart des basses besognes. Les vrais Saoudiens drapés dans leur *thaub,* grande robe d'un blanc immaculé, tentaient de leur mieux d'éviter leur contact impur autant que plébéien.

Soudain, des policiers saoudiens en kaki prirent position en face de la mosquée, délimitant un espace pavé d'environ cinq cents mètres carrés et repoussant la foule qui comptait maintenant plusieurs centaines de personnes. La place était noire de monde. Pas plus grande que la place Vendôme, elle était vite remplie.

En dépit de la température de four, personne ne bougeait, personne ne parlait.

On attendait stoïquement le « spectacle ».

Les exécutions capitales n'étaient jamais annoncées par la presse. Pourtant, un mystérieux bouche à oreille répandait la nouvelle comme une traînée de poudre et, dès le lever du soleil, les habitants de Ryad, diplomates, expatriés, travailleurs immigrés, et bien sûr Saoudiens, savaient que la justice allait passer.

On n'interdisait pas d'assister aux exécutions, on n'y encourageait pas non plus. Comme si c'était en soi une affaire sans importance. Pourtant, il y avait toujours foule, des badauds poussés par une curiosité morbide. Il n'y avait plus beaucoup de pays où les exécutions capitales se déroulaient en public...

Soudain, le silence sembla plus pesant. Un fourgon bleu venait de surgir d'une rue latérale, et, traversant le cordon des policiers, de s'arrêter juste en face de la mosquée. Ses portes arrière s'ouvrirent. Il en descendit quatre jeunes gens hagards, les mains liées derrière le dos, vêtus de polos et de blue-jeans. Aucun n'était rasé et leurs yeux étaient si enfoncés dans leur orbite qu'ils semblaient rentrés dans leur crâne.

Les policiers les firent s'aligner face à la mosquée, tournant le dos à la foule.

Derrière le fourgon, venait une voiture blanche, une grosse américaine. Il en sortit quatre hommes en *thaub,* le visage grave, le regard protégé par des lunettes noires.

L'un d'entre eux, un porte-documents à la main, pénétra dans la mosquée, tandis que les autres restaient à côté des condamnés. Ceux-ci étaient aussi immobiles que ceux qui étaient venus assister à leur exécution. Pas un geste de révolte, pas un mot, pas un cri. La tête inclinée en avant, ils semblaient prier.

La voix caverneuse sortant des puissants haut-parleurs de la mosquée du roi Fahd rompit le silence absolu et la foule fut parcourue d'un frémissement imperceptible.

« Bismillah Al Rahman Al Rahim ! »

Au nom de Dieu, le Tout-Puissant, le Miséricordieux... La formule qui précédait toutes les déclarations officielles. En fait de miséricorde, il s'agissait tout simplement de la sentence, lue d'une voix monotone avec parfois des sursauts aigus, qui condamnait les quatre jeunes gens, dont les noms furent détachés avec soin, à avoir la tête tranchée par le bourreau officiel.

A cause de ses fioritures verbales, la lecture de la sentence dura plusieurs minutes, sans toutefois détailler les crimes reprochés aux coupables. Ceux-ci semblaient s'être tassés, les épaules voûtées. Le premier à gauche tremblait convulsivement, comme s'il avait été frigorifié, en dépit de la température de four.

La voix se tut brusquement, après une ultime invocation à Allah.

Le silence s'était encore épaissi.

Au moment où l'*ouléma,* docteur en théologie, qui venait de lire le jugement, ressortait de la mosquée, un homme émergea d'une seconde voiture aux vitres teintées qui s'était arrêtée à côté de la première. De haute taille, le teint très sombre, athlétique, le torse puissant moulé dans une chemise sans col recouverte d'un gilet brodé, il portait un pantalon bouffant serré à la taille et des baskets.

Le bourreau.

Il n'y en avait qu'un pour toute l'Arabie Saoudite, aussi voyageait-il beaucoup. Dans la main droite, il tenait un sabre à la lame légèrement recourbée où le soleil se reflétait, jetant des éclairs aveuglants.

A partir de ce moment, tout fut merveilleusement synchronisé.

Deux policiers saisirent le premier condamné sous les coudes et le poussèrent au milieu de l'espace découvert. Une pression sur ses épaules et il s'agenouilla docilement sur les pavés. Un des policiers murmura quelque chose à son oreille et, l'espace d'un instant, il redressa la tête, comme pour fixer le minaret de la mosquée.

Ce fut suffisant pour le bourreau.

Tenant son sabre à deux mains, il balaya l'air à l'horizontale, tranchant net la tête du jeune homme, laissant toutefois un lambeau de peau pour la retenir au corps.

Le corps et la tête heurtèrent les pavés, les inondant de sang. Déjà le second condamné était en place.

Avec la même précision sauvage, le bourreau sépara sa tête de son corps, laissant là aussi un lambeau de gorge intact. La précision d'un ordinateur... Depuis des siècles, on procédait de la sorte en Arabie Saoudite. Pas de billot. Un sabre et l'habileté d'un bourreau professionnel.

En moins de deux minutes, les corps des quatre condamnés furent tassés sur le pavé, dans une énorme mare de sang qui s'élargissait sans cesse. D'un pas calme, le bourreau regagna son véhicule, ainsi que les autres oulémas. Le fourgon démarrait déjà.

Au troisième rang des spectateurs, un homme dont les épaules dépassaient de la foule, le seul à porter un costume clair, une chemise et une cravate, le seul Occidental aussi, avait le teint crayeux et retenait une forte envie de vomir.

Craig Novack n'était pas là pour satisfaire une curiosité malsaine. Il était en service commandé, en tant que chef de station de la *Central Intelligence Agency* à Ryad. Les quatre jeunes gens qui venaient de mourir devant ses yeux avaient perdu la vie à cause de lui. Tous appartenaient à un réseau logistique travaillant pour l'opposant saoudien fondamentaliste Osama Bin Laden. Aucun n'avait de sang sur les mains, et aucune preuve matérielle ne les rattachait au groupe qui avait fait exploser un camion chargé de deux tonnes d'explosifs à la base d'Al Khobar, près de Dahran, provoquant la mort de dix-neuf militaires américains.

Normalement, ils auraient dû s'en tirer avec une peine de prison. Bien que le gouvernement saoudien n'eût aucune tendresse pour les partisans de Bin Laden, qui appelait ouvertement au renversement de la dynastie wahabite. Seulement, les Américains étaient intervenus auprès des autorités saoudiennes. Osama Bin Laden était aussi leur bête noire, depuis l'attentat d'Al Khobar qui suivait un premier attentat à Ryad qui avait coûté la vie à quatre Américains. Ils attribuaient les deux au réseau Bin Laden. Ce qui suffisait déjà à le mettre au « hit-parade » des adversaires de l'Amérique.

Et puis, il y avait eu l'explosion qui avait détruit en vol le Boeing 747 de la TWA, le 17 juillet précédent. Or, les services de renseignements américains attribuaient cet abominable attentat à Osama Bin Laden, devenu, depuis ce drame, l'ennemi numéro un à abattre. Hélas, il n'était pas facile à atteindre. D'abord, il n'y avait aucune preuve contre lui. Certes, il finançait un organisme distribuant des fonds à des groupes suspectés de terrorisme, le « Advice and Reform Committee », mais il prétendait ignorer la destination de certains fonds. Et le fait d'appeler au renversement du roi Fahd n'était pas un délit, même pour un tribunal américain.

En plus, Osama Bin Laden était insaisissable, ayant quitté le Soudan pour se réfugier en plein cœur de l'Afghanistan. Dans une zone hors de portée de la CIA ou du FBI.

Alors, pour compenser leur frustration, les Américains avaient décidé d'envoyer à Osama Bin Laden un « message ». Féroce. La condamnation à mort de quatre de ses partisans. Afin de lui faire comprendre que, où qu'il se cache, il n'échapperait pas au bras infiniment long de la colère de Washington.

Sous la pression américaine, les Saoudiens avaient fini par céder et par condamner les quatre jeunes gens à la peine capitale. La nouvelle de leur exécution parviendrait jusqu'au cœur de l'Afghanistan, et Osama Bin Laden saurait pour qui sonnait le glas...

Craig Novack joua des coudes, se frayant un chemin dans la foule qui se dispersait pour regagner sa voiture, garée un peu plus loin par son chauffeur. Encore sous le coup de l'émotion, il atteignit la Chevrolet, la chemise collée à la peau par une transpiration acide.

Son chauffeur, un jeune « Marine » au crâne presque entièrement rasé, n'osa pas lui poser de questions.

– A la maison ! lança Craig Novack.

La Chevrolet prit le chemin du nord-ouest de Ryad, le quartier où vivaient la plupart des diplomates. Craig Novack ferma les yeux, pris de tournis. Il revit le sang jaillir sous la lame du sabre et les rouvrit immédiatement, pour regarder défiler les bâtiments sans grâce du centre de Ryad. Il essayait de se persuader que ces quatre vies étaient peu de chose en regard des deux cent trente morts du vol 800 effacé du ciel en quelques secondes.

Les comptes ne seraient réglés qu'une fois le commanditaire de ce crime abominable arrêté ou exécuté. La traque était lancée et durerait aussi longtemps qu'il le faudrait.

Une musique saccadée, rythmée par des tambourins fit sursauter l'Américain. Croyant bien faire, le « Marine » avait mis la radio. Craig Novack réagit comme si une guêpe l'avait piqué.

– *Shut off that fucking music !* (1) lança-t-il, perdant ses nerfs.

Il s'aperçut que ses mains tremblaient et se hâta de les croiser, serrant ses doigts à faire blanchir ses jointures.

(1) Arrêtez cette putain de musique !

CHAPITRE II

La Rolls bleue se traînait sur l'autoroute et Malko se demandait s'il n'allait pas rater le vol Air France de 17 h 25 pour Paris, ce qui lui ferait rater également sa correspondance pour Islamabad, capitale du Pakistan. Depuis leur départ du château de Liezen, ils avaient eu le temps de vider presque entièrement la bouteille de Taittinger Comtes de Champagne rosé 1991 posée sur la tablette d'acajou avec deux flûtes. Elko Krisantem, au volant, faisait de son mieux, mais il ne pouvait pas voler au-dessus des voitures... Amusée par son énervement, Alexandra jeta un coup d'œil à sa Breitling *Callistino,* or, émeraude et diamants – un somptueux cadeau d'anniversaire de Malko – et se pencha à son oreille.

– On a encore le temps. Tu es si pressé d'aller dans ce pays pourri, alors que je reste ici ?

La pointe de sa langue s'attarda sur son lobe en un érotique petit ballet. Malko eut l'impression qu'on lui versait du plomb fondu dans les veines. Automatiquement, il posa la main sur la jupe bleue, et sentit sous ses doigts le long serpent d'une jarretière. Aussitôt, il se glissa sous le tissu, trouva le nylon soyeux, puis la chair tiède de la cuisse.

– Viens avec moi, protesta-t-il.

Alexandra fit la moue.

– Tu sais bien que c'est impossible.

Ce qu'allait faire Malko au Pakistan requérait une cotte de mailles plutôt qu'une bombe sexuelle. Lorsqu'il vit l'expression trouble des yeux rieurs, Malko se sentit gonfler comme une montgolfière... Alexandra sourit.

– On dirait que tu n'as pas envie de me quitter... C'est dommage, on n'a pas beaucoup de temps.

De nouveau, elle jeta un regard à sa Breitling *Callistino.*

– Salope ! souffla Malko.

Tout d'un coup, sa mission disparut dans un avenir très lointain. Tant pis s'il ratait son avion. Une brutale flambée de désir lui tordait le ventre. Il balaya la jupe vers le haut, découvrant les bas gris et les jarretelles blanches. Grâce à la vitre de séparation, ils se trouvaient dans un petit cocon intime. Elko Krisantem était trop stylé pour se retourner.

Alexandra arrêta les doigts de Malko en train de la violer.

– Ne m'excite pas ! Tu n'auras pas le temps de me calmer. (Elle leva les yeux sur lui.) Tu veux que...

Déjà, délicatement, elle ouvrait son zip. Malko poussa un grognement ravi et eut l'impression que ses cheveux se dressaient sur sa tête. Avec une dextérité charmante, Alexandra venait de dégager son érection pour mettre sa promesse à exécution. Le contact chaud de la bouche habile était toujours aussi merveilleux. Tranquillement, la jeune femme s'installa à plat ventre sur la banquette de cuir, sa bouche rivée à Malko. Ce dernier était au paradis. Hélas, la circulation devint plus fluide et Elko Krisantem accéléra.

Alexandra aussi. Ils parvenaient en vue de Schwechat, l'aéroport de Vienne, lorsque Malko poussa un cri étranglé. Une main crispée sur la croupe merveilleuse qui le faisait fantasmer depuis si longtemps, il se vida dans la bouche de sa fiancée. Il était temps : ils arrivaient. Alexandra se redressa, une lueur provocante dans ses superbes yeux gris, et soupira avec un sadisme raffiné.

– Quel dommage que tu t'en ailles, j'avais très envie que tu me sodomises.

Malko n'eut pas le temps de répondre. Elko lui ouvrait la portière. Alexandra acheva d'un trait la flûte de Taittinger posée sur la tablette.

– Votre Altesse risque de rater son avion, avertit le Turc.

Sans un mot, Malko entraîna Alexandra par la main, fonçant dans le vaste hall, bousculant même les gens. Laissant Elko Krisantem se charger de sa valise, il se précipita, au lieu de filer vers l'enregistrement, vers le fond de l'aérogare, là où se trouvaient les toilettes. Tirant toujours Alexandra, il entra dans la partie réservée aux hommes, et sous le regard effaré d'un Japonais en train de se soulager, il poussa Alexandra dans une des cabines et l'y suivit.

Il n'y eut aucun mot de prononcé. Alexandra, déchaînée par cette situation inattendue, soudée à Malko des épaules aux genoux, sa langue enroulée autour de ses amygdales, obtint un miracle de la nature. Au moment où un haut-parleur annonçait le départ du vol Air France pour Paris, Malko exhibait un membre triomphant. Alexandra n'eut guère le temps de l'admirer. Déjà, Malko la retournait, face à la cloison, et relevait la jupe bleue, muet d'extase devant la croupe magnifique.

Il posa son sexe directement sur l'ouverture de ses seins. Alexandra se cambra en arrière, les mains à plat sur la cloison. Du coup, Malko pénétra l'étroite porte de quelques millimètres. Le pouls à cent vingt, il saisit les hanches épanouies à deux mains et donna un formidable coup de reins, l'emmanchant d'un seul trait. Alexandra cria :

– Ah ! Tu me fais mal.

– C'est ce que tu voulais ! souffla-t-il.

Depuis longtemps, il ne l'avait sodomisée avec cette brutalité. Fiché en elle jusqu'à la garde, il sentait ses parois les plus secrètes palpiter autour de son membre. Il se retira et la viola à nouveau. Une main à plat sur le mur, la croupe rejetée en arrière, Alexandra agitait négligemment les doigts de son autre main entre ses cuisses. Cela excita encore plus Malko. Il n'entendait plus le haut-parleur appelant son vol, il ne vivait que pour la sensation merveilleuse de ce brûlant fourreau si étroit. Le sang aux tempes, il allait et venait dans cette croupe somptueuse, souhaitant que cela ne s'arrête jamais. Soudain, la voix mourante d'Alexandra expédia une formidable décharge d'adrénaline dans ses artères.

– Je vais jouir !

Il ignorait si c'était lui ou la caresse qu'elle s'administrait, mais l'effet fut immédiat. La sève monta comme un torrent et il se répandit au fond de la croupe violée avec un cri sauvage qui se confondit avec celui d'Alexandra.

Lorsqu'ils émergèrent de leur réduit, le Japonais se lavait toujours les mains d'un mouvement distrait, et ne se souciait même plus d'avoir probablement raté son avion. Tétanisé à vie. Ils récupérèrent Elko Krisantem en train de parcourir le hall, le billet de Malko à la main.

– Vite, Votre Altesse ! dit-il d'une voix suppliante, vous êtes le dernier. Ils menacent de débarquer votre valise.

Malko parcourut les couloirs comme un zombie, en ayant encore l'impression d'être enfoncé dans la croupe d'Alexandra. A peine dans le Boeing 737 d'Air France, il se fit servir une coupe de Taittinger Comtes de Champagne, blanc de blancs 1988 qu'il but d'un trait. La récréation était bien finie. Chaque fois qu'il partait en mission, il ne pouvait s'empêcher de penser qu'un jour, il reviendrait peut-être en soute, dans un cercueil plombé. Et même si la CIA lui décernait la *Distinguished Medal of Intelligence* réservée à ses héros, cela ne le ressusciterait pas. Alors, les petits plaisirs comme celui qu'il venait de s'offrir, il ne fallait pas les laisser passer.

Au Pakistan, il allait endosser son habit d'ombre et affronter les forces mauvaises qui cherchaient à semer la mort et la désolation.

*
**

Franck Capistrano fixait d'un regard absent la ligne verte des Mugalla Hills, les collines qui limitaient Islamabad au nord. A travers la baie vitrée du bureau de Joe Hickerson, le chef de station de la CIA à Islamabad, elles semblaient toutes proches. L'Américain se leva et se regarda dans un miroir entouré de bois doré et d'enluminures, cadeau d'un homologue local. Il avait une mine de chien : de grands cernes noirs sous les yeux, la peau grise, des bajoues pendantes, le regard éteint. Certes, il était arrivé de Washington le matin même. Un long voyage. Le *shuttle* de Delta Airlines, de la capitale fédérale à New York, puis le Concorde d'Air France jusqu'à Paris pour attraper sa correspondance sur PIA et débarquer à 5 h 23 du matin par une chaleur de bête. Mais le *jet lag* n'était pas responsable de son état physique. Il passa machinalement un doigt entre le col de sa chemise et son cou : il flottait dans ses vêtements. En moins de deux mois, il avait perdu près de dix kilos. Même ses voisins de Mc Lean, en Virginie, s'en étaient aperçus. On le croyait atteint d'une maladie grave. Alors que simplement, il ne mangeait plus. Lui, célèbre dans tout le staff de la Maison-Blanche pour son appétit pantagruélique, n'avalait plus qu'un hamburger de temps en temps et un verre de lait.

Lève-tôt, il s'imposait de partir à 5 h 45 de sa maison pour être une demi-heure plus tard à son bureau, situé dans le coin nord-ouest de l'aile ouest de la Maison-Blanche. Juste à l'opposé de l'*oval room* du président. *Special Advisor for National Security* à la Maison-Blanche, c'était un homme respecté et brillant, qui avait eu l'oreille de trois présidents successifs. Il avait toujours été dans le renseignement. Soit à la *Central Intelligence Agency,* où il avait créé le département antiterroriste en 1988, soit à la Maison-Blanche, pour gérer les opérations les plus secrètes, celles ordonnées directement par un *finding* du président des Etats-Unis lui-même.

Très peu de gens connaissaient la véritable cause de son état dépressif. C'est pour se guérir qu'il avait traversé la moitié du monde. Tant qu'il ne se serait pas racheté à ses propres yeux, il savait qu'il ne retrouverait pas l'appétit.

Il alla se rasseoir. Il avait laissé passer l'heure du déjeuner sans même s'en rendre compte. Une fois de plus.

*
**

La clim venait de tomber en panne et une chaleur poisseuse s'était abattue sur le club diplomatique de l'ambassade américaine d'Islamabad, le transformant en sauna. Modeste local mal éclairé où l'on ne servait qu'une nourriture spartiate, il donnait sur un jardin au gazon pelé, et n'avait guère comme avantage que de bénéficier des hauts murs protecteurs du *compound* de l'ambassade, hérissé de barbelés, de projecteurs et même de quelques miradors. Dans un pays comme le Pakistan, ce n'était pas à négliger. Quelques mois plus tôt, des malfaisants non identifiés avaient fait sauter l'ambassade d'Egypte voisine avec trois cents kilos d'explosifs, ne laissant derrière eux qu'un gigantesque tas de gravats et une vingtaine de morts.

Réaction épidermique à une extradition trop vite accordée par le gouvernement pakistanais à l'Egypte...

Malko tamponna discrètement son front avec son mouchoir. Dehors, il ne faisait que 43 degrés au soleil... Son hamburger, guère plus épais qu'une crêpe et de la couleur d'un vieil étron, ne l'inspirait pas. Il venait d'arriver après un voyage éprouvant. De Vienne à Paris et de Paris à Dubaï, après une confortable escale au *hub* de Roissy, cela avait été parfait sur Air France. Hélas, il avait mangé son pain blanc...

Douze heures d'attente à l'aéroport de Dubaï, véritable caverne d'Ali Baba pour tous les riches Arabes de la région. Sûrement le seul *free-shop* au monde où on pouvait acheter une Aston Martin DB 8 ou une Porsche Carrera...

Malko avait tué le temps en léchant les vitrines les plus prestigieuses. Il se promit de prendre au retour du caviar et du saumon fumé à la Caucasienne Petrossian, offerts à moitié prix, de la boutique au 18, avenue de Latour-Maubourg à Paris. Des bijoux à la décoration. Il était resté rêveur devant un extraordinaire lit signé Claude Dalle, recouvert de tissu Versace, avec des incrustations de glaces. Il ne manquait qu'une somptueuse créature pour parfaire le tableau. Le soir, il avait enfin embarqué sur sa correspondance, un vol PIA avec deux stops !

Il était arrivé à Islamabad à six heures du matin, hagard, réveillé sur son siège par un verset du Coran ! C'était le prélude obligé à toute journée musulmane, dans un Etat islamique pur et dur comme le Pakistan, né de la scission de l'empire des Indes, entre bouddhistes d'un côté et musulmans de l'autre. Il avait dormi au *Marriott* avant de rejoindre l'ambassade américaine.

Islamabad n'avait guère changé depuis sa dernière visite. Une ville totalement artificielle s'étirant de part et d'autre d'une interminable et pharaonesque avenue, Khyaban-E-Azam, plus connue sous le nom de *Blue Zone*. Peu de buildings, des maisons dans la verdure, des rues se coupant à angle droit, une sorte de Californie un peu pouilleuse, rongée dans la terrifiante chaleur de l'été par l'humidité. Probablement la seule capitale du monde où on pouvait chasser le sanglier et qui ne possédait pas de gare. Bâtie, comme Brasilia, pour des raisons politiques, Islamabad était jumelée à Rawalpindi, la *vraie* ville, distante d'une douzaine de kilomètres. Le quartier des ambassades ressemblait à un parc en friche où les hauts murs surmontés de barbelés de l'ambassade américaine évoquaient plus le pénitencier que le corps diplomatique.

– Vous n'avez pas faim ? demanda son vis-à-vis, Joe Hickerson, un géant aux cheveux gris en brosse, qui ressemblait à un bûcheron avec sa mâchoire carrée et ses traits rugueux.

Le chef de station de la CIA à Islamabad.

– Non, merci, dit Malko.

– OK, on va remonter. Mr Capistrano nous attend dans son bureau. Il n'avait pas faim non plus. Vous l'avez déjà rencontré ?

– Jamais, mais je le connais de réputation.

Ils regagnèrent le second étage. Le bureau de Joe Hickerson se trouvait à côté de celui de l'ambassadeur. L'Américain s'effaça pour laisser entrer Malko. Franck Capistrano vint vers lui, la main tendue.

– Content de vous voir, prince Malko. J'ai beaucoup entendu parler de vous.

Avec quelques kilos de plus, il aurait ressemblé à un « capo mafioso », avec son abondante chevelure noire, ses traits lourds, ses yeux rusés et son costume aux rayures un peu trop apparentes. Il portait en plus, à la main gauche, une lourde chevalière ornée d'un gros brillant. Les trois hommes s'assirent autour de la table basse, tandis que Joe Hickerson réclamait du café à sa secrétaire. C'est alors que Malko remarqua l'air tendu, presque hagard, du conseiller spécial de la Maison-Blanche. Ce dernier lui adressa un pâle sourire.

– OK, ne perdons pas de temps. Vous savez pourquoi vous êtes ici ?

– Non, avoua Malko.

– Vous avez entendu parler d'Osama Bin Laden ?

– Un peu.

Franck Capistrano sortit un paquet de Gauloises blondes de sa poche et en alluma une avec un briquet Zippo gravé au sigle de la Maison-Blanche.

– Bin Laden fait partie d'une grande famille saoudienne originaire du Yémen, expliqua-t-il. Sa sœur et deux de ses frères vivent toujours en Arabie Saoudite. Il a amassé une fortune considérable dans les travaux publics et l'immobilier. En 1979, il a quitté l'Arabie Saoudite pour venir ici au Pakistan, à Peshawar, combattre aux côtés des moudjahidin afghans. Au départ, il a financé et armé des combattants. Puis, il a mis la main à la pâte en devenant combattant lui-même. Il s'est distingué dans deux batailles contre les Soviétiques à Jaji et à Shaban, gagnant ainsi l'estime de tous les moudjahidin. A l'époque, je m'occupais à la *Company* de la fourniture d'armes aux moudjahidin luttant contre les Soviétiques. J'ai rencontré à plusieurs reprises Bin Laden et les gens qui l'entouraient. Une sorte de brigade internationale musulmane. Il avait une sorte de secrétaire, un certain Abdul Basin Karim. Retenez bien ce nom. Un jeune Pakistanais.

– Je note, dit Malko, intrigué.

– OK. Après le départ des Soviétiques d'Afghanistan, Bin Laden s'est trouvé en panne de Djihad, de guerre sainte. Alors il a consacré son énergie à la propagande de l'Islam fondamentaliste à travers le monde, en créant un organisme d'aide aux soldats de la Foi, le *Advice and Reform Committee*. Très vite, nous avons découvert qu'il ne finançait pas que la construction de mosquées : il versait des fonds à des groupes se livrant au terrorisme, comme le GIA algérien, le Hamas, ou les Frères musulmans égyptiens. Entre-temps, Bin Laden s'était installé au Soudan. Et, en 1991, lors de l'opération *Desert Storm* contre Saddam Hussein, il nous a déclaré la guerre.

– Officiellement ? s'étonna Malko.

Franck Capistrano inclina la tête.

– Oui. Il a annoncé que la présence américaine en Arabie Saoudite était un crime contre l'Islam et que la dynastie wahabite trahissait la *charia,* la loi du Coran. Qu'il fallait chasser les Américains et le roi Fahd.

Joe Hickerson hocha tristement la tête devant une telle abomination.

Tirant à petits coups sur sa Gauloise blonde, Franck Capistrano continua :

– Nous soupçonnons Bin Laden d'être derrière les deux attentats commis en Arabie Saoudite cette année, qui nous ont coûté vingt-quatre morts. Sans preuve, hélas. Nous avons fait pression sur les Soudanais pour qu'ils le virent. Ce qu'ils ont fait. En mai de cette année, il est allé s'installer en Afghanistan, avec sa famille.

– J'ai lu une interview de lui dans l'*Independent* de Londres, se rappela Malko.

Franck Capistrano approuva, le visage sombre.

– Ces enfoirés de « Cousins » (1) l'aiment bien. Il est venu à Londres à plusieurs reprises, ils ne nous l'ont jamais dit.

– Où se trouve-t-il en Afghanistan ?

– Pas très loin de Jallalabad, sous la protection d'anciens du groupe Sayyaf, un de ses copains fondamentalistes afghans.

– Vous voulez que j'aille le chercher ?

– Attendez ! coupa le conseiller spécial de la Maison-Blanche. Je ne vous ai pas encore dit le principal. Vous vous souvenez de l'explosion du Boeing 747 de la TWA New York-Paris, juste après son décollage, au large du Long Island, le 17 juillet dernier ?

– Evidemment.

– Deux cent trente morts, souligna, amer, Franck Capistrano. La Maison-Blanche m'a demandé de superviser l'enquête du FBI. J'ai reçu un certain nombre d'informations au fur et à mesure qu'on remontait du fond de l'océan les débris de l'appareil. L'une d'entre elles révélait qu'une explosion s'était produite à la hauteur du rang 23. Les dossiers des sièges du rang 22 étaient criblés d'éclats.

– Qui occupait ce rang ?

– Sur le trajet New York-Paris, des gens insoupçonnables. Une famille de Peoria, Illinois. Mais, après la catastrophe, je me suis fait aussi communiquer la liste des passagers se trouvant sur le vol précédent effectué par ce même Boeing 747, Athènes-New York. Le 17 juillet dernier, ce 747 est arrivé d'Athènes vers quatre heures de l'après-midi pour repartir à vingt heures vers Paris. J'ai donc fait « cribler » par les ordinateurs les passagers de ce vol. Et j'ai découvert que la place 23 K, à la droite de la cabine, était occupée par un certain Richard Smith, de nationalité britannique.

– Et alors ? demanda Malko, intrigué.

Franck Capistrano se pencha en avant, comme pour

(1) Les Services britanniques.

hypnotiser Malko, et annonça d'une voix tendue, en détachant chaque syllabe :

– Richard Smith n'existe pas ! Le passeport britannique à ce nom est un faux document, de très bonne qualité. Pour une fois, les « Cousins » ont collaboré. Ils m'ont révélé que Richard Smith était une des fausses identités d'un certain Abdul Basin Karim, fiché comme radical islamiste...

CHAPITRE III

Un silence pesant régna quelques secondes dans le bureau. Malko le rompit :

– C'est le même ?

– Oui, affirma Franck Capistrano. Nous avons comparé les empreintes.

– Qu'est-il devenu ?

Franck Capistrano eut un rictus amer.

– Il est reparti le jour de son arrivée, donc le mercredi 17 juillet, par le vol Pakistan International Airlines 722, New York-Paris-Lahore-Karachi, qui a décollé de JFK à 21 h 45, moins de deux heures après l'explosion du 747 de la TWA. Abdul Basin Karim est resté environ six heures sur le territoire américain...

– Evidemment, reconnut Malko, c'est plus que bizarre. Vous avez retrouvé sa trace ?

– Cela m'a pris du temps, reconnut Franck Capistrano. Joe m'a beaucoup aidé. Grâce à ses copains à la PIA (1), il a découvert que Abdul Basin Karim a quitté le vol 722 à Lahore. Il a pris le lendemain, vendredi, une correspondance pour Peshawar, à 20 h 35, sur le vol PIA 610. Depuis, plus de nouvelles. Enfin, jusqu'à ces jours-ci.

– Vous pensez donc, conclut Malko, qu'Abdul Basin Karim, durant le parcours Athènes-New York, a dissimulé

(1) Pakistan International Airlines.

sous son siège un engin explosif et l'a activé de façon à ce qu'il explose quelques heures plus tard ?

– Exactement.

– C'est possible ? L'engin explosif n'aurait pas été détecté à l'embarquement, ni pendant le nettoyage de l'appareil, à l'escale ?

C'est Joe Hickerson qui répondit :

– Non. Les explosifs sont indétectables, sauf par des machines hypersophistiquées. Et, durant le nettoyage aux escales, les femmes de ménage ne touchent pas aux gilets de sauvetage.

– Et le mécanisme de mise à feu ?

– Pas plus. Il n'y a pas assez de métal pour activer un portail magnétique.

– Sous quelle forme cet engin aurait-il pu être introduit à bord ? demanda Malko.

Les deux Américains se regardèrent.

– Nous n'en savons rien, avoua le chef de station de la CIA. Les terroristes ont une imagination débordante. N'importe quel objet usuel. N'oubliez pas qu'il s'agit d'une petite charge explosive.

– Cela suffit à détruire un Boeing 747 ?

Franck Capistrano eut un rictus amer.

– Le Toshiba piégé qui a fait exploser le vol 103 de la Panam au-dessus de Lockerbie ne contenait que neuf cents grammes de pentrite. La valise Samsonite du DC 10 d'UTA en transportait environ mille cinq cents grammes. Il suffit de quelques centaines de grammes, bien placées. Dans le 747, la rangée 23 se trouve juste au-dessus du réservoir central de kérosène. L'explosion de cette charge minime suffit à déclencher celle du réservoir. Ce dernier était vide, mais contenait des vapeurs de kérosène, hautement explosives.

– On a retrouvé des traces d'explosif ? interrogea Malko.

– Du PETN en très faible quantité. Le composant principal de la plupart des explosifs modernes. L'eau de mer a fait disparaître toutes traces. Et nous avons de la chance :

si le vol est parti à l'heure, il aurait explosé à plus de mille kilomètres des côtes, disparaissant sous des centaines de mètres d'eau.

– Revenons à votre suspect, reprit Malko. Vous ne l'aviez jamais revu, depuis la fin de la guerre en Afghanistan ?

– Non, répliqua Franck Capistrano. Mais le prédécesseur de Joe avait eu des contacts avec lui. Abdul Basin Karim était resté dans la mouvance fondamentaliste, voyageant entre l'Afghanistan, Peshawar et le Baloutchistan. Il avait donné quelques tuyaux.

– Comment est-il entré aux Etats-Unis ?

Franck Capistrano sembla s'affaisser. Il dit d'une voix blanche :

– Il possédait un visa B 1, indéfini, *multiple entry.* Il avait fait la demande au consulat de Peshawar. On me l'a transmise et j'ai donné mon feu vert au State Department. C'était il y a quatre ans. Abdul Basin Karim était un ancien « allié ». Certains autres Pakistanais ou Afghans ont bénéficié de facilités identiques. Pas une seconde, je n'aurais pu imaginer qu'il se trouve impliqué dans un attentat dirigé contre nos intérêts.

Un ange passa et s'enfuit, horrifié.

Le conseiller spécial de la Maison-Blanche reprit une Gauloise blonde dans son paquet et l'alluma avec son Zippo qu'il remit ensuite dans son holster de cuir. Joe Hickerson regardait le plancher. Malko imaginait ce que Franck Capistrano avait éprouvé en découvrant la présence d'Abdul Basin Karim à bord du vol Athènes-New York de la TWA. Il y avait de quoi déclencher un nouveau Watergate. Un *Special Advisor for National Security* de la Maison-Blanche facilitant l'entrée sur le territoire américain d'un terroriste venu y perpétrer un effroyable attentat... Il y avait de quoi perdre le sommeil. Comme s'il était coupable lui aussi, Joe Hickerson baissait la tête. Malko en était gêné.

– Apparemment, vous avez retrouvé Abdul Basin Karim, dit-il. Sinon, nous ne serions pas ici.

– Pas tout à fait, corrigea Joe Hickerson. Mais par un de mes *stringers*, j'ai identifié quelqu'un qui le connaît bien et peut nous aider à remonter jusqu'à lui.

– Il est au Pakistan ?

– J'en suis presque sûr. Même si rien n'a paru officiellement à son sujet, il se doute forcément qu'il est dans notre ligne de mire. En fait, nous avons diffusé un avis de recherche avec ses empreintes dans le monde entier. Sans résultat jusqu'ici.

– Il n'est pas avec Bin Laden, en Afghanistan ?

– Possible. Mais sa base a toujours été Peshawar.

Quelque chose intriguait Malko.

– Quand vous l'avez connu, demanda-t-il à Franck Capistrano, vous le considériez comme un terroriste ?

L'Américain eut un sourire amer.

– Pas du tout. A l'époque, nous étions du même bord. On luttait contre les Soviétiques. Bien sûr, tous ces types nous semblaient très exaltés, avec leur Djihad et leur volonté d'imposer un Islam radical. C'étaient des fous, mais *nos* fous. Ils prétendaient avoir de la sympathie pour nous... Hélas, les Soviétiques chassés d'Afghanistan, ils ont trouvé un nouveau combat. Leurs mollahs les ont dressés contre nous, contre les pays arabes modérés. Nous sommes cloués au pilori à cause de notre soutien à Israël, à l'Arabie Saoudite, à l'Egypte. On nous accuse d'affamer les petits enfants irakiens. Des types comme Abdul Basin Karim sont chauffés à blanc par des agitateurs. On leur explique que le Djihad permet tout. Qu'en tuant des infidèles, ils iront tout droit au paradis d'Allah. Depuis quelques années, l'Islam flambe. Regardez les types qui ont fait sauter le World Trade Center à New York : de braves gens recrutés à la sortie des mosquées, qui n'avaient jamais fait parler d'eux auparavant. Actuellement, chaque musulman radical est un terroriste en puissance. Je ne sais pas ce qui s'est passé dans la tête d'Abdul Basin Karim, et je m'en fous. Mais je veux sa tête. Je ne retrouverai le sommeil qu'après avoir vu son cadavre.

– Donc, conclut Malko, je vais traquer Abdul Basin Karim.

Franck Capistrano lui adressa un regard chargé d'une haine froide et maîtrisée.

– Je veux Karim et Bin Laden.

– Comment pouvez-vous être aussi certain qu'Osama Bin Laden est derrière cet attentat ? objecta Malko.

Franck Capistrano lui jeta un regard sans aménité.

– Abdul Basin Karim est un « troisième couteau », un simple exécutant. Il est incapable d'imaginer et de préparer un attentat de cette envergure. Bin Laden, si. Ce dernier dispose de l'argent, des contacts et des vues stratégiques qui expliquent un tel attentat. Je vous l'ai dit. Il nous a ouvertement déclaré la guerre en Arabie Saoudite. C'est la partie « ouverte » de son action. Il ne peut pas revendiquer le sabotage d'un avion civil. Personne ne l'a jamais fait, d'ailleurs. Mais je suis certain que c'est lui. C'est la raison pour laquelle j'ai tordu le bras aux Saoudiens pour qu'ils exécutent quelques-uns de ses partisans. Nous devons l'éradiquer...

Devant la conviction du *Special Advisor for National Security* de la Maison-Blanche, Malko ne put que s'incliner, objectant toutefois :

– Vous m'avez dit que Bin Laden se trouve en Afghanistan. Ce n'est pas facile d'aller le chercher là-bas. Surtout si on ne sait pas exactement où il se trouve.

Franck Capistrano se pencha vers Malko, brûlant de rage concentrée.

– Je veux que vous trouviez Karim. Et ensuite, il nous mènera à Bin Laden. Celui-ci utilise pour recevoir ses visiteurs étrangers une maison à la périphérie de Jallalabad. Ensuite, il retourne dans les montagnes de Nangabar. Nos satellites et nos informateurs n'ont pas été foutus de nous situer sa planque. Karim résoudra notre problème.

– Comment ?

– Joe vous expliquera.

Les yeux injectés de sang, il commençait à fatiguer... Il enchaîna aussitôt :

– Une fois qu'on sait où il est, on lui fait le coup qu'Eltsine a fait à Djokar Doudaiev, le leader tchétchène.

– C'est-à-dire ?

– On l'aplatit. Il y a à Peshawar une base de Mirage IV tout à fait opérationnelle.

Un ange traversa le bureau, des bombes sous les ailes.

– Les Pakistanais vont collaborer ? interrogea Malko.

Franck Capistrano sourit.

– Pas les Pakistanais, *des* Pakistanais. Toute cette opération est totalement clandestine. Je vous l'ai dit : nous n'avons aucune preuve contre Bin Laden. Mais je suis persuadé qu'il est le commanditaire de l'attentat contre le vol 800. Et même si Abdul Basin Karim collabore, nous n'aurons pas de quoi le juger devant un tribunal américain.

Ce qu'il était en train d'offrir à Malko, c'était un « contrat » en bonne et due forme, style mafia. Compte tenu du respect pointilleux du droit des Américains, c'était étonnant. Comme s'il lisait dans ses pensées, Joe Hickerson s'empressa de dire :

– Mr Capistrano a un *finding,* ordre écrit et secret concernant une opération clandestine, du président des Etats-Unis, pour cette affaire.

Sans un mot, Franck Capistrano sortit une enveloppe de sa poche et la tendit à Malko. Le document était à en-tête de la Maison-Blanche, et signé par Bill Clinton. En quelques lignes, il autorisait toutes mesures pour éliminer physiquement Osama Bin Laden. L'expression utilisée, *terminate with extreme prejudice*, était synonyme de condamnation à mort. Il y avait la signature manuscrite et le sceau personnel du président des Etats-Unis.

Malko rendit le document.

– C'est notre *fatwa* (1) à nous, fit ironiquement Franck Capistrano. Désormais, vous travaillez directement pour la Maison-Blanche. Vous devez bien entendu garder le secret absolu sur cette affaire. Les gens de Langley ne

(1) Décret religieux.

sont pas au courant. Joe vous apportera toute l'aide nécessaire.

Il jeta un coup d'œil à sa discrète Breitling *Navy Timer* en or massif et se leva, tendant la main à Malko.

– *Take care !*

– Où puis-je vous joindre ? demanda Malko.

Franck Capistrano eut un sourire las.

– Demain, à mon bureau de la Maison-Blanche, en fin d'après-midi. Je repars tout à l'heure.

Il sortit du bureau après leur avoir adressé un petit signe amical.

*
**

– Il a parcouru la moitié du globe pour passer quelques heures ici ? demanda Malko, suffoqué.

Joe Hickerson hocha la tête.

– Mr Capistrano a été bouleversé par cette histoire. C'est sa guerre. Il voulait vous montrer ce *finding* et vous voir. Afin d'être sûr que vous étiez l'homme de la situation.

– Comment peut-il le savoir ?

– Il a un très bon jugement, fit l'Américain. Je le connais bien. J'étais déjà ici quand il s'occupait des livraisons d'armes aux moudjahidin. Si vous réussissez, vous aurez un ami puissant à la Maison-Blanche.

Malko ne répondit pas. Venger les deux cent trente morts du vol 800 était déjà une motivation amplement suffisante.

– Je vais vous montrer quelques photos, proposa le chef de station.

*
**

– Vous reconnaissez Osama Bin Laden ?

Un regard rieur, un keffieh à carreaux rouges, une longue barbe effilochée, rien n'indiquait un dangereux terroriste. Plutôt un sage ouléma. Il ne fallait pas se fier aux apparences.

– Et voilà Abdul Basin Karim, annonça Joe Hickerson.

Celui-là faisait peur. Abondante chevelure noire, yeux protubérants à l'expression hallucinée, moustache et barbe taillées sur le modèle du Prophète, grosse bouche sensuelle. Très jeune, l'air intelligent et fanatique.

Des jeunes semblables, il y en avait des milliers au Pakistan.

– Où vais-je le trouver ? demanda Malko. Peshawar doit être une grande ville maintenant.

Joe Hickerson alluma une Gauloise blonde avec un Zippo gainé de cuir bordeaux aux coins usés, un modèle rarissime datant de 1951, acheté une fortune dans une vente.

– Nous avons un excellent *stringer* à Peshawar. Ralph McCarthy, un ancien de la maison. Spécialiste en pièges et explosifs. Il formait les « moudjs » pendant la guerre contre les Soviétiques. Comme il se plaisait ici, on a trouvé une combine pour qu'il reste, tout en rendant des services. Il dirige une ONG (1), financée par l'université d'Omaha : *Education Project for Afghanistan.* Excellente couverture. Il vit à University Town, juste à côté de Peshawar, et « traite » quelques « sources » pour moi. Dont un type qui s'appelle Hedjaz Rahim. Un Afghan qui a encore beaucoup de copains chez les ex-« moudjs ». Quand nous avons lancé une recherche sur Abdul Basin Karim, Ralph McCarthy est allé aux nouvelles, et il a découvert que Hedjaz Rahim et lui se connaissaient très bien. Ils ont combattu les Soviétiques dans le même groupe, celui de Sayyaf. Rahim lui a dit qu'il avait régulièrement des nouvelles de son copain, et il m'a prévenu. Voilà pourquoi vous allez filer à Peshawar.

Malko tiqua.

– Pourquoi Ralph McCarthy ne traite-t-il pas l'affaire lui-même ? Il est sur place et il a le contact.

(1) Organisation non gouvernementale.

Joe Hickerson eut un sourire onctueux.

– Ralph est en semi-retraite. Il ne veut plus faire de manips actives, juste du renseignement. Parce qu'il veut continuer à vivre à Peshawar et pas dans un bunker.

Au moins, c'était franc.

Joe Hickerson se hâta d'adoucir son avertissement.

– Ralph va vous aider, bien sûr, et vous pourrez même habiter chez lui. Il parle pachtou et dari et il vous arrangera le contact avec Hedjaz Rahim.

– Vous croyez que celui-ci sera d'accord pour me mener à Abdul Basin Karim ? demanda Malko, sceptique.

– On va lui faire une offre qu'il ne pourra pas refuser. Un visa de résident pour lui et sa famille aux Etats-Unis, et deux millions de dollars. Bien sûr, il ne touchera cette somme qu'une fois Karim hors d'état de nuire.

– Et s'il refuse ?

– Ça m'étonnerait. Il tire le diable par la queue. Ensuite, quand il a parlé de Karim, il ignorait que celui-ci était impliqué dans l'affaire du vol 800. Expliquez-lui qu'on retrouvera Karim de toute façon et que, s'il refuse de coopérer, on fera savoir que c'est lui qui l'a balancé.

Un ange traversa le bureau, écœuré. Le renseignement n'était pas *toujours* un métier de gentleman. Mais il y avait en filigrane les deux cent trente morts du vol 800. Quand on nageait dans l'horreur, il ne fallait pas avoir peur de se salir les mains. Joe Hickerson se hâta d'enchaîner :

– Vous avez une voiture et un chauffeur, un Pakistanais qui travaille depuis longtemps pour l'ambassade : Perverst. Il est chrétien, une espèce rare ici. Il vous attend en bas. J'espère que vous vous entendrez bien avec Ralph.

– Il est difficile ?

– Un peu allumé, mais sympa. J'ai aussi un petit cadeau pour vous...

Il sortit d'un tiroir un pistolet automatique aux formes anguleuses et au très long canon, au chien extérieur, et le tendit à Malko.

– Copie du Tokarev calibre 32, faite à Dara, dans la

zone tribale. Comme ici ils n'aiment pas les petites armes, par coquetterie, ils ont allongé le canon. C'est un jetable. Si vous vous en servez, vous pouvez l'abandonner ensuite. Il ne porte aucune marque, aucun numéro qui permette de remonter sa trace.

Effectivement, les contrefacteurs pakistanais avaient omis de graver sur la culasse le moindre numéro. L'Américain lui tendit aussi un téléphone portable.

– Voilà un portable Paktel. Ici, les cabines sont rares. Celui-ci est codé et vous permet de communiquer avec le mien. Sinon, les gens de l'ISI (1) sont des maniaques des écoutes. Déjà qu'ils vont vite vous repérer...

– Je croyais que vous étiez en bons termes.

Joe Hickerson sourit.

– On est copains comme la pute et son micheton... Ils prennent notre pognon, mais quand ils peuvent nous baiser discrétos, ils ne s'en privent pas. Et à Peshawar, ils sont comme des poissons dans l'eau. N'oubliez pas que ce sont eux qui ont monté les réseaux moudjahidin. Ils les connaissent tous et manipulent tout le monde. Bien sûr, quand leurs intérêts concordent avec les nôtres, ils nous aident. Sinon, ils ont tendance à tourner la tête de l'autre côté. Dans l'affaire Bin Laden, ils ne sont pas à l'aise. D'abord, parce que beaucoup d'officiers de l'ISI sont fondamentalistes comme lui. Ensuite, Abdul Basin Karim est pakistanais. Ils ne feront donc rien pour l'arrêter et l'extrader.

Malko étouffa un bâillement et consulta discrètement sa Breitling *Chronomat,* cadeau d'Alexandra. Trois heures. Il n'avait même pas le temps de faire une sieste réparatrice. Déjà, Joe Hickerson le poussait vers la porte.

– J'ai fait mettre dans le coffre de la Corolla une caisse de Defender « Cinq ans », dit-il. Ici, avec une bouteille de bon scotch, toutes les portes s'ouvrent...

Au Pakistan, pays officiellement islamiste, la vente et

(1) Inter Services Intelligence. Services de renseignements pakistanais.

la consommation d'alcool étaient interdites, sauf aux étrangers. Aussi le rêve de tout Pakistanais était-il d'approcher des diplomates, qui, eux, avaient de l'alcool.

– Supposons que je trouve Abdul Basin Karim, demanda Malko sur le pas de la porte. Vous avez prévu la suite ?

– Tout à fait, affirma l'Américain. On le kidnappe, on le met dans un endroit tranquille et on bavarde.

– On bavarde...

Un brusque éclair de férocité passa dans les yeux clairs de Joe Hickerson.

– Avec une ordure pareille, fit-il, il n'y a pas de gants à prendre. Il collaborera pour nous mener à Bin Laden. Si on commence à lui scier le cou lentement, avec une scie égoïne, ça m'étonnerait qu'il laisse entamer ses carotides... Ce genre d'individu, s'il dispose facilement de la vie des autres, aime beaucoup la sienne. Il doit savoir que dans l'Etat de New York, la peine de mort n'existe plus.

*
**

Un mur de camions bouchait l'horizon, silhouettes fantomatiques émergeant d'un nuage de gasoil. Deux roulaient dans la même direction que la Toyota de Malko, deux arrivaient de face en se doublant, le tout sur une route défoncée qui, dans un pays normal, n'aurait permis que le passage de deux véhicules de front... Impassible, Perverst accéléra, mit consciencieusement son clignotant et écrasa son klaxon à petits coups, émettant une série de jappements furieux. Malko se recroquevilla à l'arrière. Jusqu'ici, Perverst, avec ses bons gros yeux et sa grosse moustache, lui avait paru plutôt sympathique.

Il vit grandir les camions devant eux, tel un mur infranchissable.

A quelques secondes de la collision, celui qui doublait face à eux se rabattit gracieusement, laissant un passage qui semblait minuscule. Perverst s'y glissa. Pendant quelques secondes, Malko ne vit que deux murailles roulantes de part et d'autre de la Toyota. Puis, la voiture se rabattit.

Perverst ôta son clignotant avec l'assurance que donne une bonne conscience.

Devant, la route était dégagée sur cent mètres. Jusqu'au mur de camions suivant. Probablement pour se donner du courage, Perverst avait mis la radio à fond... Il aborda le dépassement suivant avec le même calme effrayant... La route Islamabad-Peshawar, c'était le *Salaire de la peur* en pire. Plus ou moins rectiligne, elle alternait les tronçons à double voie et ceux où tout le monde roulait sur le même ruban en mauvais état. Théoriquement, cela aurait dû être une autoroute. Mais, comme les Pakistanais payaient les Chinois, maîtres d'œuvre de l'ouvrage, au compte-gouttes, elle avançait par tronçons, tous les vingt kilomètres, forçant les conducteurs à un gymkhana insensé...

Maintenant, ils étaient derrière un énorme Bedford, chargé de billes de bois, l'arrière décoré d'un visage de femme plein de sensualité. Chaque camion pakistanais était une œuvre d'art. Pas un centimètre carré qui ne soit peint, décoré, enluminé. Cela devait prendre des semaines. Certains conducteurs remplaçaient les portes en tôle par du bois amoureusement sculpté. Evidemment, cela laissait peu d'argent pour les freins...

Tout en doublant, face à deux mastodontes qui fonçaient vers eux en faisant la course, Perverst se retourna.

– *Sir,* nous allons arriver à Attok.

Miraculeusement, un des camions s'effaça devant les coups de klaxon furieux du chauffeur de Malko qui remarqua d'une voix égale :

– Il faut faire attention, ils prennent beaucoup de haschisch, parfois, ils ne savent plus où ils sont...

Ils coupèrent l'Indus, qui coulait, majestueux, vers le sud. La moitié du trajet était derrière eux. Les très bons conducteurs le parcouraient en deux heures et demie, les autres en quatre. Le record absolu était détenu par un diplomate français, avec deux heures dix et, il est vrai, quatre mois d'hôpital.

Il faisait nuit noire lorsqu'ils arrivèrent à Peshawar, la grande ville du Nord-Ouest, à cinquante kilomètres de l'Afghanistan. A première vue, rien n'avait changé depuis le dernier passage de Malko, douze ans plus tôt (1). A cette époque, la CIA l'avait envoyé à Peshawar afin de faire échouer une opération clandestine du KGB destinée à décapiter la résistance afghane. Il avait pu la déjouer et les « commandants » des moudjahidin lui en avaient gardé une reconnaissance émue. Particulièrement, l'homme le plus visé par le KGB en tant que dirigeant des services de renseignements de la Résistance, un certain Sayed Gul. C'était toujours le même magma de bus peints, de camions, de rickshaws, modestes triporteurs enluminés comme des autels, de charrettes à cheval, dans G. T. Road, la grande artère traversant la ville de part en part. A droite, des cinémas à la façade agressive, à gauche le vieux fort de Bala Hisar. Au croisement suivant, un policier, le visage protégé par un masque à gaz, essayait de diriger une circulation totalement anarchique. Perverst passa d'un trait, s'engageant dans Khyber Road. University Town était à trois kilomètres à l'ouest...

University Town ne comptait à l'époque que quelques maisons perdues dans un *no man's land* poussiéreux... C'était devenu une ville de plusieurs kilomètres de long, avec de longues allées bordées de maisons cachées derrière de hauts murs et des portails aveugles. Un véritable dédale. Perverst tourna à gauche, quittant Jamrud Road. La circulation était moins intense, beaucoup de 4 x 4 et de *tongas*, charrettes à chevaux servant de taxis... Ici, c'était le domaine des ONG. Les plaques se succédaient dans toutes les rues. A croire que toute la misère du monde s'était donné rendez-vous à Peshawar.

Perverst stoppa soudain devant un portail métallique gris et donna un impérieux coup de klaxon. A la lueur des phares, Malko aperçut une superbe plaque de cuivre :

(1) Voir SAS n° 72, *Embuscade à la Khyber Pass.*

University of Omaha. Education Project for Afghanistan.

Le battant s'écarta sur un barbu âgé en tenue locale coiffé d'un pancol afghan, coiffure plate en feutre, et Perverst rentra la voiture dans le jardin. La maison semblait assez grande et totalement sombre. Le chauffeur échangea quelques mots avec le vieux et annonça :

– *Mr Ralph is not there.*

Ça commençait bien ! Le vieux s'empressa pourtant, faisant traverser à Malko une véranda, puis un couloir, pour l'installer dans une pièce aux murs couverts de cartes de l'Afghanistan. L'éclairage rappelait celui d'un abri antiaérien. Malko s'assit sur une banquette si basse qu'on avait l'impression d'être assis par terre. Cela sentait la poussière et les épices. Le vieux avait disparu. Pendant plusieurs minutes, il ne se passa rien. Puis, Malko entendit un frôlement dans le couloir et une silhouette s'encadra dans la porte. Il lui fallut quelques secondes pour reconnaître une femme, un voile sur la tête, le nez chaussé de lunettes métalliques rondes à la Trotski, le corps dissimulé sous une longue *kamiz,* chemise pakistanaise, et un *charouar,* pantalon bouffant.

Elle se débarrassa de son voile et il put voir des cheveux auburn, courts et bouclés. Le visage était large, la bouche bien dessinée, les yeux légèrement en amande.

– Bonsoir, dit-elle en anglais. Qui êtes-vous ?

– Je m'appelle Malko Linge, je cherche Ralph McCarthy. Je viens de la part de Joe Hickerson.

– Ah, je vois, fit l'inconnue. Je suis son assistante, Dorothy O'Leary. Il n'est pas là, je pense qu'il va rentrer très tard.

Malko esquissa le geste de se lever.

– Restez, dit la jeune femme. Je vais faire du thé.

Sans attendre sa réponse, elle sortit de la pièce. Lorsqu'elle réapparut, un plateau à la main, elle était métamorphosée. Kamiz et charouar avaient fait place à un T-shirt moulant une très grosse poitrine et à une jupe à frapper d'apoplexie un *taliban* (1). Les lunettes avaient elles aussi disparu.

Dorothy O'Leary posa le plateau par terre et s'assit en tailleur sur des coussins, avant d'expliquer avec un sourire :

– Tout à l'heure, je rentrais du Sadr Bazar. Il faut se déguiser, sinon les hommes sont comme des fous. Ce sont des malades frustrés. Du sucre ?

Leurs regards se croisèrent et Malko sentit un picotement électrique remonter le long de sa colonne vertébrale. Dorothy O'Leary le regardait par en dessous, ses prunelles sombres découvrant largement le blanc de ses yeux. Un regard trouble, intense, dérangeant à cause de sa fixité, où il lut quelque chose qui lui mit le feu au ventre.

– Oui, un peu de sucre, répondit-il.

Dorothy O'Leary était en train de verser le sucre dans sa tasse lorsque la lumière s'éteignit d'un coup, plongeant la pièce dans une obscurité totale. Sa voix calme annonça :

– C'est une panne. Il y en a tout le temps.

Malko entendit la jeune femme bouger et se dit qu'elle allait chercher une bougie. Puis une main effleura son visage, légère comme celle d'un aveugle. Et presque aussitôt, une bouche se souda à la sienne avec une précision laissant supposer que Dorothy O'Leary était nyctalope. Les lèvres collées aux siennes le poussèrent en arrière, le forçant à s'allonger. Les seins lourds qu'il avait admirés sous le T-shirt s'écrasèrent contre sa poitrine et un ventre élastique se mit à danser contre le sien, bien qu'il n'y ait aucune musique dans la pièce.

(1) Extrémiste islamiste afghan.

CHAPITRE IV

Dans l'obscurité la plus totale, Dorothy O'Leary se frottait à Malko avec un objectif évident. Sans décoller sa bouche de la sienne, elle défit quelques boutons de sa chemise et il sentit ses doigts courir sur sa peau, puis s'attaquer à ses mamelons avec habileté, tandis que son autre main détachait sa ceinture.

Il ne s'était certes pas attendu à un pareil accueil. Mais la fougue de Dorothy O'Leary eut vite raison de ses hésitations. Le silence et l'obscurité de la pièce avaient quelque chose d'irréel. Hors du temps. Et quand le ciel vous envoyait un cadeau, il fallait en profiter.

La jeune femme l'avait mis à nu et le tétait comme un veau affamé. Cette caresse directe et presque brutale produisit très vite l'effet escompté. Raide comme la justice, Malko releva le T-shirt et saisit à pleines mains les gros seins, remontant jusqu'aux pointes qu'il se mit à faire rouler entre ses doigts avec une rudesse contrôlée, arrachant à sa partenaire des gémissements étouffés. Elle libéra sa bouche et lança d'une voix étranglée de plaisir :

– *Oh, yes, it's so good. Carry on. I am going to come !* (1)

Malko continua de plus belle, faisant rouler entre ses doigts les longues pointes dures, arrachant des cris étouf-

(1) Oh oui, c'est si bon ! Continue. Je vais jouir !

fés de souris à Dorothy O'Leary. Apparemment, il avait trouvé son point faible. Mais cette femelle silencieusement déchaînée lui donnait des envies de viol. Il s'arracha à la fellation qu'elle avait reprise et la poussa de façon à l'allonger sur le dos. Il allait venir sur elle lorsque la lueur jaune d'une bougie apparut dans le couloir.

L'assistante de Ralph McCarthy poussa une brève exclamation, la flamme s'immobilisa puis rebroussa chemin et ils retombèrent dans l'obscurité.

Aussitôt, la jeune femme l'attira sur elle avec la violence d'une tigresse. Elle avait eu le temps de retrousser jusqu'à ses hanches sa courte jupe et dessous, rien ne la protégeait.

Cet appel muet augmenta le désir de Malko qui glissa un genou entre les cuisses charnues. Bizarrement, il sentit une résistance ! Dorothy O'Leary lui refusait le passage. Inattendu après une telle scène de séduction. Soudain, elle murmura d'une voix pâmée :

– Salaud ! Tu me violes, tu écartes mes cuisses !

Ce n'était qu'un innocent fantasme. Dorothy ne se défendait pas vraiment, elle désirait simplement se croire violée. Malko pesa plus fort et força les cuisses à s'écarter, se glissant aussitôt entre elles. Dorothy faisait encore semblant de vouloir les refermer, mais quand elle sentit la virilité de Malko effleurer son sexe, d'un coup, ses cuisses s'ouvrirent dans un grand écart spontané et elle accueillit d'un soupir extasié le sexe s'enfonçant au fond de son ventre d'une seule poussée. Egoïstement, Malko la prit comme un soudard, l'emmanchant à grands coups de reins, jusqu'à ce qu'il explose, salué par des gémissements redoublés et de furieux coups de bassin. Puis Dorothy O'Leary s'immobilisa et dit d'une voix ravie :

– *Oh, my God ! It's so good...*

Ils se séparèrent et elle ajouta :

– Attendez, je vais chercher à boire et des cigarettes.

Malko resta où il était, ravi de cet intermède inattendu avec une parfaite inconnue. Dorothy O'Leary revint, portant un plateau sur lequel étaient posés une bougie allumée, une bouteille de Cointreau, des demi-citrons verts et des verres, un seau plein de glaçons, ainsi qu'un paquet de Gauloises blondes.

Rapidement, elle prépara deux « Caïpirinha » en versant le Cointreau sur le citron vert écrasé dans les verres.

– J'adore boire ça après avoir fait l'amour, soupira-t-elle. Mais ici, c'est une galère pour en trouver.

Elle alluma une Gauloise blonde avec le Zippo armorié en argent massif de Malko et souffla la fumée en le fixant. Elle avait rabattu sa jupe, mais sans prendre la peine de remettre son T-shirt. Comme il devait faire 25 degrés dans la pièce, ce n'était pas très gênant.

– J'adore baiser ! fit-elle. Quand je vous ai vu, avec vos yeux dorés, vous ne pouvez pas savoir l'effet que cela m'a fait. J'en avais les jambes qui tremblaient. Je ne savais pas comment faire. Heureusement, il y a eu la panne...

– Vous accueillez toujours les visiteurs de cette agréable manière ? Même sans panne ?

– Ne soyez pas méchant ! J'ai été élevée d'une façon très stricte, au Canada, à Toronto. J'ai fait l'amour pour la première fois à dix-huit ans. Mais depuis... (Elle laissa sa phrase en suspens, puis reprit :) Ici, avec cette chaleur lourde, ces hommes qui ne cessent de vous dévisager avec tellement de désir, j'ai tout le temps envie.

Elle se tut. Malko profitait de cette récréation impromptue, savourant son Cointreau « Caïpirinha ». Soudain, il leva les yeux sur Dorothy. De nouveau, elle le regardait par en dessous comme une petite salope vicieuse. Comme dans un état second, elle écrasa sa cigarette dans le cendrier, et se pencha en avant. Sa bouche se posa sur le sexe endormi de Malko. Pour un baiser chaste.

Mais, chassez le naturel... Trente secondes plus tard, Dorothy O'Leary s'était lancée dans une fellation éperdue. On n'entendait plus que le bruit humide de sa bouche coulissant le long du membre qui se réveillait peu à peu.

Malko se laissa aller. Abondance de biens ne peut nuire... Mais les dernières vingt-quatre heures avaient été bien remplies et toute la science de sa partenaire ne produisait que lentement son effet. Les yeux mi-clos, il commençait à se sentir redevenir un homme, lorsque la lumière se ralluma !

Il ouvrit complètement les yeux et son sang se figea. Un homme se tenait dans l'embrasure de la porte, le visage sévère. La quarantaine, une chevelure abondante, une tête de baroudeur. Habillé lui aussi d'une *kamiz* et d'un *charouar*. Sa main glissa dans les plis de son vêtement et reparut, tenant la crosse d'un gros pistolet automatique qu'il braqua sur le tableau vivant.

– *Son of a bitch !* lança-t-il. *You're fucking my beloved wife. I am going to blow your fucking head off !* (1)

Malko sentit le sang se retirer de son visage. De sa vie, il ne s'était trouvé dans une situation aussi embarrassante et dangereuse... Dorothy s'était redressée, et faisait face, torse nu, au nouvel arrivant.

– Ralph ! cria-t-elle d'une voix aiguë. *Please ! Don't !*

Ralph McCarthy, à un mètre de Malko, étendit le bras, visant le bas-ventre nu, relevant le chien de son arme avec un claquement plutôt sinistre.

D'une voix caverneuse, il lança :

– *Woman ! I know what I am doing !* (2)

Malko, tétanisé, regardait le trou noir du canon. C'était plutôt stupide, après avoir mené une vie comme la sienne, de périr sous les balles d'un mari jaloux, même si c'était à juste titre.

Une foule d'images se pressa dans sa tête. A commencer par celle d'Alexandra à qui il venait une fois de plus d'être infidèle. Décidément, on est toujours puni par où on a péché. Dans un sursaut de dignité, il affronta le regard furibond de son vis-à-vis.

Autant partir sur un mot d'esprit. Cela ne changerait rien à son sort.

– Le jeu en valait la chandelle, dit-il simplement.

(1) Fils de pute ! Vous baisez ma femme. Je vais vous faire éclater la tête !

(2) Je sais ce que je fais !

Quelques secondes s'écoulèrent dans un silence tendu. Malko se vida le cerveau. Se demandant ce qu'il y avait de l'autre côté. L'humanité n'avait pas fait de grands progrès depuis la nuit des temps, puisqu'on ne le savait toujours pas de façon certaine. Lui allait le savoir. Très vite.

Un énorme éclat de rire le fit sursauter. Le canon du pistolet s'abaissa, les traits sévères de Ralph McCarthy s'étaient détendus d'un coup. Il riait aux larmes. Il jeta le pistolet sur les coussins et se laissa tomber à côté de Malko, lançant d'une voix éraillée de joie :

– *My God ! I never had so much fun since my grandmother died !* (1)

Malko le fixa, abasourdi. L'Américain se retourna et lança à Dorothy O'Leary en train de remettre son T-shirt :

– Va chercher du scotch. Il faut fêter ça.

Il adressa à Malko un clin d'œil complice et lança dès que la jeune femme fut sortie de la pièce :

– Je vous ai bien eu ! Dorothy n'est pas ma femme. Juste une copine que je baise de temps en temps. Comme elle a le feu au cul, elle n'arrête pas. Moi, elle ne me fait plus bander depuis que j'ai trouvé une petite pute afghane de quinze ans qui suce comme une déesse.

– Mais d'où sort Dorothy ? demanda Malko.

– Elle travaillait dans une ONG et son contrat s'est terminé. Elle cherchait du boulot, alors je l'ai engagée. Comme assistante à tout faire, ajouta-t-il avec un rire heureux. Elle parle un peu pachtou et dari. En plus, elle connaît des tas de mecs partout. Je l'utilise comme tête chercheuse. Une femme voilée, on ne sait jamais ce qu'il y a derrière.

Dorothy O'Leary revint avec une bouteille de Defender « Cinq ans » et des verres. Ralph McCarthy les remplit et leva le sien.

– Prince Malko, bienvenue à Peshawar, un des plus

(1) Mon Dieu ! Je n'ai pas rigolé autant depuis la mort de ma grand-mère !

beaux trous du cul du monde. Dieu soit avec vous. J'ai eu Joe. Je sais ce que vous venez faire à Peshawar.

Dorothy, les yeux baissés, annonça avant de disparaître :

– Je vais préparer le dîner.

– Vous avez plaqué la *Company* ? demanda Malko.

Ralph McCarthy s'étira et se reversa une rasade de Defender « Cinq ans ». Sans glace.

– J'en avais marre de faire des conneries aux quatre coins du monde. Pendant *Desert Storm,* on m'a envoyé, en clandestin, ratisser le désert irakien. Et vous savez pourquoi ? Ces cons de Langley croyaient que les Irakiens cachaient des bases de lancement de Scud sous des mosquées gonflables ! J'ai risqué ma peau pour ce genre de connerie ! Maintenant, je suis peinard, je gagne ma vie, j'ai un beau Nissan Patrol, personne sur mon dos et je rends encore des services. A Peshawar, on peut vivre pas trop mal si on connaît.

– L'ISI sait qui vous êtes ?

– Bien sûr. De temps en temps, ils écoutent mon téléphone. Ils me surveillent un peu, mon *chowkidar* (1) travaille sûrement pour la Special Branch. Mais on a un *gentlemen's agreement* : je ne les emmerde pas, ils ne m'emmerdent pas. Et puis, on est alliés. C'est pour ça que je prends l'affaire Abdul Basin Karim-Bin Laden avec des pincettes. Je préfère que vous soyez en première ligne.

– Vous n'avez pas pu apprendre où se trouve Bin Laden ?

L'Américain eut un sourire ironique.

– Quelque part dans un rayon de cent kilomètres autour de Jallalabad. C'est dans le Kunar, mais où ? C'était une connerie de le faire partir de Khartoum. Là-bas, on aurait pu le taper, mais l'ordre de Langley n'est jamais venu.

– Vous savez, pour le vol 800 ?

– Joe m'a dit. Ces mecs nous haïssent. Ce sont des fous furieux. Ils se prennent tous pour le Prophète. Quand

(1) Gardien.

je supervisais la formation des gens d'Hekmatyar, j'en ai vu pas mal.

– Et Hedjaz Rahim ?

– Lui a les pieds sur terre. Lui aussi s'est mis dans le business des ONG. Le Djihad, c'est loin. Vous savez combien il y en a à University Town ?

– Non.

– Presque deux cents !

Il se leva, entraînant Malko jusqu'à une grande carte épinglée au mur. University Town était devenue une grande agglomération rectangulaire, délimitée au nord par Jamrud Road et au sud par le canal Warsak, et traversée par la voie unique du petit chemin de fer allant de Peshawar à Landicotal.

– Nous sommes là ! fit Ralph McCarthy en posant le doigt sur un point rouge, dans Rahman Baba Road, à l'est d'University Town.

Des dizaines de points rouges criblaient l'agglomération, chacune représentant une ONG.

– Vous savez où il se trouve ?

– Son ONG est là – il montrait un point dans Park Avenue – et il habite Hayatabad. Seulement, il est hors de question d'aller le voir. Il faut d'abord savoir s'il est ici en ce moment. Il va souvent à Quetta, dans le Baloutchistan, où il s'occupe d'un camp de réfugiés. Dorothy va se mettre en chasse.

Ralph McCarthy vida son verre et expliqua :

– Il faut faire gaffe. Il y a des centaines d'ex-moudjahidin dans le coin, qui gravitent autour des petits groupes radicaux islamistes et qui sont super-dangereux. Ils haïssent les Etats-Unis et, en général, tout ce qui n'a pas une barbe et un turban. L'université d'Islamabad est un vrai nid d'agitateurs, avec plus de sept cents étrangers venus s'endoctriner. Ici, à Peshawar, ça grouille d'agités qui ne rêvent que d'en découdre avec l'Ouest. L'ISI surveille tout ça mollement et vire les plus exaltés. Ce sont les « Afghans », les types qui ont combattu les Soviétiques en Afghanistan. Des vrais Afghans, des Pakistanais, mais aussi des musulmans de tous les pays : Egypte, Algérie, Maroc, Jordanie, Libye, Arabie Saoudite, Yémen et j'en oublie. En plus, la plupart des grandes organisations de résistance afghanes ont encore des bureaux. Gulgudin Hekmatyar est à deux rues d'ici, les *talibans,* presque en face. Ceux qui se sont fait virer comme Sayyaf ont rouvert des trucs clandestins. Je ne vous parle pas des ONG musulmanes. Tout le monde surveille tout le monde, on s'assassine, on règle des comptes, on s'agite et les Pakistanais comptent les coups... En plus, il y a la zone tribale, ajouta-t-il en se rasseyant.

– Je connais, fit Malko, j'ai failli y être tué, il y a quelques années.

– Eh bien, ça n'a pas changé. C'est le Far West, avec des portables. En plus dangereux. Du marché de Kharkano à la frontière afghane, c'est un *no man's land* où les Pachtous font la loi. Et tous les trafics possibles, de la drogue aux armes, en passant par les vélos indiens ! Alors, quand un type a des problèmes ici, il se déplace de dix kilomètres et adieu ! Chaque jour, il y a des règlements de comptes. Lisez le *Frontier Post*. Là-bas, tout le monde est armé. Officiellement. Bon. Vous devez être fatigué ?

– Je vais aller au *Pearl Continental.* J'ai vu en passant qu'il existait toujours.

Ralph McCarthy fit la moue.

– Pas gai, et puis, la Special Branch va vous repérer tout de suite. Restez ici, Dorothy s'occupera de vous...

Un ange passa, dans un halo lubrique. Ça, c'était de l'hospitalité.

– Vous êtes venu avec Perverst ? enchaîna Ralph McCarthy.

– Oui.

– Je vais l'envoyer coucher au *Green's Hotel* dans Sharan-E-Pehlvi. C'est là que je mets mes correspondants. Pour quatre cents roupies, ils lui donneront une chambre sans cafards trop gros. Nous, on va dîner. Ensuite dodo. Ici, on se couche tôt. Après dix heures, il n'y a rien à faire à Peshawar, sauf baiser, et vous avez déjà donné.

– Pourquoi y restez-vous, alors ?

Ralph McCarthy gratta son abondante tignasse avant de répondre :

– Je ne sais pas. C'est un des derniers endroits du monde vraiment bordélique ! Dans la zone tribale, on peut faire ce qu'on veut. C'est rafraîchissant. Et puis, je ne me sens pas de revenir aux States ou ailleurs. Ici, avec peu de pognon, je vis bien, je m'amuse, je baise, si j'ai envie de bon haschisch, je vais jusqu'au marché. Finalement, j'aime bien cette putain de ville qui existe depuis plus de deux mille ans. Si le Christ avait connu son existence, c'est ici qu'il serait venu naître, au lieu de ce trou perdu de Bethléem.

– *Diner is served,* cria Dorothy O'Leary du couloir.

Ralph McCarthy se leva lourdement. Avec son ventre, ses cuisses énormes et sa tête de bon vivant, il évoquait plus un épicurien qu'un barbouze...

– J'espère que vous allez réussir, lança-t-il. Ces types sont capables de faire exploser un avion plein d'innocents, de femmes et d'enfants ; ils méritent qu'on les trempe dans de l'acide et qu'on les laisse crever pendant un mois...

*
**

Par l'entrebâillement du rideau, un ciel bleu cobalt éblouit Malko qui referma les paupières avant de regarder sa Breitling *Chronomat...* sans en croire ses yeux. 11 h 10 !

Il avait dormi plus de douze heures sur un lit Picot amélioré, dans une petite pièce aux murs nus. Dans la cour, une radio jouait de la musique pakistanaise. Il se leva, passa sous une douche froide – il faisait 37 degrés dehors – et, sans se raser, partit à la découverte de la maison.

Il trouva Ralph McCarthy en train de tapoter sur un ordinateur dans un bureau où plusieurs armes pendaient à des crochets plantés dans le mur. Une vieille Kalach chinoise, une à crosse pliante et un antique riot-gun au calibre impressionnant. L'Américain leva la tête avec un sourire.

– Bien dormi ?

Il n'y avait aucune ironie dans sa voix.

– Trop.

– Pas assez. Dorothy n'est pas encore revenue. Je l'ai envoyée aux nouvelles.

– Pour Hedjaz Rahim ?

– Tout juste. Il faut être prudent.

Le vieux *chowkidar* arriva avec du *green tea* qui aurait réveillé un mort. Pour tuer le temps, Malko se mit à étudier les cartes, recensant tous les camps d'entraînement des diverses factions intégristes...

Il allait partir se raser quand une silhouette verdâtre surgit dans le bureau. Une femme enveloppée d'un chadri afghan qui la couvrait de la tête aux chevilles. Seule ouverture, une « grille » de tissu, à la hauteur des yeux.

Dorothy O'Leary fit passer son chadri par-dessus sa tête, révélant un T-shirt moulant et des jeans.

– Bon Dieu, qu'on a chaud sous ce truc ! soupira-t-elle.

Ralph McCarthy avait abandonné son ordinateur.

– Alors ? lança-t-il.

– Hedjaz Rahim est revenu de Quetta. Moksin l'a prévenu que je voulais le voir et il sera à deux heures à sa boutique.

– Comme ça, on est sûr qu'il viendra ! ricana Ralph McCarthy. La dernière fois, il a quasiment violé Dorothy, ajouta-t-il à l'adresse de Malko.

Dorothy O'Leary baissa modestement les yeux et sortit du bureau, emportant sa « tenue de combat ».

– Avec ce truc, commenta Ralph McCarthy, elle va partout sans se faire repérer. Elle se déplace en *tonga* et personne ne peut penser qu'il s'agit d'une Occidentale.

Ralph McCarthy soupira et devant l'air interrogateur de Malko, précisa :

– Vous allez au rendez-vous. Perverst vous déposera, c'est dans le Khyber Bazar, pas loin du Fort. Dans Indersher, le bazar aux bijoux. Une galerie couverte. Au milieu, vous trouverez une galerie marchande qui s'étale sur quatre étages, Shenwari Plaza. La boutique de Moksin est au troisième, numéro 23. Quand vous sortez de l'escalier, vous prenez tout droit. C'est la dernière. Il va être étonné de vous voir, mais je lui donne une bouteille de Defender « Success » par mois. Avec ça, il me mange dans la main.

– On risque de me repérer, objecta Malko.

– Aucune importance, il y a souvent des étrangers dans ce bazar. Traînez un peu le long des bijoutiers, avant. Vous êtes armé ?

– Joe m'a donné un Tokarev *made in Dara.*

Ralph McCarthy fit la grimace, puis sourit.

– Je ne suis pas sûr qu'il vous veuille du bien... Ces trucs-là, ça pète une fois sur deux. Enfin, ça fait peur aux enfants. Pour là-bas, ça suffira. On n'est pas encore au cœur du problème.

Malko écrasa un énorme moustique sur son bras. Se demandant comment Hedjaz Rahim, agent stipendié de la CIA, radical islamiste, sûrement faux-cul, allait l'accueillit. Et s'il allait le conduire à Abdul Basin Karim, l'homme soupçonné d'avoir fait exploser le vol 800 de la TWA.

CHAPITRE V

Vingt-trois siècles de crasse avaient noirci les façades du bazar des bijoutiers jusqu'à leur donner une patine uniforme en parfait accord avec l'odeur omniprésente qui flottait dans la longue galerie brillamment éclairée par les vitrines s'alignant à perte de vue : un mélange d'urine, d'ordures pourrissantes, d'épices, de saleté. Malko s'était fait déposer dans Lady Reading Hospital Road, pour continuer à pied. Comme toujours, le Khyber Bazar grouillait d'activité. Portefaix, badauds, marchands d'eau ou de thé, femmes voilées par groupes, se faufilaient dans l'étroit boyau couvert resplendissant d'or.

La caverne d'Ali Baba !

Toutes les vitrines exposaient pratiquement les mêmes bijoux : bracelets, colliers, bagues, pierres semi-précieuses, pendentifs, objets délicatement ciselés, sous un éclairage violent.

Il s'arrêta devant une boutique. Assis par terre, au fond, un gosse de douze ans soufflait dans un chalumeau à se faire péter les poumons, façonnant une boule d'or creuse. Quatre femmes voilées alignées sur les tabourets du comptoir, les bras déjà chargés de bracelets, discutaient âprement leurs futurs achats étalés sur un tapis de velours bleu. En face, des bijoutiers barbus et enturbannés promenaient des regards de rat, avides et mobiles, sur leurs clientes.

Les marchandages, furieux et interminables, duraient parfois des semaines. Ici on avait l'éternité devant soi.

Une pulpeuse brune aux yeux noircis de khôl, dont le voile avait glissé, fixa quelques secondes Malko, debout derrière la vitrine, avant de détourner son regard charbonneux. Il reprit son chemin, contournant un marchand de journaux cul-de-jatte embusqué dans une encoignure. Dans certaines boutiques sans clients, les brochettes de bijoutiers regardaient le vide, égrenant machinalement les boules d'ambre de leur mashaba.

Il aperçut enfin sur sa gauche un atrium greffé sur la galerie *Indersher.* Quatre étages de minuscules boutiques de tapis, d'antiquités, de souvenirs. Des lettres bleues délavées annonçaient Shenwari Plaza. La plupart des vitrines offraient un bric-à-brac incroyable d'objets en argent, en cuivre, tous plus hideux les uns que les autres. Un vieux enturbanné, une outre suintante à l'épaule, qui vendait de l'eau aux amibes à la tasse, essaya de l'alpaguer et il gagna en hâte l'escalier du fond, aux marches de bois si usées qu'on s'attendait à ce qu'elles s'écroulent sous votre poids.

Il arriva au troisième. Un barbu dormait la bouche ouverte, allongé sur un *charpoi* (1) branlant qui devait servir de colonie de vacances à toutes les punaises du coin. Il le contourna, suivant la galerie de gauche.

La dernière boutique était fermée, un rideau opaque empêchait de voir l'intérieur...

Malko jeta un coup d'œil à sa Breitling. 2 h 05. Il tapa à la porte. Un gosse au crâne rasé, pieds nus, surgit de la boutique voisine et l'apostropha en pachtou. Malko désigna du doigt la boutique 23.

– Moksin ?

– *Atcha* (2), dit le gosse.

Le reste fut perdu pour Malko. Par gestes, l'enfant lui fit signe d'attendre et disparut en courant. Malko s'assit

(1) Lit sommaire.
(2) Oui.

sur un banc. Il n'était pas là depuis trois minutes que surgit une vieille décharnée, le regard absent, les mains crochues, maigre comme un fantôme, drapée dans des oripeaux ne tenant que par la crasse. Sans un mot, elle se planta devant Malko, la main tendue.

Pris de pitié, il prit un billet de dix roupies et lui donna. Une voix fit derrière lui :

– *Sir, you are crazy !* (1)

Il se retourna. Un homme assez jeune, au visage rond orné d'une superbe barbe noire, le fixait en souriant, escorté par le gosse.

– Pourquoi ? demanda Malko.

Avant de répondre, l'homme ouvrit la boutique. Puis il s'effaça pour laisser entrer Malko. C'était minuscule et vide. Quatre mètres sur quatre et pas un objet, à part un classeur métallique gris et un téléphone rouge posé par terre sur la moquette. Les murs étaient tendus de velours bleu, quelques clous en dépassaient où étaient accrochés des vêtements. Et surtout, il régnait là-dedans une température de sauna !

Le barbu se hâta de mettre en route la climatisation, avant de se tourner vers Malko. Il désigna des pièces de monnaie empilées sur la clim. Des centièmes de roupies. A quarante roupies pour un dollar, des sommes infinitésimales.

– C'est cela qu'il faut donner aux mendiants, expliqua-t-il, il y en a des dizaines tous les jours. Sinon, vous allez vous ruiner !

– Vous êtes Moksin ?

– Oui.

– J'ai rendez-vous ici avec quelqu'un. A la place de miss O'Leary.

Une lueur surprise passa dans les yeux sombres du Pakistanais, mais il ne fit pas de commentaire.

– La personne n'est pas encore arrivée, fit-il. Puis-je vous demander qui vous envoie ?

(1) Monsieur, vous êtes fou !

Prudent.

– Ralph McCarthy, fit Malko.

Moksin hocha la tête, rassuré.

– Parfait. Voulez-vous un peu de thé ?

– Volontiers.

Il lança un ordre au gosse qui était entré avec eux et celui-ci détala ventre à terre. Il revint portant sur un plateau deux tasses ébréchées pleines d'un liquide jaunâtre et qui se révéla amer. La porte de la boutique s'entrouvrait toutes les deux minutes sur un mendiant. Comme un distributeur automatique, Moksin déposait quelques piécettes dans la main tendue. Finalement, il mit le verrou.

Malko, inquiet, jeta un coup d'œil discret à sa Breitling *Chronomat.* 2 h 30.

– Très belle montre, commenta Moksin.

Un coup léger évita à Malko de répondre. Le marchand se leva, comme propulsé par une fusée, entrebâilla la porte. Un homme corpulent de haute taille, vêtu à l'européenne, se glissa aussitôt dans la boutique. Avec son front et son menton fuyant, son gros nez aquilin et son regard peu assuré derrière de grosses lunettes, il fut immédiatement antipathique à Malko. Il échangea quelques mots en pachtou avec Moksin qui désigna Malko avant de dire en anglais :

– Je vous laisse.

Il partit, laissant la clef à l'intérieur. Malko se hâta de fermer, pour avoir la paix. Le nouveau venu s'était déjà assis par terre et il en fit autant. Ils se dévisagèrent quelques instants, puis l'homme dit d'une voix hésitante :

– Je pensais rencontrer miss O'Leary.

– Je travaille aussi avec Ralph McCarthy, précisa Malko. Vous êtes Hedjaz Rahim ?

– Oui.

Il frotta sa barbe.

– Personne ne vous a vu entrer ici ?

– Je ne pense pas.

Hedjaz Rahim ne cachait pas sa nervosité.

– Pourquoi vouliez-vous me rencontrer ? demanda-t-il.

– Je crois que vous connaissez un certain Abdul Basin Karim...

L'Afghan parut soulagé.

– Oui, c'est un vieil ami.

– Je voudrais que vous me le trouviez.

– Je peux essayer, mais je ne sais pas s'il acceptera de vous voir. Il est très méfiant.

– Vous lui avez parlé récemment ?

– Oui, je l'ai dit à Mr McCarthy.

– Kadim ne vous a parlé de rien de spécial ?

– Non.

– Il vous a dit où il se trouvait ?

– Non, je l'ai appelé sur un portable.

Les questions de Malko commençaient visiblement à intriguer Hedjaz Rahim, qui demanda :

– Pourquoi voulez-vous le voir ?

– Excellente question, dit Malko avec un sourire inquiétant. Avez-vous entendu parler du vol 800 de la TWA qui a explosé au départ de New York, le 17 juillet dernier ?

– Oui, bien sûr, je l'ai lu dans les journaux. Pourquoi ?

– Nous avons de très bonnes raisons de penser que votre ami Abdul Basin Karim est à l'origine de cet attentat.

Hedjaz Rahim se décomposa, comme si ses traits mous fondaient.

– Mais c'est impossible, protesta-t-il. C'est un crime horrible.

– Je ne vous le fais pas dire, souligna Malko. Vous comprenez maintenant pourquoi je cherche Abdul Basin Karim. Et pourquoi il est préférable que vous ne lui parliez pas de ma visite.

Le regard de l'Afghan dérapa. D'une voix mal assurée, il demanda :

– Qu'attendez-vous de moi ?

Il s'était mis à transpirer et ce n'était pas la chaleur.

– Que vous me disiez où il se trouve, sans l'alerter bien entendu. Afin que nous puissions agir.

– Vous allez le tuer ?

– Non, le juger.

Hedjaz Rahim semblait ne pas pouvoir détacher son regard de la moquette usée.

– Je ne sais pas si je peux le retrouver, protesta-t-il mollement. Il se déplace beaucoup. Il est très méfiant.

Malko sentit qu'il était temps de secouer sérieusement l'Afghan. Calmement, il sortit de sous sa chemise le Tokarev au long canon et le braqua sur son vis-à-vis.

– Je pourrais vous abattre tout de suite pour vous punir de protéger un terroriste, avertit-il. Parce que nous trouverons Abdul Basin Karim, avec ou sans votre aide. Je suis couvert par le gouvernement des Etats-Unis. Mais Ralph McCarthy vous aime bien.

Hedjaz Rahim fixait le long canon noir comme si c'était un cobra. Livide.

– Qu'est-ce que je dois faire ? demanda-t-il d'une voix suppliante.

Intérieurement, Malko sourit. L'Afghan ne résistait plus. Donc, après le bâton, la carotte.

– Vous me dites où se cache Abdul Basin Karim. Bien entendu sans le prévenir, et personne ne saura jamais que vous nous avez aidés. En contrepartie, vous et votre famille recevrez des visas de séjour permanent pour les Etats-Unis. Plus, lorsque tout sera terminé, une prime de deux millions de dollars, ainsi qu'une nouvelle identité pour garantir votre tranquillité.

Hedjaz Rahim ne répondit pas. Malko le sentait encore partagé. Il s'empressa de donner un coup de bâton.

– Si vous refusez ou trichez, nous répandrons partout que c'est vous qui l'avez trahi. Cela risque d'avoir des conséquences fâcheuses, non ?

L'Afghan ôta ses lunettes, les remit, respira profondément. Sa pomme d'Adam semblait prise de la danse de Saint-Guy...

– Cela va être difficile, prévint-il.

Il avait basculé du bon côté. Malko se leva. Inutile de prolonger la discussion.

– C'est urgent, précisa-t-il. Dès que vous aurez quelque

chose à me dire, prévenez Mr McCarthy par l'intermédiaire de Moksin. A propos, quel est votre lien avec lui ?

Hedjaz Rahim s'était levé à son tour.

– Je fais tisser des tapis artisanaux dans les camps de réfugiés, expliqua-t-il. Il les exporte.

Il tendit une main molle à Malko, sans le regarder.

– Je vais sortir le premier, fit-il.

Il déverrouilla la porte et disparut dans la galerie.

Malko attendit quelques minutes, coupa le climatiseur et sortit à son tour. Priant que son coup de bluff réussisse. Si Hedjaz Rahim, pris de peur, disparaissait, il n'avait plus de relais pour retrouver Abdul Basin Karim.

Et si Rahim lui apprenait qu'Abdul Basin Karim avait rejoint Bin Laden de l'autre côté de la frontière, le résultat ne serait guère meilleur. C'est la raison pour laquelle il n'avait pas mentionné Bin Laden. C'eût été trop facile pour Hedjaz Rahim de prétendre que son copain s'était réfugié en Afghanistan. Et invérifiable.

L'Afghanistan était en pleine ébullition. Les *talibans* avançaient vers Jallalabad et la région où se cachait Osama Bin Laden. Ce n'était vraiment pas le moment de monter une expédition *search and kill* (1).

*
**

Dès qu'il émergea dans Lady Reading Hospital Road, Hedjaz Rahim héla un rickshaw et se laissa tomber sur la banquette recouverte de plastique, le pouls en folie. Depuis des années, il était passé entre les gouttes. Durant la guerre contre les Soviétiques, il avait participé à la résistance au sein du groupe Sayyaf, avec Abdul Basin Karim. Ce dernier se trouvait alors avec Osama Bin Laden à l'intérieur de l'Afghanistan. Lui, Hedjaz Rahim, organisait les convois d'armes à partir de Peshawar jusqu'aux dépôts de munitions situés dans des coins reculés d'Afghanistan, où les Russes ne s'aventuraient pas...

(1) Recherche pour tuer.

Jamais il n'avait tiré un coup de feu.

Après la fin du Djihad, leurs routes s'étaient séparées. Hedjaz Rahim, grâce à ses relations dans la Résistance, avait pu trouver un job de direction dans une ONG qui le faisait vivre modestement. Abdul Basin Karim, lui, avait continué à militer au sein de groupes islamistes radicaux, dans la mouvance fondamentaliste.

Ils se voyaient irrégulièrement, toujours pour des discussions animées sur l'Islam. Karim avait effectué un stage à l'université islamique d'Islamabad et en était sorti galvanisé, prêt pour de nouveaux combats. Hedjaz Rahim était même étonné de sa transformation : son copain semblait brûler d'un feu intérieur qui le poussait à reprendre le Djihad sous de nouvelles formes.

Prudent, il ne posait pas trop de questions, mais Abdul Basin Karim lui avait quand même confié être allé combattre en Tchétchénie et avoir eu des contacts en Jordanie avec les résistants palestiniens. Il se lançait dans de longues diatribes sur les Israéliens et les Américains qui massacraient les Palestiniens. A l'époque du bombardement de Canaa, au Sud-Liban, par l'artillerie israélienne, qui avait fait une centaine de morts chez les civils libanais, Karim l'avait appelé des Etats-Unis pour lui crier son dégoût.

Hedjaz Rahim avait été frappé par son évolution : Karim ne buvait plus une goutte d'alcool, avait cessé de fumer, et même de s'intéresser aux femmes. Il prétendait que le Djihad prenait tout son temps. Lui qui était glabre, à part une petite moustache, s'était laissé pousser une barbe noire qui lui donnait l'air d'un prophète. Il semblait beaucoup voyager et Hedjaz Rahim se demandait où il trouvait l'argent pour ces déplacements. La dernière fois qu'il était passé à Peshawar, il avait dîné chez lui, se plaignant de tirer le diable par la queue.

Englué dans le trafic de G.T. Road, le rickshaw n'avançait presque plus. Hedjaz Rahim songea amèrement que s'il avait dit à Ralph McCarthy n'avoir jamais revu Abdul Basin Karim, il ne serait pas en train de se ronger les sangs. Et de risquer sa vie, accessoirement. Excédé par l'embouteillage, asphyxié par les vapeurs de diesel, Hedjaz Rahim donna cinq roupies au conducteur du rickshaw, sauta à terre et continua à pied. Il lui restait juste un carrefour à traverser pour atteindre le début de Khyber Road, de l'autre côté de Jinnah Park. Il parcourut cette courte distance en courant presque, jusqu'à une grosse maison de style colonial anglais, avec de ravissantes colonnes blanches. Deux sentinelles en uniforme marron du *Frontier Corp* veillaient devant. Aucune plaque. Il expliqua où il se rendait et ils le laissèrent passer. Personne ne pénétrait dans cette charmante demeure sans y être absolument obligé. On ne savait jamais si c'était pour prendre le thé ou se faire arracher les ongles.

Il s'agissait du siège local de l'ISI.

*
**

Après le tumulte et l'animation de Peshawar, University Town était un havre de calme. Ses rues résidentielles n'étaient parcourues que par des cyclistes, des *tongas* et les innombrables 4 x 4 des ONG. Ralph McCarthy accueillit Malko d'un sourire encourageant.

– Ça a marché ?

– On saura ça plus tard, fit Malko, prudent.

Après avoir entendu son récit, l'Américain prit dans son holster de cuir le Zippo qui ne le quittait pas depuis le Vietnam, alluma une Gauloise blonde et eut une moue approbatrice.

– Ça paraît bien parti. Hedjaz Rahim n'est pas un fanatique. Il sait qu'il ne retrouvera pas deux fois une telle opportunité. N'oubliez pas que l'Afghanistan est le pays des ralliements et des trahisons.

– Je suis peut-être trop optimiste, mais je me pose des questions sur la suite des événements, répliqua Malko. Supposons que Rahim nous livre son copain...

Ralph McCarthy sourit.

– Faites confiance au vieux Joe. Il va tout organiser.

A Islamabad, il dispose de *safe-houses*. On y amènera Abdul Basin Karim et on lui donnera le choix. Deux balles dans la tête tout de suite ou un procès en Amérique où il ne risque guère que trois ou quatre cents ans de prison, s'il nous indique où trouver son patron, Bin Laden. A mon avis, il n'hésitera pas. On s'évade parfois d'une prison, jamais d'un cercueil. (Il regarda sa montre.) Je vais vous laisser. Je me déguise et je file. J'ai rendez-vous avec un « contact » dans la *tribal zone*. A ce soir.

*
**

Le major Iftikar Baiq, responsable du « traitement » des sources non pakistanaises au sein de l'ISI, fixa quelques instants un des ventilateurs du plafond qui tournaient avec une sage lenteur. Ils brassaient un air poisseux et brûlant, mais la climatisation était encore un luxe inconnu dans l'administration pakistanaise.

Un peu plus loin, dans la même pièce, deux scribes barbus transcrivaient à la main des indications dans de grands registres qu'ils empilaient ensuite sur des étagères branlantes faisant le tour de la pièce. De quoi nourrir plusieurs générations de rats. Entre l'humidité et les rongeurs, les archives de l'ISI avaient du mal à survivre.

Théoriquement, ce bureau appartenait à la Special Branch, chargée de surveiller les étrangers, tous ceux qui bénéficiaient de la fameuse *yellow card* (carte jaune) délivrée par le *Commissionership of Afghan Refugees* : soldats perdus du Djihad, musulmans de tous les pays venus combattre les *chouravi* (1) en Afghanistan. Leur situation en faisait des informateurs rêvés. Afin d'éviter les tracasseries administratives avec les autorités pakistanaises, c'était si facile de balancer quelques informations en prenant le thé avec un officier de l'ISI. C'était le cas de Hedjaz Rahim qui avait compris depuis longtemps qu'il valait mieux être du côté du manche.

(1) Russes.

En relisant son rapport écrit d'une belle calligraphie classique, le major Baiq réalisa qu'il venait de recevoir une information explosive. L'idée qu'un citoyen pakistanais soit impliqué dans un attentat contre un avion de ligne américain lui donnait des sueurs froides. Après le départ d'Hedjaz Rahim, il avait fait sortir la fiche d'Abdul Basin Karim. Tous les « Afghans » étaient fichés depuis longtemps et leurs dossiers s'enrichissaient régulièrement. En principe, l'ISI ne se mêlait pas de leurs affaires, sauf si les intérêts du Pakistan étaient en jeu.

Là, ils l'étaient. Gravement.

Si les Américains mettaient la main sur Abdul Basin Karim, ou disaient à la police pakistanaise où le trouver, ils allaient immanquablement demander qu'on l'extrade aux Etats-Unis. D'où un énorme problème politique. On n'extradait pas un ressortissant du pays, mais on ne se brouillait pas non plus avec les Américains... En plus, cet homme avait sûrement des amis. L'exemple de l'ambassade d'Egypte à Islamabad, dynamitée suite à une extradition trop vite accordée, donnait à réfléchir.

Le major Baiq reprit la fiche d'Abdul Basin Karim, dont seule l'arrivée à Lahore était mentionnée. Il avait déjà vérifié les deux adresses portées sur le document. L'une était un hôtel, l'autre une maison démolie depuis. Bien entendu, Hedjaz Rahim avait prétendu ne pas savoir où Karim se trouvait. Il préférait vendre ce précieux renseignement à ses amis américains. Le major Baiq avait donc intérêt à le trouver. Vite.

Hedjaz Rahim avait quand même laissé entendre qu'à son avis Abdul Basin Karim se trouvait à Islamabad, car il avait de nombreux amis à l'université de cette ville.

Le major Iftiqar Baiq n'hésita pas longtemps. S'il se contentait de transmettre les informations qu'il détenait, un autre tirerait les marrons du feu. Or, il avait très envie d'être muté à Karachi, où le bakchich se portait mieux qu'à Peshawar. Un de ses amis, officier des douanes pakistanaises, s'était procuré, pour sa villa, un ameublement complet en « Art déco » de Claude Dalle, uniquement en confisquant une partie des envois destinés aux richissimes Pakistanais de Rawalpindi. Des propriétaires terriens qui ne rêvaient que de Paris ou de Londres. Il sonna son chauffeur qui accourut.

– Fais le plein, dit-il, nous partons pour Islamabad.

Vingt minutes plus tard, sa Nissan noire aux vitres teintées filait sur G. T. Road.

CHAPITRE VI

Deux jours d'inaction, enfermé à University Town. Il avait essayé de retrouver une trace de Sayed Gul, le responsable afghan des services de renseignements des moudjahidin, mais là où se trouvaient ses bureaux, il y avait désormais une entreprise de transports. Même son chauffeur, Perverst, n'avait pu obtenir d'informations. Les journées de Malko s'étaient résumées à un long combat contre les mouches et les moustiques qui attaquaient par vagues compactes. Seules deux pièces étaient climatisées, mais il y avait tout le temps des pannes de courant. En quelques minutes, l'atmosphère devenait moite, suffocante, et la chaleur collait à la peau.

La veille, Ralph McCarthy avait emmené Malko dans son 4 x 4 pour une balade à Hayatbad, à l'ouest dans le prolongement d'University Town. Avant, il n'y avait là que le désert. Ce *no man's land* avait été transformé en un élégant quartier résidentiel, sans la moindre verdure, qui continuait à grignoter le désert. Des maisons modernes et laides, entourées de murs, parsemaient une immensité caillouteuse. Les quartiers avaient des lettres, les rues des numéros. Pas une boutique, seulement de la poussière, et quelques acacias rabougris sous un soleil de plomb, avec dans le lointain la ligne mauve des montagnes séparant le Pakistan de l'Afghanistan.

Le 4 x 4 de Ralph McCarthy soulevait des nuages de poussière dans les rues désertes. On ne voyait personne : les gens ne circulaient qu'en voiture, les distances étant trop grandes. Certaines demeures respiraient le luxe, avec des colonnes doriques, des terrasses, des antennes satellites à profusion.

– C'est ici que beaucoup de choses se trament, avait expliqué l'Américain. Toutes ces maisons ont été construites par de riches Pakistanais. Ils les louent. Parfois à des membres d'organisations terroristes qui n'y restent que quelques mois et donnent de faux noms. Ou à des patrons d'ONG qui sont souvent des paravents.

Ils étaient revenus à Rahman Baba Road pour trouver Dorothy O'Leary très excitée.

– Moksin a appelé, annonça-t-elle. J'ai rendez-vous à sa boutique à cinq heures. Il a exigé que ce soit moi qui y aille.

– Pourquoi ?

– Il n'a pas précisé.

– On viendra aussi. En couverture, trancha l'Américain. Je n'aime pas ça.

– Que craignez-vous ? demanda Malko.

– Le coup de poignard bête et méchant pour nous dégoûter d'être trop curieux.

*
**

Dorothy O'Leary pénétra la première dans Indersher, anonyme sous son chadri. Malko et Ralph McCarthy, arrivés plus tôt en voiture, l'avaient vue descendre d'un rickshaw, vérifiant que personne ne la suivait. Malko s'engagea à son tour dans la galerie, tandis que l'Américain restait à l'entrée.

Il y avait toujours autant d'animation et Malko suivit la jeune femme sans problème jusqu'à Shenwari Plaza. Il la vit pénétrer dans la boutique de Moksin. Ce dernier en ressortit presque aussitôt, s'éloignant vers la droite de l'atrium. Malko se pencha et aperçut Ralph McCarthy qui flânait au rez-de-chaussée devant les tapis.

Quelques minutes s'écoulèrent et la porte de la boutique se rouvrit sur une femme. Ce n'était pas Dorothy. Celle-là portait un voile noir rabattu sur son visage, qui ne laissait apparaître que les yeux. Elle s'éloigna rapidement. Le sang de Malko ne fit qu'un tour. Il se précipitait vers la boutique quand le chadri vert de Dorothy émergea à son tour ! Rassuré, il se contenta de l'escorter à distance. Elle reprit un rickshaw et les deux hommes regagnèrent la Nissan de l'Américain. Ils arrivèrent bien entendu avant elle à Rahman Baba Road.

Quand elle les rejoignit, elle tira de sous son chadri un paquet qu'elle tendit à Malko.

L'enveloppe contenait quatre passeports. Il les feuilleta. C'étaient ceux de Hedjaz Rahim, de son épouse Jamalia, et de leurs deux enfants. Dorothy émergea en sueur de son vêtement.

– C'était la femme de Rahim, expliqua-t-elle. Elle ne parle pas que dari et pachtou. Il paraît que vous devez obtenir des visas américains. Dès que vous les aurez, je dois prévenir Moksin, en l'appelant pour lui proposer un bijou à vendre. Il fixera alors un rendez-vous pour rencontrer Hedjaz Rahim.

Malko et Ralph McCarthy se regardèrent : cette offre signifiait que Rahim avait localisé Abdul Basin Karim. Et que c'était à eux de jouer.

– Le salaud a fait vite, laissa tomber Ralph McCarthy. Il ne faut pas nous endormir. On ne sait pas combien de temps l'autre ordure va rester dans le coin.

– Je repars tout de suite pour Islamabad, dit Malko.

Dorothy O'Leary lui sourit. Visiblement, elle mourait d'envie qu'il l'emmène. Mais il n'avait vraiment pas la tête à cela.

– Je préviens Joe, dit Ralph, qu'il vous réserve une chambre au *Marriott*.

Déçue de ne pas faire partie du voyage, Dorothy alluma une Gauloise blonde et fonça vers l'armoire cadenassée où elle conservait ses trésors. Elle en sortit une bouteille de tequila « Tres Maguyes », une de Cointreau, et se composa une « Original Margarita » bien tassée.

*
**

De nuit, le gymkhana des camions et des *Flying Coaches*, les bus reliant Peshawar à Islamabad en fonçant comme des malades, était moins impressionnant. Mais il fallait quand même avoir le cœur bien accroché pour rester serein. Malko avait hâte d'être à Islamabad. Retrouver au fond du Pakistan un terroriste comme Abdul Basin Karim était profondément réconfortant. Il éprouvait un dégoût viscéral pour ces terroristes qui prenaient le monde en otage, et se vengeaient aveuglément sur des innocents, sans autre souci que la terreur pure. De l'aéroport Kennedy où il attendait son vol pour le Pakistan, Abdul Basin Karim avait peut-être vu l'explosion du vol 800. Il n'avait probablement rien éprouvé, noyé dans sa folie meurtrière.

Une brusque embardée de la Toyota l'arracha à ses pensées. Il eut l'impression que Perverst escaladait un talus... Un *Flying Coach* les croisa dans un hurlement de klaxon, à quelques centimètres. Ensuite, ce fut de nouveau la routine.

Jusqu'à Islamabad.

*
**

Joe Hickerson faisait claquer machinalement le capot de son Zippo gainé de cuir, l'allumant et l'éteignant tout en regardant les quatre passeports posés sur le bureau de l'ambassadeur. Au bout de quarante-cinq ans, la flamme de l'inusable Zippo était toujours aussi claire. C'était bien le seul motif de satisfaction de cette matinée.

En arrivant à l'ambassade, Malko avait découvert la tuile. Toute délivrance « exceptionnelle », c'est-à-dire sans accord préalable de l'Immigration, était soumise à l'ambassadeur. Or, ce dernier, Hugh Simmons, n'était pas particulièrement souple. C'est la raison pour laquelle Malko et Joe Hickerson s'étaient retrouvés dans son bureau. Très urbain, Hugh Simmons désigna du doigt les quatre passeports.

– Qui me dit que ces personnes ne vont pas tout simplement débarquer aux Etats-Unis et y rester sans remplir leurs engagements ? demanda-t-il. Il me faut une *clearance* du State Department, qui ne peut l'obtenir que de la Maison-Blanche.

– Cela va prendre combien de temps ? interrogea Malko.

– Deux semaines, je pense.

Joe Hickerson baissa la tête tandis que Malko essayait de contrôler la rage qui montait en lui.

– *Mister Ambassador,* plaida-t-il, la délivrance de ces visas va permettre d'appréhender le responsable de l'explosion qui a détruit le vol 800 de la TWA, coûtant la vie à deux cent trente innocents. Le président des Etats-Unis a signé un *finding* donnant carte blanche pour arrêter cet individu. Ce dernier nous permettra de remonter jusqu'au sponsor, le véritable responsable, Osama Bin Laden.

L'ambassadeur sembla soudain ébranlé.

– Je suppose que Mr Bin Laden est recherché officiellement ? demanda-t-il. Tout comme Abdul Basin Karim ?

Un ange passa, en secouant des menottes. C'était le hic. Malko s'appliqua à répondre d'une voix calme :

– *Mister Ambassador*, à ce jour, nous n'avons pu réunir de preuves suffisantes contre ces deux hommes pour les faire inculper par un Grand Jury. Cependant, nous possédons assez d'éléments qui nous permettent d'affirmer qu'ils sont coupables.

L'ambassadeur croisa et décroisa ses jambes, visiblement très embarrassé. Puis, il se leva, ramassa les passeports et les tendit à Joe Hickerson, signifiant la fin de l'entretien.

– Je crains de ne pouvoir vous donner satisfaction, dit-il d'une voix contrariée. Cet individu, vous me le dites vous-même, est lié à un dangereux réseau terroriste. Supposez qu'une fois aux Etats-Unis, il se livre à des activités... illégales ? C'est moi qui en serais tenu responsable. Je vais rédiger immédiatement un câble à destination du State Department, afin qu'il tranche ce problème. Vous pourriez également vous mettre en rapport avec Mr Franck Capistrano. Il pourrait vous aider.

En bon diplomate, il s'en lavait les mains.

Joe Hickerson et Malko se retrouvèrent dans le couloir. Le chef de station de la CIA fulminait.

– Il pète de trouille, lança-t-il amèrement. Si jamais Abdul Basin Karim nous file entre les doigts à cause de lui, je m'arrangerai pour qu'il en prenne plein la gueule.

Malko, plongé dans ses réflexions, ne répondit pas. Il attendit d'avoir regagné le bureau du chef de station pour demander :

– Vous êtes en bons termes avec le consul ?

– John Adams ? Bien sûr, pourquoi ?

– On peut tenter un coup. A quelle heure l'ambassadeur va-t-il déjeuner ?

– Vers une heure. Pourquoi ?

– Attendons ce moment-là. Ensuite, on va voir John Adams en prétendant que l'ambassadeur a donné son feu vert pour ces visas. C'est lui qui les signe et appose les tampons nécessaires sur les passeports, non ?

Joe Hickerson avait blêmi. Il attrapa son paquet de cigarettes et alluma une Gauloise blonde pour se donner une contenance, avant de dire d'une voix mal assurée :

– Cela risque de faire un scandale épouvantable ! L'ambassadeur va forcément l'apprendre. Il fera annuler ces visas. Quant à moi...

– Je sais, reconnut Malko. Mais j'ai besoin de ces quatre visas. Sinon, notre manip tombe à l'eau. Qui vous dit qu'Abdul Basin Karim ne se prépare pas à disparaître pour aller faire sauter un autre avion ?

Joe Hickerson ne répondit pas, tirant sur sa cigarette. Malko le plaignait. Ce n'était qu'un honnête chef de station en fin de carrière et rien ne le préparait à ce genre de situation. On pouvait être un héros dans le renseignement et être terrifié par la bureaucratie.

– OK, je vais aller voir John, dit Joe Hickerson. Et tant pis pour les conséquences.

– Franck Capistrano vous aidera, promit Malko. Je viens avec vous.

*
**

John Adams était un charmant barbu au regard plein de douceur, exilé dans un vaste bureau au fond d'un interminable couloir, au rez-de-chaussée. Il admonesta gentiment Malko :

– Vous m'avez confisqué mon chauffeur ! Perverst me manque beaucoup. Qu'est-ce qui vous amène ?

Joe Hickerson posa les quatre passeports sur son bureau.

– Voilà du travail pour toi. Des visas Résident. Urgent.

Le consul feuilleta rapidement les quatre documents et releva la tête, incontestablement surpris.

– C'est tout ? Il n'y a pas de dossier avec ? Ces gens habitent Peshawar, c'est à notre consulat là-bas de délivrer ces visas.

Joe Hickerson s'attendait à cette réaction. Sans se troubler, il précisa :

– La délivrance de ces visas fait partie d'une *covert operation* dont je n'ai même pas le droit de te parler.

– Vous en avez parlé à Mr Simmons ? C'est lui qui...

Malko le coupa.

– Nous sortons de son bureau, fit-il volant au secours de Joe Hickerson. C'est lui qui nous envoie vous voir. Il s'agit d'une attribution « hors normes ».

John Adams eut un sourire embarrassé.

– Dans ce cas, je pense que tout est en ordre. Je vais quand même donner un coup de fil à Mr Simmons, pour la bonne forme. Il risquerait de se vexer si je ne le faisais pas...

– *Please, do it !* acquiesça Joe Hickerson.

Les deux hommes attendirent, impassibles, tandis que le consul décrochait son téléphone.

– Il est sorti déjeuner, dit-il après avoir eu sa secrétaire. Revenez vers trois heures, j'aurai tout préparé.

Le sourire bonhomme de Joe Hickerson s'agrandit.

– John, dit-il, c'est un service personnel que je te demande. Mr Malko Linge repart pour Peshawar immédiatement. Il a un besoin impérieux de ces visas. Il s'agit d'une opération visant à démanteler un réseau terroriste. Mr Rahim et sa famille sont des *prosecution witness* (1). Leur vie est en danger à Peshawar. Voilà ce que je te propose : établis ces visas tout de suite. Mr Linge les emportera avec lui. Nous, on va déjeuner.

– OK, acquiesça le consul après quelques secondes de réflexion.

Malko et Joe Hickerson retinrent leur souffle pendant qu'il apposait avec soin les visas sur les quatre passeports, ajoutant un timbre sec et sa signature. Finalement, il tendit les documents à Malko.

– Il faudra régulariser cela, fit-il. Qu'ils se présentent à l'Immigration en arrivant.

– Je raccompagne Mr Linge, dit Joe Hickerson.

Dans le couloir, il serra longuement la main de Malko.

– Je vais passer un moment difficile, dit-il d'une voix blanche. Je crois que je n'ai pas très faim.

*
**

Le major Iftikar Baiq s'arrêta quelques secondes, la vue brouillée. Depuis son arrivée au siège de l'ISI, à Islamabad, il triait des fiches d'hôtel. Son information avait été prise très au sérieux. Le patron de l'ISI avait immédiatement demandé une audience au ministre de l'Intérieur, afin d'obtenir des instructions sur le sort à réserver à Abdul Basin Karim. Si ce que lui avait révélé Hedjaz Rahim était exact, les Américains allaient faire une

(1) Témoins à charge.

demande d'extradition. L'administration pakistanaise devait être prête à réagir. Karim était un sujet pakistanais, donc, en principe, non extradable. Mais la pression américaine serait terrible, et le Pakistan n'avait pas grand-chose à refuser aux Américains, qui assuraient le plus gros de leur armement...

Le major Baiq s'était installé à l'hôtel *Ambassador*, sur la grande avenue Khyaban-E-Suhrawardy, juste à côté de l'ISI, et s'était fait communiquer toutes les fiches de police des hôtels et des *Guest-Houses* d'Islamabad. Si les Américains retrouvaient Abdul Basin Karim avant eux, il allait se faire taper sur les doigts.

Après avoir grignoté un peu de *palau* (1), il reprit ses recherches, essayant de chasser de son esprit une idée décourageante. Un homme comme Abdul Basin Karim pouvait avoir plusieurs passeports. Dans ce cas, il allait faire chou blanc. Il se maudit de ne pas avoir bouclé Rahim pour lui arracher l'adresse de son copain.

C'est seulement vers quatre heures qu'il trouva la fiche qu'il cherchait.

Abdul Basin Karim. Arrivé le 19 septembre de Peshawar. Départ le 26 pour Lahore. Il résidait dans le *Guest-House Su Casa* dans le quartier F.7, rue 23, *house* 4.

A Islamabad, les rues et les quartiers n'avaient pas de nom, à de rares exceptions près. La ville était découpée en carrés, désignés uniquement par des lettres et des chiffres. Le major Baiq sortit la fiche et la mit dans sa poche. Maintenant, c'était à ses supérieurs de jouer. Il fallait faire vite : le terroriste devait partir le surlendemain.

*
**

Avant Attock, ils avaient été retardés par un effroyable accident. Deux bus renversés en plein milieu de la chaussée, entièrement écrasés par le chargement de billes de bois d'un camion ayant perdu le contrôle de sa direction.

(1) Mélange de riz et de morceaux de mouton.

Malko surveillait la trotteuse de sa Breitling *Chronomat* en pensant à Joe Hickerson. Il trépignait intérieurement. S'il arrivait trop tard à Peshawar, il perdait une journée pour contacter Moksin.

Enfin, Perverst s'arrêta devant le portail de la maison de Rahman Baba Road et klaxonna. C'est Ralph McCarthy qui ouvrit lui-même, visiblement bouleversé.

– Joe a appelé, annonça-t-il. L'ambassadeur a demandé son rappel. Il est fou furieux. En plus, il a demandé au State Department de faire annuler les visas.

– Je vais avertir immédiatement Franck Capistrano, promit Malko. Il n'est pas question que Joe Hickerson soit sanctionné.

Ils rentrèrent dans la maison. Dorothy, en tenue pakistanaise, lisait sous la véranda. Le sourire qu'elle adressa à Malko valait toutes les promesses.

– Il faut que vous téléphoniez immédiatement à Moksin, demanda Malko. Que je voie Rahim le plus vite possible.

Elle était déjà près du téléphone. La conversation fut brève.

– Il me rappelle, fit la jeune femme.

– Allons dîner au *Salateen*, proposa Ralph. Il n'y a rien d'autre à faire ce soir.

Une demi-heure plus tard, il garait la Nissan à côté d'une vache attachée à un poteau, dans le haut de Cinema Road, une des rues principales du Khyber Bazar. Il faisait encore une chaleur étouffante et les fumets nauséabonds des innombrables restaurants en plein air évoquaient plus un charnier que la gastronomie. Certains rideaux de fer étaient baissés, seuls les marchands de fruits et légumes étaient encore ouverts, éclairés par des ampoules nues.

Ils s'engagèrent dans l'escalier tortueux montant au premier étage du *Salateen* au moment où les haut-parleurs de la mosquée voisine de Mahabat Khan se mettaient à glapir, appelant les fidèles à la dernière prière du soir, l'Isha.

La salle était gaie comme une chambre à gaz, éclairée par des néons roses et verts qui dispensaient une lumière blafarde et glauque. Dans des boxes de bois, à l'abri des regards, des familles s'empiffraient au milieu des cris des gosses.

Ils commandèrent l'éternel *chicken tikka* et des *chiches-kebabs* de viande reconstituée, le tout arrosé de *raita*, l'horrible sauce pimentée au yaourt. Malko était inquiet.

– S'il y avait un problème, demanda-t-il, il vous serait impossible de retrouver Abdul Basin Karim, grâce à vos contacts ?

L'Américain avala une grosse bouchée de *nan* (1) trempé dans la *raita* avant de répondre :

– Je ne suis pas sûr. Et cela prendrait beaucoup de temps. Les réseaux de ce type sont étanches. Osama Bin Laden a le bras long et compte encore beaucoup d'amis au sein de l'ISI.

Pendant qu'ils bavardaient, Dorothy s'était rendue aux toilettes. Elle revint ulcérée.

– Il y a un type qui m'a suivie, il me pelotait les fesses pendant que je me lavais les mains ! Et en se marrant, en plus !

– Ils pensent que toutes les étrangères sont des putes, conclut avec philosophie Ralph McCarthy. Venez, on va prendre un verre à la maison.

Quand ils sortirent du *Salateen*, presque tout le bazar avait fermé. Le *chowkidar*, en ouvrant le portail, marmonna quelque chose à l'intention de Dorothy. Celle-ci poussa une exclamation joyeuse.

– Il a rappelé. Il faut que vous alliez au cinéma Shumer demain, à la dernière séance.

– Au cinéma ?

– C'est un des plus grands de Peshawar, précisa Ralph. Un endroit discret pour un rendez-vous. Venez, on va arroser ça !

Il sortit d'une armoire une bouteille de cognac Gaston

(1) Pain pakistanais en forme de galette.

de Lagrange VSOP toute neuve et des verres. En un clin d'œil, il eut préparé, avec du soda, des *long drinks* pour tout le monde. Il leva son verre.

– A votre rendez-vous.

Ils burent. Puis, toujours pince-sans-rire, l'Américain ajouta :

– J'espère que Rahim ne va pas vous filer un renseignement bidon. Contre des visas annulés, ce serait un *fair deal*...

Devant la mine de Malko, il reprit son sérieux :

– C'était une blague. Je crois qu'il joue le jeu. Deux millions de dollars, c'est une somme inouïe, invraisemblable pour lui. Il tuerait père et mère pour la gagner. Alors, une petite trahison de rien du tout...

*
**

Le Shumer était un grand cinéma moderne, au bout de Passagi Road, non loin du *Pearl Continental* et du terrain de polo, au nord du Khyber Bazar, dans un quartier assez populaire de boutiquiers et de vieilles maisons en pisé. Malko fit le tour du rond-point où se trouvait un poste de police et la voiture s'arrêta en face du Shumer. Le cinéma ne donnait pas directement sur la rue. Il fallait pour y parvenir pénétrer dans une cour où étaient déjà garées quelques voitures. Laissant Perverst dans la Toyota, il alla au guichet et demanda une place.

– *Sixty* roupies, annonça l'employé.

C'était cher... Mais les étrangers devaient payer au moins double tarif. La séance était déjà commencée.

Il se retrouva au balcon, à moitié vide. Un film indien. Les glapissements d'une chanteuse se déhanchant sous la pluie face à un jeune premier à l'allure niaise emplissaient la salle climatisée. Les Indiens adoraient les danses sous la pluie. Probablement parce que cela trempait les vêtements des actrices, toujours dotées de seins inouïs... Ce film-là n'était ni pire ni meilleur que les autres. Dans un pays aussi austère que le Pakistan, même les films sans le moindre baiser, saupoudrés d'un érotisme de pacotille, fascinaient. Dès que son regard se fut accoutumé à l'obscurité, Malko scruta la salle. Il était le seul étranger. Pas de Hedjaz Rahim. Avec sa haute taille, l'Afghan se remarquerait facilement.

Malko descendit au parterre, où il y avait encore moins de monde. Il se promena entre les deux allées, bien visible. Pas de réaction. Excédé par les couinements de la chanteuse, il décida d'attendre Rahim dans la cour.

Surprise : les portes de fer donnant sur la rue étaient fermées et un petit groupe veillait devant. Il alla demander des explications et on lui répondit qu'on ne pouvait pas sortir avant la fin de la séance. Frustré, persuadé que Rahim lui avait posé un lapin, il remonta au balcon, essayant en vain de s'intéresser à ce qui se passait sur l'écran. Le film n'était qu'une suite de clips où des filles superbes maquillées à outrance se tordaient dans des étreintes extrêmement chastes, face à des jeunes premiers étincelants de niaiserie.

Une demi-heure s'écoula. Le cadran lumineux de sa Breitling indiquait 9 h 55 quand il vit surgir une haute silhouette de l'escalier. Cette fois, c'était Hedjaz Rahim ! Il se leva et alla au-devant de l'Afghan.

A peine assis, Hedjaz Rahim se pencha à son oreille.

– Vous avez les visas ?

– Oui, chuchota Malko en retour. Et vous ? Vous avez retrouvé Abdul Basin Karim ?

– Oui.

– Où est-il ?

Rahim ne répondit pas. Il regardait fixement le grand écran panoramique. Malko en fit autant, et se rendit aussitôt compte que le film avait changé ! Le navet indien avait fait place à une production visiblement américaine, doublée en allemand. Style sitcom. Le salon d'attente d'un médecin où patientaient un homme et une femme. Le film indien était presque mieux. Il tira Rahim par la manche.

– Venez.

– Attendez, souffla l'Afghan.

Malko comprit quelques secondes plus tard. La caméra venait de passer dans le cabinet du médecin. Et là, changement de décor. Une infirmière à l'incroyable tête de salope, la blouse blanche complètement déboutonnée découvrant une guêpière où étaient attachés de longs bas noirs, était allongée sur une table, les jambes sur les épaules d'un « praticien » à l'épaisse moustache noire. Debout contre la table, il était en train de lui enfoncer dans le ventre un sexe digne de figurer dans le *Guinness Book of Records* !

Afin que les spectateurs n'en perdent pas une miette, il entrait jusqu'à la garde, puis ressortait avec une lenteur voulue, pour qu'on mesure à loisir les vingt-cinq centimètres de son engin, avant d'emmancher à nouveau sa partenaire.

Malko regarda autour de lui. Bien entendu, il n'y avait que des hommes dans la salle. Penchés en avant, ils retenaient leur souffle, mesmérisés par le spectacle. On aurait entendu voler une toute petite mouche. Certes, le dialogue teuton leur échappait, mais l'image leur suffisait... Hedjaz Rahim se pencha à l'oreille de Malko.

– C'est comme ça deux fois par semaine, à la dernière séance du soir... Au lieu de dix roupies, c'est soixante... Mais c'est la seule distraction à Peshawar...

Le lubrique Afghan avait pour son rendez-vous joint l'utile à l'agréable. Malko était stupéfait. Dans ce pays islamiste jusqu'au bout des ongles, où les censeurs caviardaient les femmes en maillot, l'existence d'un cinéma porno en pleine ville, à deux pas d'un commissariat, en disait long sur l'hypocrisie de l'islam...

Au bout de la rangée, un spectateur commença à masser son entrejambe avec une régularité suspecte. Or, il ne se grattait pas. A bien regarder, la moitié de la salle se masturbait sournoisement. Hedjaz Rahim, le regard englué à l'écran, faisait comme si Malko n'existait pas... En plus des visas, il s'était offert un petit supplément de bonheur.

Dans la salle d'attente, la « patiente » était maintenant en train d'engloutir avec entrain le membre de son voisin qui faisait semblant de continuer à lire son journal...

Cette gâterie, peu répandue en terre d'Islam, semblait plonger l'assistance dans une transe extatique. Atmosphère électrique. Pendant ce temps, en Afghanistan, à cinquante kilomètres de là, les *talibans* détruisaient les cassettes de musique « impie ». C'est-à-dire tout ce qui n'était pas le Coran. L'un d'eux serait entré, il tombait raide...

Malko dut prendre son mal en patience, subissant toutes les déclinaisons d'un honnête film X, de la fellation à la sodomie, en passant par quelques figures non imposées.

De temps en temps, un soupir bref émanait de l'assistance : un des heureux spectateurs venait d'amortir ses soixante roupies... Malko laissa son esprit vagabonder. Si Dorothy O'Leary avait été là, c'eût été moins triste, mais sa présence aurait probablement provoqué une émeute...

La copie était de plus en plus mauvaise. Pourtant, Hedjaz Rahim ne se leva qu'au mot *End.*

– Allons par là, souffla-t-il.

Il guida Malko jusqu'à une pièce où on servait des boissons non alcoolisées. Ils étaient seuls, les gens se hâtant d'aller se coucher.

– Il n'y a jamais d'interventions de la police ? demanda Malko.

– Jamais ! affirma l'Afghan, ils touchent un gros bakchich. C'est pour cela que je vous ai donné rendez-vous ici. Montrez-moi les visas.

Malko tira les quatre passeports de sa poche. Hedjaz Rahim examina longuement chaque visa. Malko le guettait, la main sur la crosse de son pistolet. Mais l'Afghan se contenta de mettre les passeports dans sa poche et de lui tendre une feuille de papier pliée. Malko la déplia et lut : *Guest-House Su Casa. F.7. Street 23. House 4. Room 16. Islamabad.*

– Il n'est plus à Peshawar ?

– Non.
– Vous êtes sûr ?
– Je lui ai parlé. Hier. J'ai eu beaucoup de mal à obtenir cette adresse.
– Comment avez-vous fait ?
– J'ai pu trouver le numéro de son portable. Je l'ai appelé. Avec moi, il ne se méfie pas. Nous nous connaissons depuis longtemps.
– Quel est ce numéro ?
– 0531 811837.
– Que lui avez-vous dit ?
– Que je voulais le rencontrer. Que j'avais réfléchi, que je voulais recommencer le Djihad.
– Qu'a-t-il dit ?
– Qu'il m'approuvait. Qu'un bon musulman ne pouvait rester indifférent aux souffrances de ses frères. Que je trouverais ma place dans son organisation. Il m'a donné rendez-vous à Islamabad. Je lui ai dit que je pouvais pas venir avant trois jours. D'ici là, j'espère...

Judas pouvait dormir tranquille. La relève était assurée.
– Il vous a parlé de Bin Laden ?
– Non. Mais j'ai peur.
– On ne gagne pas deux millions de dollars si facilement, fit simplement Malko. Vous avez déjà la possibilité d'entrer aux Etats-Unis avec votre famille. Avec de vrais visas.
– Je vous remercie, fit mollement le gros homme. Et l'argent ?
– Attendez un peu, dit Malko. Qu'Abdul Basin Karim soit entre nos mains. Je vous contacterai par l'intermédiaire de Moksin.

Hedjaz Rahim partit le premier. De nouveau, les portes donnant sur la rue étaient ouvertes. Ce cinéma était un excellent lieu de rendez-vous. Il fallait espérer qu'ils changent le film toutes les semaines.

*
**

– Il ne faut pas perdre une seconde, conseilla Ralph McCarthy. Je me méfie de Rahim. Il peut aussi avoir prévenu Abdul Basin Karim pour qu'il ait le temps de se tirer, et plaider ensuite la bonne foi. Filons à Islamabad.

– Vous allez venir ?

L'Américain sourit.

– Oui. C'est quand même un coup fumant, je ne veux pas rater cela. Là-bas, je ne suis pas connu. On va partir tout de suite.

La Breitling *Chronomat* de Malko indiquait onze heures.

– Dès qu'il fait jour, on va à son *Guest-House* et on l'embarque, continua l'Américain. Quand les Pakistanais réaliseront, ce sera trop tard.

Un quart d'heure plus tard, ils prenaient la route. La circulation était moins dense. Hélas, vingt kilomètres plus loin, une vache surgit de l'obscurité, pile au milieu de la route !

Ralph McCarthy eut beau faire de son mieux, son aile la percuta en pleine tête. Malko crut passer à travers le pare-brise. Heureusement, le 4 x 4 était lourd et la vache très maigre... Elle roula sur la chaussée, meuglant à fendre l'âme. Avec un juron, l'Américain sauta à terre, se dirigea vers elle, sortit son Beretta et lui tira trois balles dans la tête avant de remonter en voiture.

Le reste du parcours se passa sans encombre. Une fois dans Islamabad, il fila vers F.6 et s'arrêta devant une grande maison dans un quartier résidentiel.

– On va annoncer la bonne nouvelle à Joe ! lança-t-il.

Ralph McCarthy donna un léger coup de klaxon et quelques instants plus tard, le *chowkidar* de Joe Hickerson, un riot-gun à la main, entrouvrit le portail. A cette heure-là – trois heures du matin –, ce paisible quartier résidentiel était totalement désert. Reconnaissant l'Américain, le serviteur ouvrit assez pour qu'il puisse entrer son véhicule. Il y avait de la lumière au rez-de-chaussée.

– Joe travaille, fit remarquer Ralph McCarthy. Avec ces putains de neuf heures de décalage horaire, il n'est que six heures à Washington.

La porte s'ouvrit sur Joe Hickerson attiré par le bruit. En manches de chemise, pieds nus, les yeux rouges comme un lapin russe. Pété comme un petit Lu. Il fixa les deux hommes avec stupéfaction et marmonna :

– Qu'est-ce que vous foutez à cette heure-ci ? Les *talibans* ont pris Peshawar, ou quoi ?

– Tu veux les bonnes ou les mauvaises nouvelles ? lança Ralph McCarthy, jovial.

Joe Hickerson leva un œil torve. La bouteille de Defender « Douze ans d'âge » à moitié vide sur la table basse expliquait son état.

– *Bad news, first !* laissa-t-il tomber.

– On a faim et tu vas nous faire des *scrambled eggs*, fit son copain, hilare.

Joe ne parut pas apprécier.

– Tu sais où est la cuisine... Moi, je suis crevé, après la journée que j'ai eue. Le State Department est fou furieux. Le coup des visas pour les quatre *gooks*, ça fait un foin du diable.

Ralph McCarthy se laissa tomber dans un canapé, attrapa un paquet de Gauloises blondes qui traînait sur la table basse, en alluma une et lança :

– Joe, tes ennuis sont finis. Dans trois heures, nous allons récupérer ce *motherfucker* de Abdul Basin Karim.

Joe Hickerson sembla frappé par la foudre.

– *No kidding !* (1) fit-il d'une voix faible.

Ralph McCarthy sortit l'adresse de sa poche et la posa sur la table.

– Tiens, en plus, ce n'est pas loin de chez toi.

Le chef de station de la CIA secouait la tête sans pouvoir dire un mot. Il releva les yeux.

– Vous voulez dire que vous avez retrouvé l'enfant de salaud qui a fait sauter le vol 800 ?

(1) Sans blague !

– Tout juste, fit Ralph. Et on va l'arracher à son nid douillet. Dès qu'il fera jour. A mon avis, il faut être en planque vers six heures.

– Je préviens Langley, fit Joe Hickerson retrouvant son énergie.

– *Cool !* corrigea Ralph. On ne sait jamais, ces enfoirés de Pakistanais sont peut-être capables d'intercepter nos communications.

– Mais qu'est-ce qu'on va en faire ensuite ?

C'est Malko qui répondit :

– L'idée est, dans un premier temps, de le planquer dans un endroit discret, afin de l'interroger. Il faut qu'il nous mène à Bin Laden. Ensuite, l'exfiltrer vers les Etats-Unis.

Ralph McCarthy suggéra :

– Il serait bien dans ta cave, là où tu planques les caisses de Taittinger. Ici, personne ne viendra t'emmerder : tu as le statut diplo...

Joe Hickerson haussa les épaules avec un gros soupir.

– Au point où j'en suis. Comme ça, je me ferai virer pour quelque chose. Bon, je vais vous faire des *scrambled eggs*. Saucisse ou bacon ?

– Cognac ! lança Ralph McCarthy en brandissant une bouteille de Gaston de Lagrange XO qu'il venait de trouver dans un placard. Ça vaut bien dix mille roupies ! lança-t-il en remplissant un verre ballon. On n'est pas venus pour rien...

Malko ne sentait plus la fatigue tant il était excité. S'emparer d'un criminel comme Abdul Basin Karim n'arrivait que rarement. Les terroristes échappaient le plus souvent à leur punition en se réfugiant dans des pays commanditant le terrorisme. Ahmed Jibril, Abu Nidal et Georges Habbache vivaient toujours librement en Syrie, et il avait fallu vingt ans pour attraper Carlos...

*
**

Le jour venait tout juste de se lever et la lumière rasante du soleil éclairait d'un jour cru les maisons élégantes de ce quartier résidentiel. On se serait cru dans une Californie pouilleuse, avec une végétation miteuse, pas un piéton et un calme presque campagnard. Ils étaient déjà passés trois fois devant le *Guest-House Su Casa*. Une élégante villa blanche d'un étage, avec une large terrasse et des colonnes partout. Les Pakistanais adoraient les colonnes doriques.

Ralph McCarthy remontait à petite vitesse la rue calme, Malko à côté de lui. Il avait dévissé les plaques d'immatriculation de sa Nissan. Pas la peine de laisser des indices.

Joe Hickerson demanda anxieusement :

– Vous savez dans quelle chambre il se trouve ?

– Oui, la 16.

– Je demanderai en urdu (1) où elle est, annonça Ralph McCarthy. Il faut que tout se passe vite. Le personnel du *Guest-House* va sûrement prévenir la police.

Il fit demi-tour et s'arrêta en face d'une maison en construction, à vingt mètres de l'entrée du *Guest-House*.

Tout à coup, Joe Hickerson qui venait de se retourner, lança d'une voix étranglée :

– Hé ! Nous ne sommes pas seuls !

Malko se retourna, la gorge nouée. Deux voitures remontaient la rue. De grosses Toyota 4 x 4 aux glaces fumées. Elles passèrent devant la Nissan arrêtée et s'immobilisèrent en face du *Guest-House*. Personne n'en sortit.

(1) Langue parlée au Pakistan.

CHAPITRE VII

– *Shit !* C'est la Special Branch, sursauta Joe Hickerson.

Les deux voitures portaient des plaques « Police ». Malko réprima un juron de dépit. Les Pakistanais avaient été prévenus, et venaient, eux aussi, arrêter Abdul Basin Karim ! Hedjaz Rahim l'avait doublé. Il regarda, impuissant, les deux véhicules pakistanais. La CIA n'avait aucun pouvoir de police dans ce pays et il n'était pas question d'enlever le terroriste sous le nez de la police locale. Il n'y avait plus qu'à limiter les dégâts. Il se retourna vers Joe Hickerson.

– Appelez l'ambassadeur. Qu'il vienne ici, tout de suite. Les Pakistanais n'oseront pas faire disparaître Karim sous son nez.

L'Américain était déjà en train de pianoter fiévreusement sur son portable lorsque toutes les portières des deux Toyota s'ouvrirent en même temps. Il en jaillit six hommes, tous armés de Kalachnikov et de riot-gun, qui se ruèrent vers l'entrée du *Guest-House*. Joe Hickerson avait enfin l'ambassadeur des Etats-Unis en ligne.

– *Mister Ambassador*, lança-t-il, il faut que vous veniez tout de suite. Nous tenons Abdul Basin Karim.

– Qu'est-ce que cette histoire ? s'étonna le diplomate, mal réveillé. Où êtes-vous ? A Peshawar ?

– A Islamabad, précisa Joe Hickerson, tout près de chez vous.

Ralph McCarthy et Malko avaient sauté du 4 x 4 et se précipitaient vers le *Guest-House*. Ils arrivèrent dans la cour au moment où les policiers pakistanais venaient de pénétrer à l'intérieur. Malko perçut les éclats d'une discussion brève, suivie moins d'une minute plus tard d'un coup violent, comme si on défonçait une porte.

La fusillade le prit par surprise. Plusieurs armes tiraient en même temps. Les rafales des Kalach se mêlaient aux explosions plus sourdes des riot-guns. Une vraie bataille rangée. Pendant près d'une minute, ce qui parut très long. Puis, le silence retomba aussi brutalement qu'il avait été rompu.

Malko et Ralph arrivèrent devant la réception où un employé hagard semblait ne pas les voir. L'âcre odeur de la cordite flottait dans l'air. Il y eut encore une brève rafale, au fond du couloir. Ralph McCarthy et Malko arrivèrent ensemble devant la porte de la chambre numéro 16. L'odeur de cordite était encore plus forte. Un policier armé d'une Kalach menaçait les nouveaux arrivants. Ralph McCarthy l'apostropha aussitôt en urdu. Malko saisit le mot « FBI ».

Au point où ils en étaient...

Les policiers s'écartèrent pour les laisser passer, et ils aperçurent l'intérieur de la chambre truffée de projectiles. Les murs étaient piquetés d'impacts, des éclats de plâtre jonchaient le sol, au milieu d'éclats de verre et de boiseries... Les vitres n'existaient plus, d'une lampe de chevet qui avait explosé ne subsistait qu'un abat-jour troué comme une passoire.

Les tirs semblaient s'être concentrés sur le lit, au-dessus duquel le mur était carrément en charpie !

Un corps gisait, à moitié par terre, près d'un téléphone explosé. Nu, à moitié découvert par le drap. Il avait reçu tellement de projectiles que ce n'était plus qu'une masse sanglante au visage en bouillie. Le sol du couloir et celui de la chambre étaient jonchés de douilles vides. A vue de nez, deux cents cartouches avaient été tirées...

Un vrai massacre.

Un des policiers, corpulent, armé d'une Uzi, s'approcha de Ralph McCarthy avec un large sourire aux lèvres, brandissant un passeport taché de sang.

– *You are FBI ?* demanda-t-il.

Ralph McCarthy ne se troubla pas.

– *Yes*, dit-il. Nous surveillons un terroriste, Abdul Basin Karim. Nous allions vous signaler sa présence ici...

Le sourire du policier s'élargit.

– Nous l'avons repéré aussi ! Regardez !

Il lui tendit le passeport que l'Américain feuilleta rapidement. Pas de doute possible. C'était bien l'homme qu'ils recherchaient. Ce qui restait de son visage correspondait à la photo du passeport.

– Il allait s'enfuir et il a voulu tirer sur nous, précisa le policier.

Un homme s'enfuit rarement pieds nus, uniquement vêtu d'un slip...

– Vous avez eu des blessés ? demanda l'Américain.

– Non, non, heureusement ! Mais c'était un individu très dangereux. Regardez !

Un de ses hommes lui tendit un automatique noir, réplique exacte de celui que Malko avait dans sa ceinture ! Ralph McCarthy ôta le chargeur : il était plein. Abdul Basin Karim avait été froidement assassiné dans ce que les Pakistanais de la rue appelaient pudiquement *police encounter*. Un guet-apens tendu par les forces de l'ordre à quelqu'un dont on souhaitait se débarrasser. L'initiative de telles actions venait toujours des plus hautes sphères de l'ISI. Trois jours plus tôt, un incident semblable avait coûté la vie au frère du Premier ministre, Benazir Bhutto, abattu à Karachi avec huit de ses gardes du corps, alors que la police ne comptait qu'un blessé léger, un policier qui s'était tiré une balle dans le pied...

Malko et Ralph McCarthy échangèrent un regard découragé. Pourquoi les Pakistanais avaient-ils liquidé

Abdul Basin Karim ? Les policiers commençaient à fouiller la chambre, en compagnie de leur « guide » souriant. L'Américain et Malko refluèrent dans le couloir.

Ils se heurtèrent à la haute silhouette de Hugh Simmons, ambassadeur des Etats-Unis au Pakistan, escorté de deux « Marines » encore plus grands que lui, crâne rasé et visage fermé, M. 16 au poing. En dépit de l'heure matinale, le diplomate semblait sortir d'une boîte. Joe Hickerson apparut derrière lui, expliquant au policier de la Special Branch qui était le nouveau venu. Aussitôt, le Pakistanais se répandit en courbettes, puis, écartant ses hommes sans ménagement, il précéda le diplomate jusqu'à la chambre 16.

Hugh Simmons regarda d'un air dégoûté le cadavre d'Abdul Basin Karim et se tourna vers Ralph McCarthy.

– Que s'est-il passé ?

– *Sir*, la Special Branch a localisé Abdul Basin Karim juste avant nous. Il a été abattu au moment de son arrestation dans des circonstances que nous ignorons.

– C'est l'homme que vous recherchiez ?

– C'est le terroriste que nous pensons responsable de l'attentat contre le vol 800, confirma Joe Hickerson.

Profitant de la présence de l'ambassadeur, Malko se faufila dans la chambre. Un policier était penché sur un attaché-case bordeaux et examinait les papiers qui s'y trouvaient. Malko s'approcha d'une veste tombée à terre et la tâta. Il sentit sous ses doigts un objet rectangulaire et le sortit d'une poche. Un carnet vert. Il jeta un coup d'œil circulaire. L'ambassadeur bouchait la porte et le policier lui tournait le dos, penché sur l'attaché-case.

Le carnet disparut dans sa poche.

Il était temps, le policier se redressait avec une exclamation de triomphe, brandissant ce qui ressemblait à des « bleus » d'architecte. Ameuté par ses appels, son chef bouscula presque l'ambassadeur et se rua dans la chambre. Son subordonné déplia ce qu'il venait de découvrir. Ralph McCarthy se pencha par-dessus son épaule, et poussa aussitôt une exclamation :

– Ce sont les *blue-sprint* d'un Boeing 747 !

Les deux hommes étalèrent le document. C'était, en effet, le plan de la partie centrale du fuselage d'un 747. En coupe et en perspective. On voyait distinctement l'attache des ailes et les séparations entre la cabine des passagers, les soutes avant et le réservoir central de kérosène.

Un rectangle avait été tracé au crayon gras rouge, au milieu du fuselage. Il englobait quatre rangs de sièges, de 19 à 23. Pas besoin d'être polytechnicien pour comprendre qu'il s'agissait de l'endroit favorable pour déposer un engin explosif, de façon qu'une charge relativement faible provoque l'explosion du réservoir central de kérosène. Exactement ce qui s'était passé dans le cas du vol 800. Accablant.

Alerté par cette découverte, Malko entreprit une fouille minutieuse de la chambre. La présence de l'ambassadeur empêchait les Pakistanais de se débarrasser d'eux. Il remarqua soudain une boîte en carton posée par terre. De la taille d'une boîte à chaussures, avec un couvercle transparent. Elle contenait une poupée en robe de mariée. Malko la ramassa et fut tout de suite intrigué par son poids. Au moins trois cents grammes. Il écarta le plastique et la prit dans sa main. En l'examinant, il discerna soudain, perdu dans les cheveux, un très mince fil métallique. Il allait le dégager quand la voix de Ralph McCarthy le fit sursauter :

– N'y touchez pas !

L'Américain lui prit délicatement la poupée des mains. Sortant un couteau de sa poche, il se mit à gratter une jambe, écaillant une couche de peinture rose. Dessous, il y avait une matière blanchâtre ressemblant à du mastic. En un clin d'œil, l'Américain eut déshabillé la poupée. A part les pieds et les mains en Celluloïd creux, elle était composée de la même matière qu'on rayait avec l'ongle.

– C'est de l'explosif ! annonça Ralph McCarthy. Probablement du C.4 mélangé à un plastifiant.

Il se mit à la triturer dans tous les sens jusqu'à ce qu'il

pense à prendre la tête de la poupée et à tourner, dans le sens inverse des aiguilles d'une montre.

La partie supérieure de la calotte se dévissa alors. Avec d'infinies précautions, sous le regard ébahi de l'ambassadeur, des policiers et de Malko, l'ancien spécialiste en explosifs ôta délicatement la moitié du crâne de la poupée, découvrant une cavité contenant plusieurs objets inattendus dont le plus gros avait quatre centimètres de long.

Ralph McCarthy montra du doigt un objet noir de la taille d'un petit briquet rectangulaire.

– Voilà le « temporisateur », c'est-à-dire le système de mise à feu à retard. Une cellule électrolytique avec un système d'inversion de polarité. Les deux fils que vous voyez là servent à le charger. A partir d'une prise électrique normale. Le temps de chargement correspond au retard de mise à feu désiré.

– Donc, interrompit Malko, si on le charge six heures, l'explosion aura lieu six heures après son activation ?

– Exact, confirma l'Américain. Et cette activation se fait d'une façon très simple. Il suffit de retirer cette goupille – il désignait une excroissance cylindrique sur le « temporisateur » qui se prolongeait par un fil de nylon mêlé à la chevelure de la poupée. Ce qui avait attiré l'attention de Malko –. Ensuite, à l'expiration du délai préétabli, le « temporisateur » transmet une impulsion électrique au détonateur que vous voyez là.

Il montrait un mince cylindre de cinq centimètres relié au temporisateur par un fil et à une pile de neuf volts rectangulaire par un autre. Un troisième fil reliait la pile au temporisateur. Le tout tenait dans le creux de la main.

– Qui fabrique tout cela ? demanda Malko.

– Le temporisateur, c'est l'œuvre d'un Grand Service. On n'en trouve pas dans le commerce. Le détonateur a l'air d'être un Nobel... Facile à trouver. L'ensemble ne comporte pas assez de métal pour activer un portique magnétique.

L'ambassadeur américain jeta un regard méfiant à Ralph McCarthy.

– Vous m'aviez dit être *certain* que cet homme était responsable de la catastrophe du vol 800. Or, cette poupée piégée n'a de toute évidence pas servi...

Ralph McCarthy ne se démonta pas.

– *Sir*, dit-il, il y a deux explications possibles. La première, celle que je pense exacte, est qu'Abdul Basin Karim a fait sauter le vol 800 avec un autre engin explosif. Dans ce cas, il est venu ici pour se « recharger » en vue d'un nouvel attentat. La seconde hypothèse, c'est qu'il a fait un « voyage d'études » en prenant le vol TWA Athènes-New York afin de repérer les possibilités d'attentat et qu'il se préparait à repartir, pour de bon cette fois. Dans ce cas, c'est une autre cause qui a détruit le 747 de la TWA. Un météorite, par exemple, conclut-il avec une pointe d'ironie.

L'ambassadeur n'insista pas. A Joe Hickerson, il demanda simplement :

– Arrangez-vous avec vos homologues pakistanais pour que ces pièces à conviction nous soient communiquées, après examen par la police pakistanaise. Nous sommes directement concernés. Je vais prévenir le FBI.

Malko contemplait la poupée infernale avec horreur. Ce n'était pas Abdul Basin Karim qui avait bricolé tout seul un engin aussi sophistiqué. Il y avait un Grand Service derrière cet abominable jouet. Des monstres froids utilisant des fanatiques comme Karim. L'idée de la poupée était démoniaque. Qui se méfie d'un père ramenant une poupée à son enfant ?...

– Il n'y a pas assez de métal pour activer les détecteurs magnétiques, souligna à nouveau Ralph McCarthy. Et, sortie de sa boîte, on peut la dissimuler dans des tas d'endroits. Dont le filet placé sous les sièges et contenant les gilets de sauvetage...

– Comment savez-vous tout cela ? demanda l'ambassadeur, suffoqué.

Ralph McCarthy lui jeta un regard ironique.

– Pendant quatre ans, j'ai appris aux moudjahidin de Gulgudin Hekmatyar à se servir de ces trucs... (Il isola le premier fil repéré par Malko et précisa :) Pour activer cet engin, il suffit de tirer ce fil jusqu'à l'arracher. Cela déclenche le départ du timer.

L'ambassadeur battit en retraite, suivi de Malko, de Ralph McCarthy et de Joe Hickerson.

– *Sir*, les policiers l'ont froidement assassiné, expliqua Joe Hickerson.

– Ils voulaient éviter le problème de l'extradition, laissa tomber l'ambassadeur. Faites-moi un rapport le plus vite possible.

Il salua froidement les trois hommes avant de remonter dans sa Cadillac blindée, escortée par un *Humwee* (1) des « Marines ». Malko avait l'impression d'avoir vieilli de vingt ans. Il lui restait à remettre la main sur Hedjaz Rahim et à dépouiller le carnet vert d'Abdul Basin Karim.

*
**

Installé dans le bureau de Joe Hickerson, Ralph McCarthy tentait de déchiffrer le carnet d'Abdul Basin Karim que lui avait remis Malko. Il ne s'était même pas interrompu pour déjeuner, avalant rapidement un *chicken tikka* arrosé d'un certain nombre de *long drinks* à base de cognac Gaston de Lagrange et de soda. Il s'étira et referma le carnet dont la plupart des indications étaient en caractères arabes.

– Je crois que j'ai tout vu, commenta-t-il. Il y a des tas de noms à « cribler », des numéros de téléphone qu'il faudra passer dans les *computers*. Ça va prendre des semaines.

– Rien d'utilisable immédiatement ? demanda Malko, déçu.

La journée avait passé lentement pour lui... Joe était parti à l'ambassade et il avait tenu compagnie à l'Américain sans pouvoir beaucoup l'aider.

(1) Successeur de la Jeep.

– Je n'ai vu nulle part le nom de Bin Laden, remarqua McCarthy.

– Il est peut-être codé.

– Peut-être. Mais j'ai trouvé celui de Rahim. Sous son vrai nom. Par contre, il y a quelqu'un qui semble important. Regardez.

Il posa le doigt sur un nom écrit en arabe, suivi de plusieurs numéros de téléphone, tous rayés, sauf le dernier.

– Abu Salim, traduisit-il 0531 416613. C'est donc un portable, soit d'Islamabad, soit de Peshawar.

– Abu Salim, c'est un nom de guerre arabe, remarqua Malko, un pseudo. Il n'y a rien d'autre ?

– Non.

– Il faut repartir à Peshawar, dit Malko. Vous pensez pouvoir identifier le propriétaire de ce portable ?

– Je vais essayer, promit Ralph McCarthy. On va prévenir Joe. Inutile de l'attendre.

Il appela l'ambassade. Joe Hickerson était en réunion avec l'ambassadeur.

– Allons-y, suggéra l'Américain.

Après avoir rebouché la bouteille de Gaston de Lagrange VSOP, il la glissa dans son attaché-case avec un clin d'œil à l'intention de Malko.

– Ici, il en trouve facilement. A Peshawar, ça vaut de l'or. Avec ça, on achète au moins un général.

Quelques minutes plus tard, ils zigzaguaient au milieu des camions sur la route de Peshawar. Ralph McCarthy conduisait encore plus vite que Perverst, demeuré à University Town, mais avec la grosse Nissan, Malko se sentait plus en sécurité... Ils arriveraient trop tard pour contacter Hedjaz Rahim, mais dès la première heure, le lendemain, Malko s'y attaquerait.

C'était le seul fil ténu qui les reliait encore à Osama Bin Laden. Il se demanda si l'Afghan était déjà au courant de l'incident du matin où son ami avait perdu la vie.

*
**

Hedjaz Rahim s'engagea à toute allure sur le pont enjambant le Warsak canal qui délimitait le sud d'Hayatabad. En cette saison, le canal n'était qu'un long fossé poussiéreux, sans une goutte d'eau. L'Afghan tourna ensuite à droite, afin de rejoindre le quartier J.2 de la Deuxième Phase, où se trouvait sa maison. Un coup de fil du major Baiq l'avait plongé dans l'angoisse. L'officier de l'ISI lui avait appris la mort d'Abdul Basin Karim et désirait le voir à neuf heures le lendemain matin à son bureau de Khyber Road.

« Désirait » était un euphémisme.

Cinq minutes plus tard, il vira face au portail de sa maison. Il mourait d'envie de tout plaquer, de quitter Peshawar dans l'heure pour se réfugier en Afghanistan. Mais pour cela, il lui fallait de l'argent. La seule chance d'en récupérer, c'étaient les Américains. Donc, il devait rester ! Il donna un coup de klaxon pour que le *chowkidar* lui ouvre le portail.

*
**

Zulfikar Ahmad, dit l'« Egorgeur », attendait tapi dans l'ombre depuis la tombée de la nuit, dissimulé dans un des creux du terrain vague en face de la maison d'Hedjaz Rahim. Sa tenue marron se confondait avec le sol. Dans les plis de son *charouar,* il avait dissimulé un long couteau de boucher aiguisé comme un rasoir, au manche percé d'un trou pour y passer une ficelle et l'accrocher à sa ceinture. Il s'était longuement prosterné face à La Mecque, lors de la prière du *Maghrib,* au coucher du soleil, implorant Allah de l'assister. Extrêmement pieux, célibataire, il ne vivait que pour sa foi. Son surnom lui venait des années du Djihad. Son commandant l'avait désigné, en tant qu'ancien boucher, pour l'égorgement des prisonniers de l'armée soviétique. Tâche dont il s'était acquitté avec zèle et sans le moindre état d'âme. Il avait ainsi saigné comme des agneaux des dizaines de *chouravi.*

Le pinceau des phares du 4 x 4 le prit par surprise et il

n'eut que le temps de bondir derrière la voiture qui venait de s'arrêter en face du portail. Avant qu'elle n'entre, il sortit son couteau et, d'un geste précis, l'enfonça de toutes ses forces dans le pneu. Il y eut un «pschit» sourd et le 4 x 4 s'affaissa sur le côté. D'un bond, Zulfikar se dissimula le long du mur. Au moment où le portail s'ouvrait, Hedjaz Rahim jura, réalisant qu'il avait crevé. Il sauta à terre et alla se pencher sur la roue. Il ne vit pas Zulfikar Ahmad contourner le véhicule et se glisser par le portail ouvert.

Le *chowkidar* vit surgir une silhouette dégingandée, un homme aux cheveux et à la barbe orange, au regard fou, édenté, avec un énorme nez. Il n'eut pas le temps de crier. D'un revers de main, Zulfikar Ahmad venait de lui trancher la gorge d'une oreille à l'autre ! Le malheureux émit un faible gargouillis, tituba, essayant de retenir le sang qui jaillissait de ses carotides. Pour faire bonne mesure, Zulfikar Ahmad lui enfonça son long couteau de boucher dans le ventre, jusqu'au manche, le repoussant dans l'ombre.

Quand Hedjaz Rahim se remit au volant, afin de rentrer avec précaution la voiture, Zulfikar Ahmad était déjà dissimulé dans les buissons du jardin. Rahim sauta à terre et cria en montant le perron :

– Jamal ! Demain matin, tu changes la roue arrière gauche.

Sans s'occuper de la réponse, il mit la clef dans la serrure et ouvrit la porte. Il était à moitié engagé dans le hall lorsqu'un fantôme à la barbe orange surgit derrière lui. Il vit le long couteau brandi, sentit la peur lui nouer le ventre, puis Zulfikar Ahmad lui enfonça la lame dans les reins d'un seul élan, le faisant tomber au pied de l'escalier.

Hedjaz Rahim bascula en avant, le dos traversé d'une douleur atroce. Il voulut crier, mais, déjà, son agresseur lui prenait les cheveux, tirait sa tête en arrière et lui tranchait la gorge, comme au *chowkidar*. Puis il enjamba le cadavre et monta l'escalier à pas de loup. Il entendit du bruit et une porte s'ouvrit. Une voix de femme appela :

– Hedjaz ?

La femme d'Hedjaz Rahim n'eut pas le temps d'avoir peur. Elle se trouva nez à nez avec l'assassin de son mari qui lui plongea son couteau en plein cœur. Ensuite, par habitude, celui-ci l'égorgea avec la même dextérité.

Zulfikar Ahmad se redressa, soulagé. Le plus dur était fait. D'après les informations qu'on lui avait communiquées, il ne restait dans la maison que les deux enfants d'Hedjaz Rahim, Mohammed et Kamba. Il se mit à leur recherche et les trouva dans une chambre voisine. Ce fut facile, ils dormaient. Promenant la lame aiguisée de son couteau sur la gorge du plus jeune, il l'égorgea sans effort. Avant de faire subir le même sort à Mohammed, il se recueillit quelques instants car celui-là portait le nom du Prophète. Quand il ressortit de la chambre, à part le léger gargouillis du sang qui montait des deux petits lits, rien ne signalait son passage. Il redescendit. Après avoir enjambé le cadavre d'Hedjaz Rahim, il le retourna sur le dos. Pour que sa mission soit complète, il restait encore une formalité à accomplir. Il ouvrit la bouche du cadavre et en saisit la langue de la main gauche. Il dut s'y reprendre à plusieurs fois car elle lui glissait des doigts. Enfin, il parvint à la sortir assez de la bouche pour la trancher, ainsi que le filet la reliant au palais. Quelques gouttes de sang perlèrent, sans plus. Les morts ne saignaient pas. Le reste était un jeu d'enfant. D'un vif tour de poignet, il énucléa sa victime, faisant tomber sur le dallage de l'entrée les deux boules gélatineuses des yeux. La langue coupée, les yeux arrachés, le message était complet. Il pouvait repartir.

Laissant la porte ouverte derrière lui, il regagna le jardin, après avoir essuyé la lame de son couteau de boucher aux vêtements de sa victime. Le ciel était plein d'étoiles et un vent tiède balayait Hayatabad. Zulfikar Ahmad s'éloigna à pied en direction de Jamrud Road, distante d'un kilomètre environ.

Il avait faim et hâte de retrouver la petite pièce où il vivait, dans University Town. Un carré de trois mètres sur trois éclairé par une ampoule nue, avec un *charpoi* boiteux, une petite table et des crochets au mur pour pendre ses quelques affaires. L'objet le plus précieux était un vieux tapis de prière qu'il avait trimballé en Afghanistan ; usé jusqu'à la corde à l'endroit où il s'agenouillait dessus cinq fois par jour.

*
**

Lorsque Malko débarqua dans la véranda pour le breakfast, Ralph McCarthy téléphonait sur son portable. Dès qu'il eut terminé, il annonça :

– Hedjaz Rahim a été assassiné hier soir avec toute sa famille, pendant que nous étions sur la route. Même le *chowkidar* y est passé. Cette fois, ce ne sont pas les Pakistanais. Il avait dû trop parler. Ou bien Abdul Basin Karim, avant sa mort, a mentionné le contact qu'il avait eu avec lui à Bin Laden. Et celui-ci, après l'irruption de la Special Branch, en a tiré des conclusions... Si ça se trouve, il pense seulement que Rahim a balancé Karim aux Pakistanais...

– Mais Bin Laden est en Afghanistan...

L'Américain secoua la tête.

– Avec les portables, les nouvelles vont vite... Bin Laden a forcément un relais ici. Tout le monde en a. La permanence d'Hekmatyar est à cent mètres d'ici, les talibans reçoivent en face de notre consulat, et ceux qui ont été virés officiellement maintiennent des antennes dans des ONG amies. Venez, on va à Hayatabad voir s'il n'y a rien à glaner.

Malko monta dans la Nissan, broyant du noir. La liquidation d'Hedjaz Rahim coupait la dernière piste éventuelle menant à Osama Bin Laden.

*
**

Deux voitures de police stationnaient en face de l'élégante maison blanche qui avait abrité la famille Rahim. On apercevait un satellite installé sur la terrasse. Ralph McCarthy sauta à terre.

– Allons bavarder avec les flics. Maintenant, on ne risque plus de le compromettre.

Un billet de cent roupies plus tard, l'Américain n'arrivait plus à arrêter le policier volubile en faction devant le portail, qui lui racontait les détails du massacre. Ralph McCarthy traduisit à Malko :

– C'est ce que je pensais. Il a eu la gorge tranchée, la langue coupée, les yeux arrachés : la punition que les Pachtous infligent aux traîtres.

– Et sa famille ?

– La femme et les enfants égorgés. Normal. Ici, on ratisse large... (Il eut un ricanement.) Au moins, il n'y aura plus de problème avec les visas. L'ambassadeur n'avait pas besoin de s'exciter.

Choqué par ce cynisme gouailleur, Malko remonta dans la Nissan. Sauf miracle, sa mission était terminée. Alors qu'Osama Bin Laden se trouvait à cent kilomètres à vol d'oiseau, de l'autre côté de la frontière afghane. Jusqu'à la maison de Rahman Baba Road, les deux hommes broyèrent du noir en silence.

– Je crois que c'est cuit, lança Ralph McCarthy, en se laissant tomber dans un des vieux fauteuils d'osier de la véranda.

Malko allait approuver lorsqu'une idée lui traversa l'esprit.

– Je connais quelqu'un qui pourrait probablement nous dire où se trouve Bin Laden, avança-t-il.

Ralph McCarthy sursauta.

– Qu'est-ce que vous attendez alors ?

Malko tempéra son enthousiasme.

– Il y a un petit hic. J'ignore où se trouve cet homme et même s'il est vivant. Si vous connaissiez quelqu'un très au courant des affaires afghanes, on pourrait peut-être le retrouver.

– J'ai ce qu'il vous faut, fit l'Américain. Un copain, rédacteur en chef à *The News*, Rahimullah Yousefsaï. Depuis quinze ans, il couvre toutes les histoires de moudjahidin.

– Dans ce cas, dit Malko, demandez-lui s'il sait où trouver un certain Sayed Gul.

CHAPITRE VIII

– Sayed Gul ? Qui est-ce ? Ça me dit vaguement quelque chose, demanda Ralph McCarthy.

– Un Afghan que j'ai rencontré il y a une douzaine d'années, expliqua Malko ; ici, à Peshawar. C'était l'*Intelligence Director* de l'Alliance des moudjahidin. Le patron de leurs services de renseignements. A l'époque, je les ai aidés à déjouer un complot soviétique destiné à éliminer les responsables de la résistance. S'il est encore vivant, Sayed Gul s'en souvient sûrement. Peut-être, aujourd'hui, pourrait-il nous aider.

– Je vois qui c'est, concéda l'Américain, un grand type avec des lunettes, le front dégarni. Mais je n'ai pas eu beaucoup de contacts avec lui ; moi, je m'occupais plutôt d'Hekmatyar. Venez avec moi chez Yousefsaï.

Il ouvrit son armoire aux trésors et en sortit une bouteille de Defender « Success » et une de cognac Gaston de Lagrange XO, qu'il enveloppa dans un journal.

– Ça l'aidera à retrouver la mémoire, ricana-t-il sans méchanceté. Cette prohibition est une bénédiction : on peut acheter les gens pour pas trop cher.

Vingt minutes plus tard, ils stoppaient en face d'une ruelle donnant dans Sharan-E-Pehlvi Road, au cœur de Sadr Bazar. L'entrée du journal était au début de la ruelle, un escalier aux marches démesurément hautes, débouchant sur une pièce sombre au premier. Dans un coin, une secrétaire, la tête couverte d'un voile noir, tapait sur un ordinateur. Ralph fit prévenir Rahimullah Yousefsaï et on les fit entrer dans un minuscule bureau donnant sur la ruelle. Derrière des piles de papiers, un homme aux cheveux gris, avec des lunettes d'écaille, jonglait avec trois téléphones et un fax. Deux autres visiteurs attendaient sur une banquette, le long de la fenêtre. Un gros barbu onctueux et un jeune homme maigre.

– Vous avez le temps de déjeuner ? demanda l'Américain qui ne tenait pas à parler devant les deux visiteurs.

Yousefsaï montra les papiers devant lui.

– Impossible ! Juste un *tchai* (1). Dans dix minutes au *Green's*.

Ils redescendirent. La façade verte du *Green's*, à quelques mètres de là, semblait prête à s'effondrer. L'intérieur n'était guère plus gai. Des boutiques fermées et une sorte de jardin d'hiver où ils attendirent le journaliste. Celui-ci fit son apparition avec vingt minutes de retard.

– Aujourd'hui, c'est terrible, expliqua-t-il, les talibans avancent partout, j'ai des nouvelles sans arrêt.

Ralph McCarthy lui glissa le paquet contenant les bouteilles de Defender « Success » et de Gaston de Lagrange XO.

– Pour le moral.

Rahimullah Yousefsaï sourit sans répondre. L'Américain attaqua aussitôt :

– Mon ami Malko Linge cherche à retrouver quelqu'un qu'il a connu il y a une douzaine d'années. Sayed Gul. Il dirigeait les services de renseignements de l'Alliance des moudjahidin.

Le journaliste réagit instantanément.

– Sayed Gul. Oui, je vois, il avait ses bureaux dans Charsadda Road. Mais il n'y est plus.

– Vous savez où il est ? demanda anxieusement Malko.

– Du côté de Jallalabad. On doit pouvoir le joindre. Pourquoi ?

(1) Thé.

– Vous pourriez lui transmettre un message ?

Le journaliste but un peu de thé, un œil sur sa montre.

– Oui, ça doit être possible.

Malko lui tendit une carte.

– Nous nous sommes bien connus. Je ne suis pas à Peshawar pour longtemps. Est-ce qu'il pourrait me contacter au *Pearl Continental* ?

Yousefsaï empocha la carte et se leva avec un sourire d'excuse.

– Je vais essayer de transmettre le message. A bientôt.

Dès qu'il se fut éloigné, Ralph McCarthy demanda :

– Pourquoi avez-vous parlé du *Pearl* ?

– Parce que je vais m'y installer, fit Malko, c'est plus neutre.

Sayed Gul était sa dernière chance. Une chance minuscule, mais réelle. Il ne voulait rien faire qui puisse la gâcher.

*
**

Un grand panneau, à droite de l'entrée du *Pearl Continental* de Peshawar, demandait en termes prudents aux « gunmen » et gardes du corps de tout poil de bien vouloir déposer leurs armes à la réception qui en prendrait le plus grand soin. Le ton presque suppliant de cette requête laissait supposer qu'il devait parfois y avoir des problèmes avec les farouches Pachtous...

Après s'être installé au quatrième étage, Malko se baguenaudait dans le hall et la galerie marchande. Des brochettes de barbus occupaient tous les sièges du hall, prolongé par un grand restaurant self-service. Pas une femme en vue. La pulpeuse Dorothy O'Leary allait lui manquer. Pour passer le temps, il alla au *Guilbar*, seul endroit où on serve de l'alcool, et commanda une vodka, sous le regard réprobateur de quelques barbus en *kamiz* et *charouar*. Seuls les étrangers avaient le droit de consommer ouvertement de l'alcool.

Lorsqu'il revint dans sa chambre, il trouva un message

glissé sous la porte : « Sayed Gul vous retrouvera demain au restaurant *Azad Afghan*, sur Jamrud Road. A midi. »

Inespéré ! Sayed était vivant, il se souvenait de Malko et il avait envie de le voir ! Ça méritait d'être célébré. Il appela Ralph McCarthy.

– J'ai une bonne nouvelle, annonça-t-il. J'arrive.

*
**

Dorothy O'Leary s'était surpassée : la table était mise sous la véranda avec des bougies et une batterie de lampes antimoustiques. Une bouteille de Taittinger Comtes de Champagne, blanc de blancs 1988 reposait dans un seau, Ralph s'était rasé et la jeune femme, vêtue d'un pull moulant et d'une longue jupe bariolée, s'était fait un chignon, allongeant ses yeux de khôl.

– J'ai rendez-vous avec Sayed Gul demain, annonça triomphalement Malko.

Ralph explosa de joie.

– Super !

Dorothy était déjà en train de verser le champagne. Ils trinquèrent. Les bulles du Taittinger parurent à Malko encore plus délicieuses que d'habitude. En quelques minutes, la bouteille fut vide... Pour arroser le repas, l'Américain passa au Defender « Very Classic Pale » arrosé de soda et Dorothy se confectionna un pichet de « Caïpirinha », écrasant au fond plusieurs citrons verts et versant dessus du Cointreau et de la glace.

C'était Byzance.

Hélas, la nourriture n'était pas à la hauteur de la boisson... Du poulet qui avait dû descendre à pied la Khyber Pass, du riz gluant et de la *raita*. Le cuisinier avait bien essayé de faire des frites, mais seulement obtenu des pustules graisseuses et blafardes. Une demi-bouteille de Defender « Very Classic Pale » plus tard, Ralph McCarthy se leva et prit la direction de sa chambre, avec un vague grognement. Il ne supportait pas la chaleur... Malko dut aider Dorothy à terminer son « Caïpirinha ». La jeune femme aussi semblait assez allumée. Ils regardèrent griller les moustiques pendant quelques minutes, puis Malko se leva.

– Je vais me coucher.

Dorothy lui emboîta le pas. En passant dans le couloir, ils entendirent un ronflement sonore. Par la porte entrouverte, Malko aperçut Ralph allongé sur son lit, la bouche ouverte, tout habillé. Dorothy pouffa derrière lui.

– Il a eu trop d'émotions aujourd'hui.

Comme Malko ouvrait la porte de sa chambre, elle le rattrapa.

– Je ne vous ai pas félicité... Et je me suis donné beaucoup de mal pour vous.

– Je sais, sourit Malko, merci pour le dîner.

– Non, pas le dîner.

Avec un sourire provocant, elle releva soudain sa longue jupe, découvrant des jambes gainées de bas noirs retenus par une guêpière en dentelle ! Aussi inattendu qu'un strip-tease dans une mosquée.

– Vous n'aimez pas ? demanda Dorothy d'une voix timide. Ralph m'a dit pourtant que...

Sans finir sa phrase, elle se souda à lui, le ventre en avant, et l'embrassa aussi goulûment que la première fois. Entre le Taittinger et le « Caïpirinha », il ne mit pas longtemps à s'enflammer. Les épaules appuyées au mur du couloir, Dorothy saisit sa jupe à deux mains pour la relever jusqu'à sa taille, permettant à Malko d'admirer la blancheur de ses cuisses tranchant sur le noir du nylon. Il se libéra fiévreusement et l'embrocha sans fioritures. Dorothy poussait des petits gémissements saccadés, accrochée des deux mains à sa nuque. Quand elle le sentit près d'exploser, elle émit un cri bref et lui griffa la nuque. Ensuite, tandis qu'il se rajustait, elle rabattit sa jupe, les yeux brillants, du khôl coulant sur ses joues.

– C'est exactement ce dont j'avais rêvé, soupira-t-elle. J'en ai les jambes coupées. Bonne nuit.

Il réalisa, alors qu'elle s'éloignait dans le couloir, que les ronflements de Ralph n'avaient pas changé de rythme.

*
**

La plupart des clients du restaurant *Azad Afghan* mangeant avec leurs mains, un lavabo surmonté d'un robinet était scellé sur la façade de Jamrud Road. Au moment où Malko se garait devant, un *Flying Coach* embelli de grandes antennes souples comme un insecte, des grappes de passagers agrippées aux portières ouvertes, contenues par les « contrôleurs » en équilibre comme eux, des liasses de petites coupures entre les doigts, dévalait la grande avenue, en provenance de la Khyber Pass. Il ralentit devant le restaurant.

Deux hommes sautèrent en voltige du gros bus avant qu'il ne reparte dans un jet de diesel noirâtre. Un vieux barbu en robe qui s'étala sur la chaussée et un homme plus jeune coiffé d'un turban, en *kamiz* et *charouar* gris, une superbe barbe noire contrastant avec son crâne dégarni. Il sortit une paire de lunettes de sa poche, et les chaussa. Malko reconnut alors Sayed Gul. Ce dernier l'avait vu et marcha vers lui après avoir aidé le vieux à se relever. Les deux hommes s'étreignirent longuement.

– Je ne pensais jamais vous revoir, dit Sayed Gul.

– Moi non plus ! Et Asad, il est toujours avec vous ?

Le regard de l'Afghan s'assombrit.

– Asad a été tué, lors de la prise de Jallalabad. Qu'Allah l'ait en sa Sainte Garde.

C'était l'inséparable garde du corps de Sayed Gul, un géant barbu à la crinière de Samson. L'Afghan ajouta avec tristesse :

– Beaucoup de ceux que vous avez connus sont morts. Quand les *chouravi* sont partis, nous nous sommes déchirés entre nous. C'est triste, même si c'est la volonté de Dieu.

Ils pénétrèrent dans le restaurant. Spartiate, quelques tables occupées par des familles. Ici, il n'y avait jamais d'étrangers. Le garçon vint prendre leur commande, apportant une bouteille d'eau minérale.

– Vous voulez un chachlik ? proposa Malko à Sayed Gul.

Le garçon le coupa :

– *No meat today, sir. Only chicken.*

Au Pakistan, deux jours par semaine, on ne mangeait pas de viande, par économie. On leur apporta des *nans*, du riz et des morceaux de poulet nageant dans une sauce rouge qui aurait fait des trous dans du titane. Les deux hommes mangèrent en silence, puis Malko demanda :

– Que faites-vous maintenant ?

Sayed Gul sourit dans sa barbe.

– Oh, j'ai fait beaucoup de choses. Longtemps, je suis resté avec le commandant Sayyaf, dans la région de Jallalabad. J'ai séjourné souvent à Kaboul. Et puis, depuis quelques mois, on m'a donné une mission spéciale.

– C'est secret ? l'interrogea Malko en souriant.

– Pas pour vous. Je commande le groupe de protection d'un hôte de notre commandant, un Saoudien qui se nomme Osama Bin Laden. Peut-être avez-vous entendu parler de lui ?

Son regard était transparent. Il ne savait pas. Malko baissa la tête dans son assiette.

– Oui, un peu. Quel genre d'homme est-ce ?

– Il s'est battu courageusement durant le Djihad, et maintenant, il aide beaucoup de gens qui continuent d'autres luttes. Comme il a énormément d'argent, il fait reconstruire des mosquées partout où elles ont été détruites par les *chouravi*. Il aide aussi nos frères palestiniens et finance en partie l'université d'Islamabad. Il prie beaucoup, il observe strictement le Coran.

Malko lui adressa un sourire en coin.

– Sayed, vous êtes devenu très pieux...

– C'est vrai, fit l'Afghan. J'ai même passé quelque temps dans une madrasa (1). J'y ai découvert beaucoup de choses, un sens à la vie.

– Vous êtes toujours à Jallalabad ?

(1) Ecole coranique.

– Non, devant l'avance des *talibans,* nous nous sommes repliés sur un ancien camp wahabite, au cœur du district de Khugiani, dans la vallée de Spingar. Les *talibans* sont de bons croyants, mais nous craignons qu'ils ne soient manipulés. C'est à deux heures et demie de la piste de Jallalabad. Vous pourriez venir nous rendre visite. Je serais heureux de vous y accueillir, aussi longtemps que vous le souhaiteriez. Osama Bin Laden dispose d'un Beechcraft, nous pourrions même nous rendre à Kaboul.

Malko but une gorgée d'eau pour apaiser le feu de la sauce rouge. Il éprouvait une grande tristesse.

– Je ne peux pas venir, Sayed, fit-il.

L'Afghan lui jeta un regard étonné.

– Vous n'avez pas le temps de venir passer quelques jours avec un vieil ami ? Moi, je suis venu.

– Ce n'est pas une question de temps. Je travaille toujours avec les Américains, et Osama Bin Laden a déclaré la guerre aux Etats-Unis. Il a commandité deux attentats en Arabie Saoudite et nous sommes pratiquement sûrs que c'est un de ses hommes qui a commis l'attentat contre le vol 800 de la TWA, au large de New York. L'explosion de ce Boeing 747 a fait deux cent trente morts.

Sayed Gul avait pâli.

– Ce que vous me dites est impossible, dit-il. Osama Bin Laden n'est pas un terroriste. Il donne de l'argent à certains radicaux islamistes, ou à des gens comme les Palestiniens qui luttent pour une cause juste. Nous aussi, alors, nous étions des terroristes, lorsque nous cherchions à libérer notre pays des Soviétiques ? Vous nous aidiez, pourtant...

– Vous vous battiez contre une armée étrangère d'occupation, répliqua Malko. Cela n'a rien à voir.

– Osama Bin Laden est un trop bon musulman pour commettre des crimes de ce genre, plaida l'Afghan. Vous avez été mal renseignés. Les Américains sont naïfs, parfois.

– Vous avez connu un certain Abdul Basin Karim ? C'est lui qui...

Sayed Gul réfléchit quelques instants.

– Oui. C'est vrai, il était proche de Bin Laden, pendant le Djihad. Mais, je le jure sur Dieu, je ne l'ai pas vu depuis très longtemps.

On leur apporta du thé. Malko sentait qu'il n'ébranlerait pas Sayed Gul. Celui-ci se força à sourire.

– Malko, n'importe qui d'autre aurait porté ces accusations, je l'aurais tué. Mais vous êtes mon frère, vous avez risqué votre vie pour notre cause, vous serez toujours chez vous en Afghanistan, et ma maison vous sera toujours ouverte.

Malko eut envie de lui dire qu'il n'était qu'un samouraï moderne avec un peu d'éthique, mais à quoi bon doucher le lyrisme oriental...

– Je sais, fit-il. Mais les gens changent. Bin Laden a entamé un nouveau Djihad.

L'Afghan se pencha au-dessus de la table.

– Je veux vous convaincre, dit-il d'une voix pressante. Venez rencontrer Osama Bin Laden.

– Ce n'est pas facile, objecta Malko.

– Pour vous, cela le sera. Je repars tout à l'heure. Je vais lui en parler et je vous préviendrai par l'intermédiaire de Rahimullah Yousefsaï.

– Cela m'étonnerait qu'il souhaite me voir, objecta Malko. Et je ne pense pas non plus que je souhaiterais le rencontrer. Dites-lui seulement que s'il est coupable, il sera pourchassé sur la terre entière, et, un jour, rattrapé. Le bras de l'Amérique est long, très long.

Sayed Gul ne répondit pas. Malko laissa deux cents roupies sur la table et ils retrouvèrent le soleil brûlant.

– Vous êtes venu en bus de Jallalabad ? demanda Malko.

– Non, j'ai laissé ma voiture à Torkham, à la frontière. C'était plus simple. Je vais reprendre un bus jusque-là.

De nouveau, il étreignit Malko et lui dit de sa voix douce :

– Nous allons bientôt nous revoir, *Inch'Allah !*

Il s'éloigna pour héler un taxi collectif. Malko le

regarda partir, en proie à des sentiments contradictoires. Il était heureux d'avoir retrouvé Sayed et, en même temps, triste. Maintenant, ils étaient dans deux camps adverses. Tandis qu'il remontait dans sa voiture transformée en four, il se dit qu'involontairement, Sayed Gul lui avait communiqué l'information qu'il cherchait depuis son arrivée au Pakistan.

Le lieu où se trouvait Osama Bin Laden.

Il n'avait pas le droit de conserver cette information pour lui. En même temps, il savait qu'à la seconde où la CIA l'aurait en sa possession, elle l'utiliserait. Vraisemblablement, comme l'avait dit Franck Capistrano, en envoyant les Mirage pakistanais écraser Osama Bin Laden sous leurs bombes.

Sayed Gul risquait d'être tué aussi. Mais il ne pouvait pas faire de sentiment : ceux qui posaient des bombes n'en faisaient pas. Il se dit avec un pincement au cœur que Sayed Gul, en voyant arriver les Mirage, saurait que leurs chemins s'étaient définitivement écartés.

*
**

Malko attendait dans la Nissan climatisée, en face de la maison à colonnades blanches de Khyber Road. Ralph McCarthy était entré à l'ISI une demi-heure plus tôt. Dès que Malko lui avait relaté sa rencontre avec Sayed, il avait sauté sur ses pieds.

– L'ISI possède la liste de toutes les anciennes bases de moudjahidin, avait-il expliqué. Ce sont eux qui les ravitaillaient. Je connais un type qui va me situer ce camp à dix mètres près.

Après avoir pris l'éternel sésame – une bouteille de Defender « Success » –, ils avaient mis le cap sur Peshawar. Malko le vit ressortir, visiblement d'excellente humeur.

– Et voilà, fit l'Américain, j'ai l'emplacement exact du camp. Il comporte quelques maisons, un dépôt de munitions, une piste d'atterrissage et un terrain de football qui servait à l'entraînement. C'est bien à deux heures et demie au nord-est de Jallalabad. Il n'y a plus que quelques détails à régler, et boum !

– Quels détails ? demanda Malko tandis qu'ils roulaient à nouveau vers University Town.

– D'abord, nous assurer que les ordres sont toujours les ordres. Pour ça, j'appelle Joe, qui joindra Frank Capistrano. On va le sortir de son lit, mais ce n'est pas grave. Ensuite, je donne un coup de fil à un bon copain à moi, le colonel Ghaffar Padripura. Il commande un escadron de l'armée de l'air pakistanaise, ici à Peshawar. Une unité un peu spéciale qui accomplit toutes les missions qui n'existent pas... Un petit coup de main aux talibans, ou la destruction d'un village inamical. Ou même d'un convoi de drogue. Dernièrement, ses Mirage ont détruit dans le désert du Baloutchistan une caravane de chameaux transportant cent tonnes de haschisch...

– Le Pakistan lutte comme ça contre la drogue ?

L'Américain éclata de rire.

– Non, ces types n'avaient pas « bakchiché » les « intermédiaires agréés ». Il fallait les punir.

Malko lui jeta un coup d'œil stupéfait.

– Si vous demandez à ce colonel d'aller bombarder Bin Laden, il va le faire sans poser de questions ?

Nouveau rire heureux.

– Le colonel Padripura me connaît depuis longtemps. Il sait que je ne parle jamais en mon nom. Si je lui demande un service, c'est la *Company* qui le demande. Il a l'habitude. Nous avons fait des centaines d'opérations ensemble, pendant le Djihad. En avion et en hélicoptère. On allait chercher des gens, on en ramenait, on bombardait, on posait des mines... Ensuite, je ne lui parlerai pas de Bin Laden.

– Mais ses chefs ?

– Ses chefs savent parfaitement à quoi s'en tenir. C'est une affaire qui restera dans un cercle très restreint. C'est Padripura qui établit ses plans de vol. Totalement fantaisistes, mais comme tout le monde sait, personne ne lui pose de questions.

Ils étaient arrivés à Rahman Baba Road. Tandis que Malko s'installait dans la véranda, Ralph McCarthy entamait le processus qui devait mener à l'élimination physique d'Osama Bin Laden.

*
**

Ralph McCarthy émergea de son bureau, radieux.

– Joe vient de recevoir l'ordre écrit de passer à l'action, annonça-t-il. J'ai appelé mon copain aussitôt. Nous avons rendez-vous à son mess.

Trois secondes plus tard, ils étaient dans la grosse Nissan, roulant vers le sud de Khyber Road, au cœur du quartier le plus élégant et le plus chic de Peshawar : celui des officiers. Il n'y avait que de superbes villas bien léchées, des casernes impeccables, des logements pimpants. Là, on comprenait que l'armée absorbe quarante pour cent du budget pakistanais... Contraste saisissant avec la pouillerie du Khyber Bazar. On se serait cru dans une autre ville.

Ralph McCarthy s'engagea dans l'entrée du club des officiers de l'Air Force, salué par la sentinelle. Ils gagnèrent le mess, décoré de photos et de fanions. Un seul homme était au bar. Visage fin et moustache nette, des yeux intelligents. L'Américain fit les présentations et le barman leur apporta deux Coca. Le colonel Padripura devait avoir la quarantaine. Ralph posa sur un tabouret l'éternel paquet de papier marron.

– Ça te fera bien le week-end, plaisanta-t-il.

La bouteille de Defender « Success » changea de tabouret.

– *Choukrai* (1), fit l'officier, mais tu n'es pas venu que pour cela...

– Non.

(1) Merci.

Ralph McCarthy sortit de son attaché-case une carte à grande échelle du nord-est de l'Afghanistan et posa le doigt sur un cercle dessiné au crayon rouge.

– Ici, il y a un petit camp occupé par des gens inamicaux, dit-il d'un ton léger. Tu peux arranger cela ?

Le colonel Padripura étudia la carte un instant, relevant les hauteurs, le relief, les distances. Puis il releva la tête.

– Cela ne devrait pas poser de problèmes, annonça-t-il calmement, comme si on lui demandait s'il était libre pour le week-end.

– Quand ?

– C'est pressé ?

– Oui. Très.

– Attends-moi.

Il traversa le mess et disparut. Un quart d'heure plus tard, il était de retour.

– Tu as de la chance, dit-il. Demain, j'avais justement une mission d'entraînement.

– Super, exulta Ralph McCarthy. Tu as la *clearance* habituelle. Ton patron sera prévenu après.

Le colonel sourit. L'Air Force pakistanaise n'avait rien à refuser aux Américains qui allaient lui livrer des F.16 payés par l'Arabie Saoudite.

– Quelle heure ? insista l'Américain.

– Décollage six heures. Nous serons sur l'objectif environ vingt minutes après.

– Prends ce qu'il faut, conseilla Ralph McCarthy d'un ton plein de sous-entendus.

C'est-à-dire des bombes assez grosses. Les risques pour le colonel étaient nuls, ce qui restait de l'aviation militaire afghane ne quittant guère le nord du pays. Mais presque tous les jours, les Mirage sortaient, donnant un coup de main aux talibans.

Les trois hommes terminèrent leurs boissons et se séparèrent.

– On se voit demain, ici, à la même heure, suggéra l'Américain.

– OK.

En remontant dans la Nissan, Ralph McCarthy ne dissimulait pas sa joie.

– Voilà une affaire rondement menée, fit-il. Demain, exit Bin Laden. Et ce soir, on va faire la fête.

– Où ?

– A la maison. Il doit me rester un magnum de Taittinger Comtes de Champagne et Dorothy va nous faire une danse du ventre. *Yallah !*

C'était une façon pas plus bête qu'une autre de fêter l'élimination d'un terroriste.

CHAPITRE IX

Le grondement puissant de plusieurs avions de chasse arracha Malko au sommeil. Il se précipita à la fenêtre, mais ne vit que le ciel bleu. Les Mirage étaient passés plus à gauche. Il regarda sa Breitling *Chronomat.* Six heures six minutes, quatre secondes. Ce devaient être les Mirage du colonel Padripura... Il se recoucha. La soirée s'était prolongée, la veille. Après le magnum de Taittinger, Ralph McCarthy en avait « retrouvé » un second... Tandis que Dorothy fabriquait des « Kamikaze » comme une vraie barmaid, en mélangeant du jus de citron, du Cointreau et de la vodka.

Malko s'était éclipsé alors que l'Américain commençait à regarder la jeune femme avec un drôle d'air.

Il se leva un peu plus tard. Les Mirage avaient dû revenir, mais il n'avait aucun moyen de connaître le résultat avant le soir en rencontrant le colonel pakistanais. La chaleur effroyable empêchait de se promener dans le bazar. Il ne restait plus qu'à tuer le temps.

Vers cinq heures, il se fit emmener par Perverst à University Town.

Le calme régnait dans la maison de Rahman Baba Road. L'œil à marée basse, Ralph McCarthy l'accueillit avec un sourire et un bâillement.

– Je me demande si on n'a pas trop bu hier soir, fit-il. Allons voir Ghaffar.

Dorothy était invisible. Seuls quelques employés de l'ONG vaquaient à leurs occupations. Un quart d'heure plus tard, ils pénétraient dans la cour du mess de l'Air Force. Le colonel Ghaffar Padripura, en tenue de vol, attendait en face d'un Coca. Il serra la main des deux hommes et annonça d'une voix calme :

– Tout s'est bien passé. L'objectif était bien là.

Ralph McCarthy lui envoya une grande claque dans le dos.

– *Well done !* On vous invite à dîner à la maison.

L'officier se fit un peu prier pour la forme, ils restèrent à bavarder quelques minutes, puis le colonel les suivit, grimpa dans sa Suzuki et leur emboîta le pas.

Dans la Nissan, Malko demanda :

– Vous croyez que Bin Laden est mort ?

L'Américain tourna vers lui un visage hilare.

– Vous avez déjà vu exploser une bombe de trois cents livres à fragmentation ? Il ne reste rien dans un rayon de cent mètres. Et là, ils en avaient six. En plus, les Mirage IV possèdent un excellent système de visée.

Malko eut une pensée attristée pour Sayed Gul. Lui aussi avait dû périr sous les bombes des Mirage IV. Ils arrivèrent tous ensemble à Rahman Baba Road. Dorothy avait déjà disposé la table sous la véranda et les antimoustiques.

Le colonel Padripura commença par avaler un double Gaston de Lagrange XO qui parut lui faire grand plaisir. Dorothy avait mis de la musique, le *chowkidar* faisait office de maître d'hôtel et le riz était à peu près bien cuit. Si l'électricité n'avait pas disparu, tout aurait été parfait. Dorothy, en « tenue de combat » – pull moulant et longue jupe – virevoltait autour des invités quand elle ne pilonnait pas du citron vert pour préparer ses « Caïpirinha » à grand renfort de Cointreau.

Quand il n'y eut plus rien à manger, Ralph alluma un cigare et lança :

– Ghaffar, raconte-nous un peu.

Le colonel Padripura semblait atteint de strabisme

divergent, un œil sur la bouteille de Defender, l'autre sur la poitrine de Dorothy. Ecarlate, les yeux injectés de sang et la voix plutôt pâteuse, il commença :

– Je vous l'ai dit, tout s'est bien passé. Le temps était clair, nous avons fait un passage pour repérer et nous avons tapé ensuite. Toutes les bombes ont explosé et la base a été détruite, en particulier les bâtiments.

– Vous avez vu des survivants ? demanda Malko.

L'officier étouffa discrètement un hoquet.

– Nous sommes passés trop vite pour les voir.

– Il y avait un avion sur la piste ?

– Non. Il était peut-être dissimulé sous une tente. On n'a pas voulu refaire un passage, ils auraient pu avoir des *stringers.* J'aurai un compte rendu demain, par des informateurs de Jallalabad.

Il se laissa aller en arrière et ferma les yeux.

– On ne peut pas le laisser partir comme ça, fit Ralph. Malko, aidez-moi à l'installer dans la chambre du fond.

Le colonel se laissa faire avec un sourire béat. Dorothy les suivait avec une lampe à pétrole. Ils l'installèrent sur un matelas, laissant la jeune femme mettre la clim et fermer les rideaux, tandis qu'ils revenaient à la véranda. Deux minutes plus tard, ils entendirent des cris perçants et se ruèrent dans le couloir. La bête s'était réveillée. Ghaffar Padripura, le pantalon sur les chevilles, était en train de violer Dorothy !

Ralph tira Malko en arrière.

– Laissez-le faire, il a bien mérité une petite récompense...

*
**

Malko était en train de se raser quand son téléphone sonna. Il reconnut tout de suite la voix du journaliste Rahimullah Yousefsaï.

– Je viens de recevoir un coup de téléphone de notre ami commun, annonça le Pakistanais.

Malko sentit les battements de son cœur s'accélérer.

– Celui qui est venu me voir à l'*Azad Afghan* ?

– Oui.

Sayed Gul. Donc, il avait échappé au bombardement. Par lui, on allait savoir si Ben Laden était toujours vivant.

– Que voulait-il ?

– Vous rencontrer à nouveau. Il vient de Jallalabad par la route. Il demande que vous le retrouviez à Landicotal vers dix heures, au *check-point* de la sortie ouest.

– J'y serai, promit Malko, sans réfléchir.

Après avoir raccroché, il réalisa ce que ce rendez-vous avait d'étrange, et même d'inquiétant. Sayed Gul ne pouvait pas ignorer le bombardement. Que voulait-il réellement ? Ce devait être un piège, une tortueuse vengeance d'Osama Bin Laden. Dans la zone tribale, tout pouvait arriver. On assassinait comme on respirait. Plus facilement qu'à Peshawar.

Rasé, Malko rejoignit Perverst et sa Toyota. Direction University Town. Ralph McCarthy, mis au courant, fit la grimace.

– Je n'aime pas ça. C'est à Landicotal que nous avons perdu deux hommes récemment. Ils étaient sous couverture DEA. Il faut prendre des biscuits.

Malko aussi avait de mauvais souvenirs de Landicotal où il avait failli perdre la vie, douze ans plus tôt. Dernière bourgade avant le poste frontière de Torkham, c'était le repaire de tous les trafics, où le haschisch, l'héroïne et les armes se vendaient à tous les étalages. Même le *Frontier Corps* ne s'y risquait pas trop.

– On a juste le temps ! fit l'Américain, mais il ne faut pas partir les mains vides...

Il prit dans son râtelier deux Kalach et une dizaine de chargeurs et y ajouta quelques grenades défensives dans un sac de toile, ajoutant avec un ricanement :

– C'est vraiment pour se rassurer ! Je les connais, s'ils nous veulent du mal, ils vont taper à la RPG7, bien à l'abri. Vous savez ce qu'on dit des Pachtous ? Un guerrier pachtou vous tue de préférence dans le dos avec un fusil, parce qu'il est loin, et la nuit...

Voilà comment les plus belles légendes s'effondraient.

Vingt minutes plus tard, ils franchissaient le *check-point* de Kharkano, immense marché coupé en deux par la frontière de la zone tribale. La sentinelle du *Frontier Corps* connaissait Ralph McCarthy qui lui glissa discrètement une bouteille de scotch et le suivit dans sa guérite. Cela évitait les permis exigés pour tous les étrangers. L'Américain réapparut accompagné de deux soldats du *Frontier Corps* en uniforme marron et grand béret noir, avec des Kalach et trois chargeurs dans des étuis de toile accrochés à la poitrine. Deux jeunes gens souriants qui paraissaient parfaitement inoffensifs en dépit de leur allure martiale. Après avoir salué Malko, ils prirent sagement place à l'arrière de la Nissan.

– Pourquoi viennent-ils ? s'étonna Malko.

Ralph McCarthy lui fit un clin d'œil.

– J'applique le règlement. Normalement, dans la zone tribale, il faut toujours se faire accompagner d'un militaire censé vous protéger... Aujourd'hui, si les autres ont de mauvaises intentions, ça les retiendra peut-être un peu. Bien que la peau d'un béret noir ne vaille pas très cher... Enfin.

*
**

La montée vers le col de Torkham, verrou de la route menant à Jallalabad, n'avait pas changé depuis douze ans. Toujours les mêmes lacets serpentant au milieu des montagnes brûlées, un paysage majestueux et désertique, sans un arbre, sans un buisson, alternant des crêtes ocre et déchiquetées et des plaques de basalte noir et brillant. Presque à chaque virage se dressait un vieux fort en ruine, en mâchicoulis jaunâtre, vestige des combats furieux qui avaient opposé, au siècle dernier, Pachtous et Britanniques. Ralph McCarthy mit une demi-heure à doubler un énorme convoi de la Croix-Rouge montant vers Kaboul. Une cinquantaine de camions poussifs...

En contrebas, des caravanes de chameaux cheminaient

sur les pistes non asphaltées parallèles à la route principale, doublées par des pick-up double cabine sur le plateau desquels s'entassaient des dizaines de pauvres hères, ballottés et noyés de poussière. Sur la route, des bus peinturlurés, avec autant de gens sur le toit qu'à l'intérieur, grimpaient poussivement. Des carrioles à chevaux se hâtaient lentement, doublées dans la descente par des bicyclettes en nombre incroyable, lancées dans les lacets à tombeau ouvert. Un vrai Tour de France ! Certaines servaient de mulets, d'énormes cartons sur le porte-bagages. Malko aperçut des attelages encore plus étranges. Des Pachtous juchés sur un vélo en tenaient un autre à la main ! Acrobatie digne de Médrano.

– Ils vont chercher les bicyclettes à Torkham, expliqua l'Américain. Elles arrivent d'Inde, via l'Afghanistan, et elles sont beaucoup plus solides que les pakistanaises. Le type prend soixante-dix roupies par vélo. Il fait trois trajets dans la journée.

Un peu plus loin, ils passèrent devant l'énorme Fort Shasak des Khyber Rifle. Sur un à-plat rocheux, une plaque rappelait les combats glorieux du 2e régiment pendjabi. Puis la route fit un coude à gauche, traversant la vieille voie ferrée qui ne servait qu'une fois par mois. Ils étaient à Landicotal. Une rue unique, bordée de maisons en brique et en torchis, encombrée de camions, de bus, de charrettes.

Cinq cents mètres plus loin, ils atteignirent le dernier *check-point* avant l'Afghanistan. Un panneau indiquait « Torkham 5 km ». Deux cabanes, des *charpois* dehors et la queue des véhicules allant vers Peshawar. Ralph McCarthy gara le 4 x 4 entre deux maisons avant de gagner un petit promontoire dominant la vallée et la route qui y menait. En face d'eux, plusieurs pics marquaient la frontière avec l'Afghanistan. Le paysage était grandiose et ils étaient les seuls non-Pachtous.

– D'ici, on a une bonne vue, remarqua Malko. On les verra venir.

– Ça vous fera une belle jambe, ricana Ralph. Ils seront

gentils jusqu'au dernier moment. Et comme ce sont des Pachtous, personne ne nous viendra en aide s'il y a un problème.

Il alluma une Gauloise blonde avec le Zippo cabossé qui ne l'avait pas quitté depuis la guerre au Vietnam et s'assit sur un rocher, en bordure du promontoire. Malko regardait les véhicules montant de la vallée. Sayed Gul lui avait-il donné un vrai rendez-vous ou lui tendait-il un guet-apens ?

*
**

Le soleil était au zénith. Sayed Gul avait déjà deux heures de retard. Or, Jallalabad ne se trouvait qu'à soixante-dix kilomètres de Torkham et la route ne comportait aucune difficulté. De plus, Malko avait remarqué qu'il y avait relativement peu de circulation venant d'Afghanistan. L'avance rapide des talibans décourageaient les voyageurs. Ralph McCarthy, lui aussi, paraissait soucieux. Il écrasa sa énième Gauloise blonde et rejoignit Malko.

– Il faut aller voir à Torkham, suggéra-t-il. Sayed Gul est peut-être bloqué là-bas pour une raison idiote. On laisse les deux zigotos ici, on les reprendra au retour...

Quelques instants plus tard, le 4 x 4 dévalait la route étroite à toute vitesse. Un avion traçait un sillon blanc dans l'azur et Malko repensa à Bin Laden. C'était étrange de traquer le responsable de la catastrophe du vol 800 dans cet endroit perdu. Et pourtant, ce qu'ils avaient trouvé chez Abdul Basin Karim ne laissait aucune place au doute. Cela, joint à son passage sur le vol de la TWA, le désignait comme le coupable avéré. Mais pas le donneur d'ordre.

Ils atteignaient la vallée. La route filait au milieu de rizières et de champs de maïs. Ralph McCarthy freina pour éviter une file de camions immobilisés au poste frontière. Ils n'étaient plus qu'à quelques mètres de l'Afghanistan.

– On continue à pied, suggéra l'Américain.

Ils n'avaient plus sur eux que leurs pistolets. Un peu léger. Tous les gens qu'ils croisaient portaient soit de vieux Lee-Enfield 303, soit des Kalach. Ici, se promener sans armes était de la provocation. Pour un Pachtou, un homme désarmé n'était pas un homme. Les règles du reste du monde ne s'appliquaient pas dans la zone tribale.

Du côté afghan, pas un seul véhicule en vue. On voyait la route sur cent mètres, puis elle tournait. Ralph McCarthy s'approcha d'un des gardes-frontière et engagea la conversation avec lui. Malko le vit changer de visage. Le Pakistanais faisait de grands gestes, désignant l'autre côté de la route. Un petit bus se présenta et aussitôt, son conducteur fut interrogé aussi. Echange de cigarettes, Ralph McCarthy était très à l'aise et parlait parfaitement pachtou. Finalement, il revint vers Malko, le visage sombre.

– Plus la peine d'attendre Sayed Gul.

– Pourquoi ?

– Il est tombé dans une embuscade, à trente kilomètres d'ici. Il a été tué avec ses soixante-dix hommes d'escorte. Ici, ils le connaissaient très bien. On ne leur a laissé aucune chance. Le 4 x 4 de Gul a pris deux roquettes de RPG. Il ne doit pas en rester grand-chose. Il paraît que les véhicules sont encore au bord de la route. Ça s'est passé il y a deux heures environ...

Malko était amer. Et intrigué.

– Qui a commis ce massacre ?

L'Américain fit la grimace.

– Ils prétendent ne pas le savoir. Le chauffeur du bus prétend que les types étaient en embuscade depuis ce matin. Il les a vus en montant sur Jallalabad. Ce n'étaient pas des gens d'ici.

– Bin Laden ?

– Ça en a tout l'air.

Malko regarda le sol caillouteux. C'était lui le responsable de la mort de Sayed Gul. Il s'était réjoui trop tôt de l'avoir vu échapper aux bombes. Cette embuscade révélait deux faits nouveaux. D'abord, Osama Bin Laden avait échappé aux bombes des Mirage IV. Ensuite, il avait établi un lien entre le déplacement de Sayed Gul à Peshawar et le raid dont il avait été victime. Et il n'avait pas tardé à réagir. Ironie du sort, Sayed Gul n'était pas tombé sous les coups de ses ennemis jurés, les *chouravi,* mais sous ceux de ses frères d'armes.

– Repartons, suggéra Malko. Osama Bin Laden est vivant. Et nous avons une raison supplémentaire de le neutraliser.

Le chef terroriste n'avait pas perdu de temps. Ce n'était qu'un épisode nouveau dans la lutte à mort où le gouvernement des Etats-Unis et le Saoudien s'affrontaient. Tandis qu'ils redescendaient les lacets, Malko se mit à penser à l'avenir, luttant contre le découragement. La première partie de sa mission avait été trop facile. Certes, retrouver le terroriste qui avait posé une bombe dans le vol 800, tuant deux cent trente personnes, était gratifiant. Mais cela ne résolvait qu'une toute petite partie du problème. L'homme à abattre était le cerveau, celui qui enverrait d'autres Karim commettre d'autres crimes : Osama Bin Laden, qui se cachait maintenant au cœur de l'Afghanistan où il était chez lui.

Ralph McCarthy conduisait à toute vitesse, comme pour conjurer le sort. A l'arrière, les deux soldats dansaient comme des bouchons. Malko regardait défiler les pentes pelées. C'était la troisième fois que le destin le ramenait dans ce décor lunaire plein de violence. Il n'en repartirait pas sans avoir réussi.

Même s'il devait aller chercher Osama Bin Laden au fond des montagnes du Kunar.

*
**

Comme si Ralph McCarthy avait lu dans ses pensées, il dit soudain :

– A mon avis, la vengeance de Bin Laden ne s'arrêtera pas là. Nous sommes les prochains sur la liste. Peshawar fourmille de « croyants » qui ne demandent qu'à devenir *shahid* (1). Par exemple, en tuant un Américain ou quelqu'un travaillant pour eux. Vous savez comment sont morts les deux agents de la DEA capturés à Landicotal ? On les a attachés derrière des chameaux et traînés sur la rocaille jusqu'à ce qu'ils aient perdu tout leur sang. Les vautours ont fait le reste.

Lorsqu'ils arrivèrent à la maison de Rahman Baba Road, Dorothy les attendait sous la véranda.

– Il y a un message de Joe, annonça-t-elle. Mr Capistrano arrive ce soir à Peshawar à 21 h 30, en provenance de Dahran. Il faut aller le chercher.

– Qu'est-ce qu'il vient faire ici ?

Malko tombait des nues. Ralph McCarthy eut un sourire en coin.

– Vous féliciter.

*
**

Franck Capistrano ne semblait pas trop frais après son voyage de quinze heures. Pas rasé, la chemise froissée, les yeux rouges, il flottait toujours dans son costume et ses yeux semblaient s'être enfoncés encore plus dans leurs orbites. Il agita son sandwich en direction de Malko, écrasant de l'autre main un moustique sur son avant-bras poilu.

– Vous avez fait un fichu bon boulot ! lança-t-il.

Cela ne faisait pas une demi-heure qu'il était là, débarqué de l'avion avec un *brief-case* et une housse à vêtements.

– Vous êtes venu uniquement pour nous dire cela ? s'étonna Malko.

– Non, non, il fallait que j'aille, de toute façon, en Arabie Saoudite. Ordre du président. Alors, je me suis dit que cela valait la peine de faire un saut jusqu'ici. La Special Branch nous a remis tous les objets trouvés dans la chambre d'Abdul Basin Karim. Y compris le faux pas-

(1) Martyrs.

seport avec lequel il a pris l'avion à Athènes. Je ne me pardonnerai jamais d'avoir donné un visa à ce fumier.

– Il est mort, remarqua Malko.

Franck Capistrano pointa son sandwich sur lui.

– OK. Mais Bin Laden est vivant. Et pourtant, vous avez fait tout ce qu'il fallait. Mais ce type est super malin. Quand Sayed Gul lui a parlé de vous, il a compris aussitôt et a pris la tangente.

– Vous avez sûrement raison, approuva Malko, mais maintenant, il est hors de portée, Dieu sait où. Je pense que ma mission est terminée.

– *Niet,* fit le conseiller spécial de la Maison-Blanche. Vous allez rester à Peshawar.

– Pourquoi ? Il est impossible d'explorer l'Afghanistan.

Le gros homme avala ce qui restait de son sandwich d'une seule bouchée, l'arrosant d'une grande rasade de Defender « Cinq ans », ne laissant que les glaçons au fond du verre.

– D'autres vont aller le chercher pour nous.

– Qui ?

– Les *talibans.*

– Les *talibans* ! Mais ils sont aussi fondamentalistes que Bin Laden !

– *Right !* fit Capistrano, avec un léger renvoi. Mais ils ont besoin de munitions, d'armes et de soutien logistique. Tout cela vient du Pakistan... Et un peu de nous, ajouta-t-il modestement. Depuis le début de cette affaire, nous observons leur progression d'un regard sympathique. Ils mangent dans la main des Pakistanais qui nous mangent dans la main. Or, en face, ce ne sont pas nos copains. Massoud est proche des Russes et des Français, Rachid Dostom des Russes, et les deux sont alliés avec les Hazara financés par l'Iran...

– Mais ce sont des fous furieux ! objecta Malko, ils veulent transformer les cinémas en mosquées, ils bouclent les femmes, ils ne connaissent rien à l'économie.

– OK, OK ! C'est vrai. Ce sont des fous furieux. Mais

nos fous furieux. Ils emmerdent l'Iran, l'Inde et les Russes. C'est pas mal, non ? Quant aux Afghans, ils vivaient déjà avec deux ou trois siècles de retard. Qu'ils en prennent dix de plus dans la gueule ne change rien. Leurs femmes ont toujours porté le chadri.

– Je comprends, fit Malko, amusé par ce cynisme froid. Quel accord avez-vous passé avec les *talibans* ?

– Avec les *talibans*, aucun. Mais avec l'ISI, oui. Derrière chaque « commandant » taleb, il y a un mec de l'ISI. Le deal est simple. On continue à payer leurs petits frais et ils nous trouvent Bin Laden. Le problème, c'est que les *talibans* se refusent obstinément à lui faire le moindre mal. Alors, c'est vous et Ralph qui finirez le travail...

– C'est-à-dire ? s'inquiéta Malko, sur ses gardes.

Franck Capistrano retrouva son sourire de mafioso heureux.

– Dès que les *talibans* auront coincé Bin Laden, vous serez prévenu par un de mes amis, le général Iftikar Raza. C'est lui qui coordonne l'aide aux *talibans,* à Peshawar. Il vous arrangera un petit voyage discret jusqu'à M. Bin Laden. Et là...

Il eut un geste expressif, promenant son gros pouce le long de sa gorge.

Malko remarqua :

– Cela ne serait pas mieux de ramener Osama Bin Laden devant un tribunal américain ?

Franck Capistrano lui jeta un regard résigné.

– Ç'aurait été aussi beaucoup mieux de juger Hitler à Nuremberg. Les Pakistanais acceptent de nous aider, mais discrètement. Si on ramenait ce salaud chez nous, le monde entier saurait que les Pakistanais nous ont aidés. Ce qui leur causerait beaucoup de problèmes... Donc, on s'en tient à ma version.

Le silence retomba sous la véranda. Décidément, lorsque Franck Capistrano avait une idée en tête... Ce dernier eut un sourire encourageant.

– Vous ne serez pas trop de deux. Ralph parle dari et

pachtou. Et vous méritez, après votre succès, d'être le matador.

En plus, se dit Malko, si l'affaire tournait mal, la *Company* et la Maison-Blanche n'étaient pas directement impliquées. C'était l'aventure d'un soldat perdu et d'une barbouze hors cadre, même pas américaine.

Franck Capistrano était en train de griffonner sur une de ses cartes qu'il tendit à Malko.

– Voilà les numéros du général Iftikar Raza. Ligne directe, portable, maison. Votre nom de code est « shah ». Vous pourrez m'appeler à n'importe quelle heure pour m'annoncer la bonne nouvelle. Une chose encore, vous avez un appareil photo ?

– Non !

– Tenez.

Il lui tendit un tout petit appareil chromé.

– C'est le dernier Nikon. Tout est automatique. Je veux une photo de ce salaud mort. Pour mon album de famille. On la distribuera aux familles des victimes du vol 800.

Il était déjà debout.

– Quelqu'un peut me ramener au *Pearl* ? Je me lève tôt demain matin. J'ai rendez-vous en fin de journée avec le roi Fahd à Ryad. Ensuite, je prends à minuit vingt-cinq le vol Air France pour Paris. Trois heures de repos au *hub* de Roissy puis j'attrape le Concorde d'Air France, à onze heures, pour New York. Ce qui permet, grâce au décalage horaire, d'arriver à New York à 8 h 45 du matin. J'ai une réunion aux Nations unies à neuf heures. J'aurai quelques minutes de retard...

*
**

Malko et Ralph McCarthy se partageaient une bouteille de vodka Petrossian au poivre, au bar « pour étrangers » du *Pearl,* après avoir ramené Franck Capistrano prendre un repos bien mérité...

L'Américain dit soudain tout haut ce que Malko pensait tout bas :

– Je comprends pourquoi Capistrano a fait une belle carrière. Ce truc-là est hyper risqué. D'abord, parce que les Pakistanais n'ont pas envie de laisser des témoins... Ensuite, nous sommes tous les deux des marginaux. Si on morfle, rien ne remontera officiellement à Washington. Deux soldats de fortune auront été jouer aux cons en Afghanistan. Mais, c'est le jeu... Regardez.

Il sortit de sa poche une coupure du journal *The News*. Elle relatait qu'un jeune illuminé américain combattant avec les *talibans* avait été tué au cours des combats.

– *Bullshit !* fit sombrement Ralph McCarthy. Ce type appartenait à la *Company*. Il était passé me voir. Si on a un pépin, c'est tout ce qu'on aura comme éloge funèbre.

Malko eut envie de lui dire que les barbouzes mouraient rarement au champ d'honneur.

Ils abandonnèrent le bar, sinistre, et l'Américain raccompagna Malko jusqu'à la réception. Avec sa clef, l'employé lui tendit un message. Malko ouvrit l'enveloppe. Le texte était tapé à la machine.

« Je vous attends demain au *Khan Klub* à huit heures. Sayed Gul. » Malko relut trois fois le texte. C'était la première fois dans sa longue carrière qu'un mort lui donnait rendez-vous.

CHAPITRE X

Ralph McCarthy avait lu par-dessus l'épaule de Malko. Ce dernier demanda :

– Qu'est-ce que c'est que le *Khan Klub* ?

– Un nouvel hôtel-restaurant, répondit l'Américain, aménagé par un décorateur britannique et pédé. C'était la maison d'un trafiquant de pierres précieuses. Il en a fait un caravansérail à l'ancienne mode. Une sorte de petit bijou, en plein Khyber Bazar. Il a fait venir de chez un architecte d'intérieur parisien, Claude Dalle, des meubles d'un luxe inouï. Les riches Pakistanais l'utilisent comme baisodrome. Au rez-de-chaussée, il y a un restaurant et, dans les étages, une vingtaine de chambres.

– Vous n'avez pas l'impression que c'est un piège ?

L'Américain eut un sourire ironique.

– Un mongolien de quatre ans s'en douterait. Sayed Gul n'a pas ressuscité comme le Christ... C'est juste un truc pour vous faire venir, titiller votre curiosité. Celui qui a envoyé ce mot est parfaitement au courant de votre enquête...

– Bin Laden ?

– Il y a des chances. Alors, ne tentez pas le diable. D'autant que ce n'est sûrement pas Bin Laden lui-même qui viendra... Lui est au chaud dans le Kunar.

– En attendant, remarqua Malko, il s'agit d'aller moins loin...

Ralph McCarthy lui jeta un regard surpris.

– Vous n'allez pas me dire que vous voulez vous rendre à ce putain de rendez-vous ! Vous êtes dingue ou quoi ?

– Non, dit Malko. Quelque chose m'intrigue. Un homme comme Bin Laden a des moyens plus simples de s'attaquer à nous. Il dispose d'hommes à Peshawar. Le meurtre de la famille Rahim en est la preuve.

– Alors, qu'est-ce que ça cache ?

– Je n'en sais rien, avoua Malko. Il faut voir, comme au poker.

Ralph McCarthy émit un ricanement discret.

– Au poker, on ne risque pas une rafale de Kalach.

*
**

Ralph McCarthy freina brutalement pour éviter un rickshaw pas éclairé. La circulation sur Grand Trunk Road, la grande voie traversant Peshawar de part en part, était rendue encore plus cahotique par l'obscurité. L'Américain désigna une passerelle enjambant l'avenue séparée en deux voies par des barrières métalliques.

– New Rampura Gate est juste après. On va revenir sur nos pas.

Ils firent demi-tour un peu plus loin, longeant le Khyber Bazar. Puis l'Américain tourna à gauche dans une ruelle montant au cœur du bazar. Cent mètres plus loin, il laissa la mosquée Mahabat Khan sur sa gauche et tourna dans une voie sombre, parallèle à Grand Trunk Road. Presque toutes les échoppes étaient fermées et c'était assez sinistre... Deux cents mètres plus loin, Malko aperçut dans un renfoncement une enseigne en caractères latins dorés accrochée sur la façade « KHAN KLUB ».

Une maison tout en hauteur avec des balcons protégés par des moucharabieh à chaque étage. Un homme en turban veillait devant, Kalach à l'épaule, coiffée du traditionnel *pancol* afghan. Il se précipita pour ouvrir la portière de la Nissan. Ralph McCarthy s'était déguisé en

Pakistanais afin de dissimuler un Skorpio sous son ample *kamiz*. Malko avait glissé sous sa chemise un Beretta 92 plus fiable que le faux Tokarev généreusement offert par Joe Hickerson.

Ils se glissèrent dans la minuscule entrée qui faisait aussi office de réception pour l'hôtel. Le restaurant, à gauche, était plongé dans une pénombre agréable. Deux musiciens assis par terre jouaient du tambourin et de la flûte. Pas de sièges. On mangeait assis par terre, adossé à des coussins. Le restaurant était vide. Ralph McCarthy ricana.

– Le propriétaire a gagné tellement de fric avec ses pierres qu'il s'en fout. Il se fait plaisir.

Le décor était un peu précieux, avec des bois peints, des tissus multicolores, des lanternes. On leur apporta un menu très court et de l'eau minérale. Les musiciens se mirent à jouer. Cinq minutes plus tard, cinq femmes, toutes plus laides les unes que les autres, firent leur apparition et s'installèrent dans le coin opposé. Ralph se pencha à l'oreille de Malko.

– Des ONG allemandes et canadiennes.

Toutes étaient habillées à la pakistanaise, avec des voiles. Carrément ridicules. L'Américain glissa discrètement son Skorpio sous la table. En deux secondes, il pouvait rafaler la porte... Un garçon qui parlait à peine anglais prit leur commande : *palau* et *chicken tikka.* Peu à peu, les deux hommes se détendaient. Ralph McCarthy hocha la tête.

– A mon avis, ils vont nous attendre à la sortie. Au RPG. Dans ce coin, la nuit, il n'y a pas un chat.

Toujours rassurant.

On leur apportait le *palau* quand le rideau de la porte s'écarta sur de nouveaux clients. Malko en resta la boule de riz en l'air. Une créature étonnante venait de faire son apparition. Une beauté brune, les cheveux aile de corbeau vaguement couverts par un voile blanc brodé d'or, à la Benazir Bhutto, ce qui ne cachait rien de son visage à la sensualité animale, primitive. Des yeux de braise lourdement soulignés de khôl et une bouche énorme, pulpeuse comme le péché. Un petit bijou en or était incrusté dans sa narine gauche, reflétant la lumière. Son nez droit, son front haut, sa mâchoire énergique, tout évoquait le type afghan. Elle balaya la salle des yeux, irrésistiblement allumeuse. Le regard de Malko glissa sur sa pudique tenue pakistanaise en soie jaune qui ne révélait que deux obus qui tendaient le tissu à la hauteur de la poitrine. Elle avait jeté sur ses épaules une veste brodée avec environ cinq cents carats d'émeraudes. Elle désigna au garçon l'endroit où elle voulait s'asseoir et Malko aperçut une dizaine de bracelets d'or enfilés le long de son bras...

Ce n'était pas une pauvresse.

Derrière elle trottinait une autre femme, cachée derrière un chadri noir, plus petite, l'air effacé. Après s'être déchaussée, ce qui permit d'admirer les bracelets lourds qui ornaient ses chevilles, la première prit place de l'autre côté de la salle, juste en face d'eux, sa « servante » à côté d'elle. Le contraste entre les deux femmes était presque comique. Ralph McCarthy écarquillait les yeux devant cette créature au charme sulfureux, presque maléfique. On venait de poser devant elle un brûle-parfum et l'odeur du santal envahit le restaurant. Les cinq femelles des ONG n'en revenaient pas. Visiblement, elles n'avaient jamais vu de sulfureuse beauté de cet acabit...

Malko et Ralph McCarthy échangèrent un regard éloquent.

– Vous n'avez pas l'impression que la « chèvre » est arrivée ? demanda l'Américain. On n'en voit pas beaucoup comme ça, surtout sans homme. Je vais me renseigner.

Appelé d'un signe discret, le garçon échangea un long chuchotis avec lui. Aussitôt traduit à Malko.

– C'est une des femmes d'Ayub Afridi, annonça l'Américain. Elle vient parfois ici. C'est une Afghane.

– Qui est Ayub Afridi ?

Ralph McCarthy lui jeta un regard surpris.

– Vous n'avez pas entendu parler de lui ? Ayub Afridi

est un des plus gros trafiquants de haschisch de la région. Il s'est fait construire, à côté de Landicotal, une colossale résidence, probablement la plus grande du Pakistan. C'est là qu'il vivait.

– Il est mort ?

– Il est au trou à New York. La DEA l'a épinglé. Il purge une peine de deux ans, mais ses affaires continuent. Il a accumulé une fortune colossale et s'est payé un véritable harem. Vous en avez un aperçu devant vous. Comme sa maison est en pleine montagne, ses femmes viennent se distraire à Peshawar.

Malko reporta son regard sur l'épouse d'Ayub Afridi.

Appuyée sur un coussin, elle le fixait d'une façon extrêmement provocante, tandis que sa servante broutait son *palau*. L'odeur du santal avait fait place à celle du haschisch. Mme Afridi avait allumé une longue cigarette marron brune qui n'était sûrement pas vendue dans les bureaux de tabac. Elle soufflait la fumée droit devant elle comme pour l'envoyer en direction de Malko.

Celui-ci commençait à être vraiment intrigué. Etait-ce une coïncidence, ou cette somptueuse Afghane constituait-elle le piège dans lequel il devait tomber ?

Ils avaient presque fini leur repas. On leur servit du *green tea*, assez fort pour tenir dix jours sans dormir. La jeune Afghane ne se pressait pas de manger. Les musiciens s'étaient remis à jouer et elle dodelinait vaguement de la tête au rythme de la musique. Malko s'attendait presque à ce qu'elle se mette à danser !

Ralph McCarthy soupira.

– Va falloir y aller. Vous voyez bien que c'était une arnaque. Ils nous attendent à la sortie. J'ai envie d'appeler un copain à l'ISI. Qu'il vienne nous prêter main-forte. En face, c'est un bâtiment vide. On peut nous allumer au RPG sans problème...

Toujours la même obsession...

Malko n'eut pas le temps de répliquer. Le garçon venait de se pencher vers lui.

– *Sir,* voulez-vous que je vous montre votre appartement ?

Malko le regarda, abasourdi.

– Mon appartement ?

L'autre sortit un papier de sa poche et demanda :

– Vous êtes bien monsieur Linge ? Vous avez retenu la suite *Lapis* pour deux jours. Nous vous avons fait un prix spécial. Seulement deux mille roupies par jour.

L'Américain lui donna un coup de coude.

– OK, on va voir ça.

Ils se levèrent et suivirent le garçon, empruntant un escalier dont les marches avaient dû être taillées pour des géants. Quarante centimètres ! Ralph McCarthy dissimulait à peine son Skorpio, sans paraître offusquer le garçon. Ce dernier écarta une porte à deux battants donnant sur un atrium de quatre étages. On se serait cru dans un *riad* marocain. A chaque étage, une galerie permettait d'accéder aux chambres. Des lanternes de cuivre ajourées, pendant du plafond, distribuaient parcimonieusement la lumière.

Dans la suite *Lapis,* tout était bleu. D'abord un petit boudoir, suivi d'une chambre, dont le principal meuble était un grand lit, face au balcon protégé par un moucharabieh. D'épais tapis afghans étouffaient le bruit des pas. Une salle de bains aux murs bleus complétait l'appartement où régnait une chaleur poisseuse. Le garçon mit en route le climatiseur encastré dans le mur et annonça :

– Je vous laisse...

Restés seuls, les deux hommes explorèrent soigneusement les trois pièces. A travers le moucharabieh, on apercevait la rue sombre et le 4 x 4 de l'Américain. Ce dernier se tourna vers Malko.

– Vous restez ?

– Evidemment.

Ralph McCarthy eut un sourire salace.

– Vous pensez que c'est la belle salope qui va venir frapper à votre porte... *Don't be silly.* C'est l'appât. Pour que vous restiez. Bin Laden est malin.

Malko était piqué par la curiosité. Cet étrange rendez-vous n'était pas seulement inquiétant. Cela cachait autre chose qu'un simple piège. Son sixième sens l'avait rarement trompé.

– Je reste, dit-il. Evidemment, je ne vais pas beaucoup dormir. Voilà ce que je suggère. Vous allez faire semblant de partir. J'ai vu que la rue tournait. Allez vous planquer un peu plus loin et attendez. J'ai mon portable, vous aussi. Si vous voyez quelque chose de suspect dehors, vous me prévenez. Si je suis attaqué, je tire dans le tas. Et vous pourrez intervenir rapidement.

Ralph McCarthy ne partageait visiblement pas son optimisme.

– Vous allez être attaqué, s'emporta-t-il. Maintenant, si vous jouez les trompe-la-mort, c'est votre problème.

Furieux, il ressortit, laissant Malko seul.

Ce dernier vérifia qu'il n'y avait qu'une porte. Posant son Beretta 92 sur le lit, une balle dans le canon, il s'allongea, laissant à la clim le temps de rafraîchir la pièce. Le silence était absolu, aucune circulation dans la ruelle. Il se demanda ce qui allait se passer. A part le fantôme de Sayeb Gul, n'importe qui pouvait venir. La présence de cette pulpeuse brune au restaurant ne pouvait pas être un hasard. Mais quel rôle jouait-elle ?

*
**

Ralph McCarthy avait fumé un demi-paquet de Gauloises blondes et l'intérieur du 4 x 4 n'était plus qu'un nuage de fumée bleue. A la lueur du plafonnier, il regarda pensivement la devise gravée dans le métal de son Zippo, depuis 1970. *You never really lived until you've nearly died.* (1) Dans son cas, il avait beaucoup vécu... Il avait quitté Malko depuis plus d'une heure déjà. Le garde, devant le *Khan Klub,* était parti se coucher. Les deux femmes n'étaient pas ressorties. Le restaurant venant de

(1) Vous ne vivez pas vraiment si vous ne frôlez pas la mort.

fermer, c'est qu'elles y avaient une chambre. Les cinq ONG, elles, étaient parties à dix heures. A Peshawar, on se couchait tôt... L'Américain sauta à terre et s'avança dans la ruelle déserte, le Skorpio à la main. Dans ce silence absolu, on pouvait entendre un véhicule arriver de loin. Une vache dormait dans une encoignure. Il la contourna et pénétra dans l'immeuble situé juste en face du *Khan Klub.*

Il était abandonné, en pleine réfection. Une idée venait de lui passer par la tête. Quelqu'un, avec un RPG7, pouvait très bien tirer dans la fenêtre de l'appartement occupé par Malko. A cette distance, rien ne resterait.

Skorpio au poing, l'Américain avança dans l'escalier branlant.

*
**

Malko avait du mal à lutter contre le sommeil. Il se demanda si on avait drogué son thé. Mais c'était tout simplement la fatigue et la chaleur : la clim ne laissait passer qu'un mince filet d'air tiède. Il alla à la porte, arme au poing, écouta, puis sortit sur le palier. Un silence total régnait dans l'atrium. L'escalier menant au rez-de-chaussée n'était qu'un trou noir. A part lui, le bâtiment semblait désert...

Il écouta quelques secondes, résista à l'envie de s'aventurer dans les trois étages, puis rentra dans la suite Lapis. Le cadran lumineux de sa Breitling indiquait minuit. Il composa le numéro de Ralph McCarthy sur son portable. L'Américain lui répondit aussitôt.

– Rien de neuf ?

– Rien, confirma Malko. Et vous ?

– Je suis en face, je peux voir la lumière chez vous. Je n'ai rien trouvé dans l'immeuble. A propos, la fille est restée.

Le cœur de Malko battit plus vite. Donc, son sixième sens ne l'avait pas trompé.

– OK, dit-il, je laisse l'appareil ouvert.

Il reprit son Beretta 92 et se dirigea vers la porte, bien décidé à découvrir où se trouvait la pulpeuse brune. Il l'ouvrit et fit un bond en arrière. Une silhouette venait de surgir silencieusement. Il s'en fallut d'une fraction de seconde qu'il ne tire. C'est le parfum qui le retint. Une voix mélodieuse demanda en anglais, avec un rien d'ironie :

– Je vous ai fait peur ?

CHAPITRE XI

– Non, pas du tout, réussit à dire Malko, j'ai seulement été surpris.

– Je peux entrer ?

Il s'effaça et elle se glissa entre lui et le chambranle. Au passage, ses seins lourds effleurèrent sa chemise et leurs deux visages se trouvèrent à quelques centimètres l'un de l'autre. Mme Afridi gagna directement la chambre où elle s'assit sans façon sur le lit, après avoir permis à Malko d'admirer des hanches en amphore et une chute de reins admirable. Tout en elle respirait la sensualité languide et fondante d'une femme de harem, en dépit de ses vêtements extrêmement pudiques.

Elle brisa le silence.

– C'est moi qui vous ai donné rendez-vous.

– Vous ne vous appelez pas Sayed Gul.

Ses lèvres épaisses s'écartèrent, découvrant des dents éblouissantes.

– Je ne connais pas cet homme.

– Il est mort.

Elle eut une moue mutine signifiant qu'elle n'attachait qu'une importance relative à ce décès. Malko profita de ce silence.

– Puisque vous désiriez me voir, qui êtes-vous ?

Elle redressa la tête.

– Je m'appelle Saba Afridi. Vous avez peut-être entendu parler de mon mari, Ayub Afridi.

– Un peu, avoua Malko. Il se trouve aux Etats-Unis.

– En prison, compléta-t-elle d'une voix paisible. Il a fait un deal avec la DEA. Pour avoir ensuite la paix et jouir de sa fortune.

Son anglais était parfait.

– Je ne connais pas votre mari, précisa Malko. Quelle est donc la raison de cette rencontre ?

Il s'immobilisa, le pouls soudain à cent cinquante. Son ouïe fine venait de capter un craquement du côté de l'entrée de la suite. Il saisit son Beretta, se précipita et ouvrit brusquement la porte donnant sur le palier. Une silhouette était tassée le long du mur : une femme voilée dont on ne voyait que les yeux.

– C'est ma servante, fit derrière lui la voix de Saba Afridi. Elle veille à ce que nous ne soyons pas dérangés.

L'adrénaline reflua dans les artères de Malko. Une idée lui vint brutalement. Depuis San Francisco (1), il se méfiait des femmes trop belles.

– Je vais être très grossier, fit-il, mais je voudrais m'assurer que vous ne portez pas d'arme.

Elle sourit, le défiant de son regard assuré.

– Faites, je vous en prie.

Il posa son pistolet, gêné. Il se sentait vaguement ridicule, armé, en face de cette femme qui n'avait même pas un sac. Sans la toucher, il commença à l'examiner de la tête aux pieds. Ses longs cheveux noirs ne recelaient aucune épingle à cheveux capable de se transformer en arme. Elle ne portait pas de boucles d'oreilles. Sa tunique était assez ajustée pour qu'elle ne puisse rien dissimuler dessous. Aucune bague à ses doigts, susceptible de dissimuler un chaton truqué. La seule zone « floue » était celle des hanches, à cause du large *charouar* dont le haut disparaissait sous la tunique. Les mains à plat, il tâta ses

(1) Voir SAS n° 5, *Rendez-vous à San Francisco*.

hanches et son ventre, puis l'extérieur de ses cuisses. Il ne sentait que la chaleur de son corps.

– Voulez-vous que je me déshabille ? demanda-t-elle ironiquement.

Malko était en train d'examiner ses chevilles entourées de gros bracelets. Elle était pieds nus. Il se redressa.

– Je suis désolé, dit-il, je vis dans un environnement dangereux. Et j'étais pratiquement certain que ce rendez-vous avait pour but de m'assassiner.

Saba Afridi s'était rassise sur le lit.

– Je ne suis pas venue pour cela, affirma-t-elle, mais afin de vous transmettre un message. A une condition.

– Laquelle ?

– Que vous gardiez le secret le plus absolu, même vis-à-vis de ceux qui vous emploient. Du moins pour le moment.

– Pourquoi tant de mystère ?

– Je risque ma vie, fit-elle avec simplicité. Nous avons affaire à des gens très dangereux.

Malko tiqua sur le *nous*. Quel lien avait-il avec sa pulpeuse visiteuse ?

– Je vous promets le secret le plus absolu, dit-il.

– Osama Bin Laden souhaiterait vous rencontrer, annonça-t-elle. Le plus tôt sera le mieux.

Il mit plusieurs secondes à retrouver sa voix.

– Osama Bin Laden, répéta-t-il. Vous parlez sérieusement ?

Saba Afridi inclina la tête affirmativement.

– Tout à fait. Il se trouve que mon mari le connaît fort bien. Pendant la guerre, il avait une compagnie de transports qui acheminait les armes achetées par Bin Laden jusqu'aux moudjahidin. Ensuite, ils ont fait d'autres affaires ensemble. Osama Bin Laden a entièrement confiance en lui. C'est pour cela qu'il s'est adressé à moi, en son absence. C'est lui qui m'a remis le message cacheté que j'ai fait déposer au *Pearl Continental*.

– Vous lui avez parlé ?

– Hier.

– Où se trouve-t-il ?

Elle sourit.

– A l'abri. Mais vous le lui demanderez. Je ne suis qu'un messager de paix.

– De paix... s'étrangla Malko. Un des hommes de Bin Laden, Abdul Basin Karim a fait sauter un Boeing 747 de la TWA. Bin Laden a revendiqué les attentats d'Arabie Saoudite. Ce sont sûrement ses hommes qui ont sauvagement assassiné un de nos indicateurs et toute sa famille...

Saba Afridi ne sembla pas troublée par cette énumération.

– Je crois, enchaîna-t-elle d'une voix douce, que vous avez également tenté de le faire assassiner par des Mirage IV pakistanais. Mais, vous voyez, il ne vous en tient pas rigueur...

Elle avait vraiment parlé à Bin Laden. Personne n'était au courant de l'histoire des Mirage.

– Et pourquoi M. Bin Laden veut-il me voir ? Nous ne sommes pas précisément du même côté.

Nouveau sourire.

– Osama Bin Laden veut dissiper un malentendu qui lui porte le plus grand tort, expliqua Saba Afridi. Transmettre un message de la plus haute importance qui concerne les Américains.

– Pourquoi ne pas s'adresser directement à eux ?

– Il n'en a pas l'occasion et personne de l'administration n'oserait le rencontrer. Vous êtes un *maverick* et il a confiance en vous. Grâce à un de ses amis proches, il sait que vous avez participé à la lutte contre les *chouravi.*

– Il a quand même fait assassiner cet ami, releva Malko.

La jeune femme haussa les épaules.

– Je ne sais pas. Ma question est simple : acceptez-vous de rencontrer Osama Bin Laden ? Sans en référer à personne. Ensuite seulement, vous jugerez ce que vous devez faire...

– Où et comment ?

– Dans un premier temps, vous venez dans ma maison, juste avant Landicotal. De là, je vous accompagnerai dans un lieu secret où vous verrez Osama Bin Laden.

– En Afghanistan ?

– Il y a des chances. Je vous ramènerai ensuite chez moi. Il faut compter en tout deux jours, ou plutôt une nuit...

C'était tellement énorme que Malko n'osa pas répondre tout de suite. Il fallait que Bin Laden le croie vraiment naïf pour l'entraîner dans une histoire pareille, avec ce bel appât. Une idée lui traversa l'esprit : Bin Laden ne voulait peut-être pas le tuer, mais le kidnapper. Malko ferait un otage très convenable. Il sursauta. Saba Afridi s'était levée. Avec son éternel sourire, elle précisa :

– Je vais me coucher. Si vous êtes d'accord, revenez demain dans cette suite. Je viendrai y chercher votre réponse.

Il la suivit jusqu'à la porte. En l'ouvrant, elle se retourna et, l'espace d'un instant, il retrouva le regard de salope du restaurant. Elle était incroyablement désirable. Pendant quelques secondes, elle demeura immobile à quelques centimètres de lui, puis demanda d'une voix amusée :

– Vous me trouvez belle ?

– Oui.

– C'est le cas de beaucoup d'hommes. *Good night.*

Elle était déjà sortie. Sa servante surgit de l'ombre et elles s'engouffrèrent toutes les deux dans l'escalier menant aux étages supérieurs.

*
**

– Vous êtes fou à lier ! Bin Laden est beaucoup plus retors que vous ne pensez. Il sait que vous êtes à Peshawar pour diriger une opération destinée à l'éliminer. Il essaie de prendre les devants, en vous expédiant cette pulpeuse salope. Si vous avez envie de la baiser, vous pouvez le faire ici.

Ralph McCarthy faisait les cent pas dans le bureau, fou de rage. Malko le laissa se calmer avant de plaider :

– Je ne suis qu'un simple chef de mission hors cadre de la CIA, remarqua-t-il. Pourquoi Bin Laden se donnerait-il tant de mal pour m'éliminer ?

L'Américain le foudroya du regard.

– *Bullshit !* Bin Laden sait qui vous êtes. *A living legend.* Il sait que vous terminez la plupart de vos missions avec succès et ne tient pas à être votre prochaine victime.

– Vous n'êtes pas curieux de savoir ce qu'il a à dire ?

Ralph McCarthy posa violemment son verre de scotch.

– *Bullshit !* Il n'a rien à dire, que des mensonges. C'est notre ennemi juré.

Le silence retomba. L'Américain écumait littéralement. Quelque chose disait à Malko qu'il devait accepter, bien qu'il reconnaisse lucidement que c'était horriblement risqué. Dans la zone tribale, on pouvait l'égorger tranquillement, sans témoin. Il décida d'attendre la dernière seconde pour se décider, au feeling. Saba Afridi était une femme de tête. S'il y avait un piège, elle était forcément au courant. A lui de sentir le danger.

– Je crois que je vais y aller, fit-il. Je vous demande de ne rien dire à Joe Hickerson avant mon retour.

– Votre retour ! On n'enverra pas des Mirage vous chercher. *God damned it !* Si vous avez envie de baiser une moukère, vous n'avez qu'à déguiser Dorothy, elle ne demande que ça !

Malko sourit.

– Ce n'est pas ma motivation, Ralph. Je crois vraiment qu'Osama Bin Laden a un message à me transmettre.

L'Américain haussa les épaules.

– *Bullshit !* Bientôt, vous entendrez des voix.

Les yeux de Malko tombèrent soudain sur le vieux Zippo de l'Américain posé sur la table. Il le ramassa et lui lut la devise gravée dans le métal poli : *You never really lived until you've nearly died.*

– J'applique vos principes, dit-il avec un sourire.

Ralph McCarthy éclata soudain de rire.

– *Fuck you ! You fucking crazy arrogant prick ! But I like you.* Je vais quand même vous aider.

Il prit dans un tiroir une boîte d'où il sortit un gros chronomètre Breitling au superbe cadran jaune et le tendit à Malko.

– Voilà votre assurance-vie ! Je m'en sers quand je fais les mêmes conneries que vous. C'est la dernière Breitling Emergency. En plus du chronomètre, elle contient un émetteur radio miniaturisé qui émet un signal en VHF sur la fréquence de détresse internationale, 121.5.

Il lui montra un bouton molleté sur le côté.

– Il suffit de dévisser. C'est l'antenne. Si vous êtes dans la merde, vous sortez l'antenne et l'émission commence automatiquement. Un signal E de soixante-quinze centièmes de seconde, chaque deux secondes vingt-cinq centièmes, pendant quarante-huit heures. Plus la lettre morse B toutes les soixante secondes. Un avion volant à douze mille pieds peut capter votre *may-day* dans un cercle de trois cents kilomètres environ, selon le terrain. Mettez-la.

– Je connais, dit Malko.

Il en avait déjà utilisé une, en Serbie, d'un modèle plus ancien, quelques mois plus tôt. La Breitling Emergency servait autant aux barbouzes en perdition qu'aux pilotes en détresse...

Malko fit l'échange, laissant sa propre Breitling à l'Américain. La Breitling Emergency était à peine plus lourde.

– Si vous n'êtes pas revenu dans quarante-huit heures, promit Ralph McCarthy, j'enverrai un Mirage pakistanais ratisser la zone. *Good luck.*

*
**

Zulfikar Ahmad, l'égorgeur à la barbe orange, priait pour la cinquième fois de la journée, agenouillé sur le dallage frais de la mosquée de la rue Danishabad, dans le Khyber Bazar. Ici, ses cheveux orange n'étonnaient personne, pas plus que sa piété. Et il était vêtu comme tous les pauvres hères qui traînaient le long des vieilles maisons.

Quand il se releva et trottina jusqu'à ses sandales de cuir, personne ne prêta attention à lui. Il reprit sa couverture et alla acheter quelques dattes, des bananes et une pastèque, pour dix roupies, à un marchand de fruits. Ensuite, il remonta un peu la rue sombre, pour se glisser dans une encoignure et se coucha sur sa couverture posée à même le sol. Dans le bazar, des tas de gens dormaient ainsi à la belle étoile, trop pauvres pour se payer un logement. Il mangea ensuite quelques dattes et dévora la moitié de la pastèque pour se rafraîchir. Ensuite, il se recoucha sur le côté, surveillant l'entrée du *Khan Klub*.

*
**

Le réceptionniste tendit à Malko la clef de la suite *Lapis* avec un sourire complice. Ils avaient peu d'étrangers. Comme la veille, il avait dîné avec Ralph McCarthy au restaurant, du même poulet *tikka* et de sucreries arrosées de thé vert.

L'Américain venait de repartir pour University Town, le laissant seul avec sa décision. Saba Afridi ne s'était pas montrée. Malko se demanda soudain si elle n'était pas repartie, après avoir joué son rôle : l'attirer à nouveau au *Khan Klub* pour qu'on le frappe quand elle serait loin. N'ayant rien d'autre à faire qu'attendre, il regarda la télévision indienne, les mêmes idioties sirupeuses avec des danseuses aux yeux de braise, aux poitrines comme des obus et à la sensualité languide de salopes tropicales.

Cette fois, il entendit le coup léger frappé à sa porte. Il était presque minuit. Le Beretta 92 à la main, il glissa pieds nus jusqu'à la porte. Avant même d'ouvrir, le parfum l'avait renseigné. Il ouvrit : Saba Afridi avait changé de tenue, moulée dans une tunique de soie du même bleu que la suite, fermée par des dizaines de boutons. Ses seins étaient si pleins qu'ils en paraissaient refaits. Le *charouar*, de la même soie, descendait jusqu'aux chevilles. Sans un mot, la jeune Afghane gagna la chambre, mais ne s'assit pas. Elle demanda :

– Vous avez pris votre décision ?

Pris de court, Malko esquiva d'un sourire.

– Je dois vous répondre immédiatement ?

– Oui.

Ils se défiaient du regard. Les pensées s'entrechoquaient sous le crâne de Malko. Il fut tenté de tricher, de dire oui pour gagner du temps, mais le regard impitoyable des grands yeux soulignés de khôl semblait lire dans son âme.

– Je vais venir, s'entendit-il dire, maudissant à l'instant sa témérité.

Saba Afridi demeura impassible, disant seulement :

– Osama Bin Laden ne s'est pas trompé sur vous.

– Merci.

Ils restaient debout, à moins d'un mètre l'un de l'autre.

D'une voix égale, Saba Afridi demanda :

– Vous ne me fouillez pas, ce soir ? Je pourrais dissimuler une arme sur moi.

Son regard défiait Malko.

Celui-ci s'approcha et posa les mains sur ses hanches, les ramenant ensuite vers l'avant. Tout de suite, il sentit un objet long et dur placé verticalement. Saba Afridi ne se défendit pas lorsqu'il déboutonna les boutons du bas de sa tunique, découvrant aussitôt le manche en ébène rehaussé de pierres précieuses d'un poignard glissé dans la ceinture du *charouar*. Il le retira. La lame mesurait quinze centimètres environ. Effilée comme un rasoir. Saba Afridi remarqua d'un ton détaché :

– Vous voyez qu'il ne faut jamais se fier à une femme, surtout quand elle est belle... J'aurais pu tout à l'heure vous tuer facilement.

– Vous ne portiez pas ce poignard, hier soir, dit Malko.

– Non.

– Pourquoi ce soir ?

– Devinez.

Brutalement, il ne vit plus que la grosse bouche carmin et les yeux immenses soulignés de khôl qui lui renvoyaient toute l'impudence du monde. C'est en Afghanistan qu'était né le jeu d'échecs... Appuyant la lame du poignard sur le côté de sa tunique, il lança :

– Je vais m'assurer que vous ne portez pas d'autre arme.

La soie se déchira d'un seul coup, de l'aisselle à la hanche, exposant un grand morceau de peau mate et la bretelle du soutien-gorge. Saba Afridi ne broncha pas, comme une esclave. Malko s'activa, fendant la soie et achevant de mettre en pièces la belle tunique. Au fur et à mesure, les morceaux tombaient sans bruit sur le tapis. Saba Afridi regardait droit devant elle. Elle ne réagit pas plus lorsque Malko trancha les bretelles du soutien-gorge. Ses seins lourds, aux énormes aréoles, s'affaissèrent à peine. Leurs longues pointes dressées narguaient Malko. Quelques gouttes de sang apparurent sur la peau mate. Le poignard était vraiment très aiguisé.

Nue jusqu'à la ceinture, Saba Afridi n'avait plus que son *charouar* noué à la taille par une cordelière. Malko admira quelques secondes cette poitrine sublime puis son regard remonta jusqu'aux prunelles noires qui brillaient comme des feux de Bengale.

Il tira sur la cordelière du *charouar* qui aussitôt coula le long des hanches de la jeune femme, la dénudant entièrement. Il resta accroché aux bracelets de ses chevilles. Malko posa ses yeux sur le triangle d'astrakan noir, en haut des longues cuisses charnues serrées l'une contre l'autre, puis revint au beau visage hiératique. Sans la moindre pudeur, Saba Afridi s'offrait.

Un cliquetis métallique. Calmement, elle venait de se dégager de son *charouar*.

– Vous êtes certain maintenant que je n'ai pas d'arme, dit-elle d'une voix où flottait une imperceptible ironie.

Elle ne faisait aucun geste, les bras le long du corps, comme si elle attendait de se rhabiller. Comme dans un rêve. Malko posa les deux mains sur les seins gonflés, en suivit le contour, sentit les pointes s'ériger encore plus sous ses doigts. Le parfum dont Saba Afridi s'était arrosée emplit ses narines, envahit son cerveau. Ses mains continuèrent l'exploration de son corps, descendant vers le ventre légèrement bombé. Ce n'est que lorsqu'il effleura sa fourrure que la jeune femme sembla retrouver la vie. D'un geste harmonieux et lent, elle noua ses bras autour de la nuque de Malko et leva son visage vers lui. Il vit les lèvres épaisses s'ouvrir puis s'écraser avec douceur sur les siennes. Ses doigts à lui avaient atteint le centre névralgique de la jeune femme. Elle eut un sursaut violent, ses dents heurtèrent celles de Malko, son corps s'appuya contre lui, elle poussa un gémissement étranglé. Il venait de forcer une intimité onctueuse, offerte. C'est elle qui se laissa couler en arrière, sur le lit. Ses magnifiques cuisses grandes ouvertes, les yeux fermés, elle se mit à haleter sous les doigts qui la fouillaient. Elle murmura d'une voix rauque :

– *Carry on...* (1)

Agenouillé sur le tapis, Malko s'efforça de la satisfaire. Avec de légères caresses effleurantes, il lui arracha d'abord un petit orgasme, puis un plus fort qui lui fit resserrer les cuisses d'un coup. Tout en la caressant, Malko était parvenu à se déshabiller. Tendu comme un arc, il n'aspirait plus qu'à une chose, pénétrer cette splendide femelle. Seulement, dès qu'il interrompait sa caresse, elle le ramenait à son sexe inondé. Pourtant, elle enchaînait orgasme sur orgasme. Puis sa main se referma sur sa nuque et pesa jusqu'à ce que son visage soit entre ses cuisses.

Maîtrisant son désir, il fit ce qu'elle attendait, déchaî-

(1) Continuez...

nant chez Saba Afridi une incroyable vague de plaisir. Ses cuisses s'ouvrirent à angle droit, son bassin ondulant furieusement. Elle avait lâché la nuque de Malko et remonté ses mains sur ses seins qu'elle massait habilement. Jusqu'à ce qu'elle écrase le visage de Malko contre son sexe parfumé et inondé en poussant un râle d'agonie.

Malko la laissa cuver son orgasme quelques instants, puis se glissa sur elle, écartant à nouveau ses longues cuisses. Quand Saba Afridi sentit son membre qui commençait à la pénétrer, elle dit à voix basse :

– Vous m'avez donné beaucoup de plaisir. Prenez-en autant.

D'un unique coup de reins, il glissa en elle, aussi loin qu'il le pouvait.

Il vit les prunelles sombres s'agrandir. Les longues jambes se relevèrent dans un cliquetis de bracelets et, avec l'aisance d'une acrobate, elle les referma sur ses hanches. Elle ne pouvait être plus ouverte, plus écartée. Malko emplissait tout son sexe.

– C'est la première fois et la dernière fois que nous faisons l'amour, dit-elle. Après, vous ne pourrez même pas me toucher. Ici, c'est une parenthèse, hors de la vie, ignorée de tous. En ressortant d'ici, je redeviendrai inaccessible, souvenez-vous-en.

Malko était trop excité pour se laisser déstabiliser par cet avertissement. Le sexe de Saba Afridi était si lubrifié qu'il pût aller et venir longtemps sans exploser. Chaque fois qu'il se sentait au bord du plaisir, il se retenait et ressortait. Aussitôt, les doigts de la jeune femme se refermaient autour de la base de son membre, bloquant sa sève. Enfin, n'en pouvant plus, il se mit à la défoncer comme un fou, pilonnant brutalement le fourreau élastique.

Jusqu'à ce qu'il hurle.

Après avoir explosé, il bascula d'abord sur le côté puis sur le dos. Son repos ne dura que quelques secondes. La bouche de Saba enveloppait déjà son membre encore dressé. La jeune femme avait l'habileté et la patience d'une hétaïre. Elle se disposa de façon à ce que Malko puisse avoir accès à sa poitrine. Lorsqu'elle le sentit durcir dans sa bouche, elle interrompit sa caresse pour demander :

– Voulez-vous jouir dans ma bouche ?

Il allait dire oui lorsque son regard dérapa vers la croupe charnue et cambrée. Saba Afridi comprit en une fraction de seconde.

– Jusqu'à la première prière, dit-elle, je suis à vous.

Docilement, elle s'allongea sur le ventre, les jambes légèrement écartées, les reins cambrés, calés par un coussin. Il passa derrière elle et s'agenouilla entre ses cuisses, admirant la courbure de ses fesses. Il les écarta, découvrant qu'elle était totalement épilée. Il la prit alors par les hanches et la tira en arrière, pour qu'elle s'agenouille. Dans cette position, son membre dressé effleurait l'ouverture secrète. Savourant chaque seconde, Malko exerça une légère pesée. Aussitôt, l'anneau plissé se dilata sans difficulté. Grisé, il vit son sexe avalé lentement par cette porte étroite, tandis qu'il éprouvait une brusque sensation de chaleur et une délicieuse pression sur toute la longueur de son sexe, suivies très vite de picotements agréables.

Son soupir d'aise fit se retourner Saba Afridi.

– Je me suis préparée pour vous, dit-elle simplement. Pour que vous ne me blessiez pas et que vous preniez beaucoup de plaisir. C'est de l'huile d'amande douce mêlée à du piment. Vous allez voir, c'est extraordinaire...

Elle n'avait sûrement pas appris cela dans un collège anglais. Décidément, l'éducation occidentale comportait des lacunes.

Les mains retenant ses hanches, il se mit à la sodomiser avec lenteur, profitant de chaque instant, regardant son sexe disparaître jusqu'à la garde dans la croupe offerte. Prosternée, les mains accrochées au drap, la croupe haute, Saba Afridi se laissait violer. Peu à peu, Malko eut l'impression que son sexe augmentait de volume, qu'il s'échauffait. Il éprouvait une sorte de démangeaison atroce et exquise en même temps, qui le poussait à la prendre de plus en plus vite. Saba s'anima sous ses coups de boutoir furieux et commença à gémir. C'était démoniaque ! Le piment qui irritait sa muqueuse bloquait son plaisir, le prolongeant en même temps. Le pouls en folie, il se déchaînait, plongeant à la verticale son membre au plus profond des reins offerts, dans une étreinte qui semblait ne jamais devoir finir. Le gonflement de son sexe avivait le frottement. Il avait l'impression de violer une vierge.

Il se demandait combien de temps il allait tenir quand Saba Afridi dévoila sa dernière carte. Ses muscles les plus intimes commencèrent à le masser, se resserrant et se relâchant autour de lui. Malko poussa un cri étranglé. Toute sa volonté ne pouvait pas empêcher le flot de semence qui se ruait de ses reins. La jeune femme donna un ultime coup de reins, se collant à lui pour qu'il se répande au plus profond d'elle-même. Elle poussa elle aussi un cri sauvage et ils retombèrent, foudroyés.

*
**

Malko, assoupi, sentit qu'on le secouait. Saba Afridi était penchée sur lui, toujours aussi belle, bien que son khôl eût un peu coulé.

– C'est l'heure ! murmura-t-elle.

Malko se redressa sur un coude. Un coup d'œil au moucharabieh lui confirma qu'il faisait encore nuit. Soudain, la voix éraillée et puissante d'un muezzin troua la nuit. Il jeta un coup d'œil à sa Breitling. 4 h 45. Complètement réveillé, il demanda :

– Que se passe-t-il ?

Saba Afridi sourit.

– Ce qui est prévu. Nous allons partir maintenant.

Un frisson désagréable parcourut l'épine dorsale de Malko. Il n'aimait pas ce départ précipité en pleine nuit, sans même avoir le temps de prévenir Ralph McCarthy.

– Comment ?

– J'ai une voiture, dit-elle. Mon chauffeur arrivera d'une minute à l'autre. Je lui ai dit à cinq heures. Je vais envoyer ma servante chercher une autre tenue dans ma chambre.

– Vous avez entendu parler de Samson et de Dalila ? demanda Malko, mi-figue mi-raisin.

Elle lui jeta un regard plein de gravité.

– Je ne trahis pas. Vous avez accepté de venir avant.

Elle était déjà debout, couverte uniquement de ses bracelets. Malko entendit un léger bruit du côté de la porte.

– C'est Samira, lança la jeune femme.

– Je vais lui ouvrir, dit Malko.

Il enfila rapidement un pantalon et se dirigea vers la porte, suivi par Saba qui n'avait visiblement pas de secrets pour sa servante. Il tourna la clef et ouvrit.

Un cauchemar surgit de la pénombre. Une barbe orange, un regard halluciné, et, surtout, un énorme couteau brandi, prêt à l'égorger. Sa lame déjà souillée de sang.

Le tueur à la barbe orange, au lieu de frapper Malko sans défense, sembla soudain se transformer en statue. Le bras levé, mais le regard rivé derrière Malko, sur Saba Afridi, qui lui offrait sa splendide nudité à moins d'un mètre.

Tétanisé par le spectacle de cette femme nue, il avait perdu tous ses moyens. Soudain, il reprit vie, fonçant sur Malko, le couteau en avant. Le regard encore plus fou.

CHAPITRE XII

Les quelques secondes de stupéfaction du tueur à la barbe orange avaient suffi à Malko pour foncer vers la chambre. Talonné par l'intrus, il plongea sur le lit, attrapant le Beretta 92 dissimulé sous des coussins. Ses doigts se refermèrent sur la crosse et il roula sur lui-même pour échapper au couteau brandi. Il était temps, la lame s'enfonça dans le drap à l'endroit qu'il venait de quitter. Sans la stupéfaction du barbu devant le corps entièrement nu de Saba Afridi, Malko serait déjà égorgé... Il se releva, tenant le pistolet à deux mains.

Le tueur à la barbe orange avait vu l'arme. Il détalait déjà. Malko tira, visant au jugé. Il lui sembla que l'homme trébuchait, mais il franchit la porte et disparut. Malko le poursuivit jusqu'au palier puis revint sur ses pas, remarquant alors un corps effondré dans un coin d'où montait la fade odeur du sang. La servante de Saba Afridi.

Il rentra dans la suite. Saba Afridi, hagarde, contemplait l'estafilade sur le drap. Une minute ne s'était pas écoulée depuis l'irruption du tueur.

– Qui était-ce ? demanda-t-elle, choquée.

Malko ne savait plus que penser. S'il n'y avait pas eu Samira, la servante, égorgée sur le palier, il aurait conclu à la culpabilité de la jeune femme.

– Je ne sais pas, dit-il, il a tué la personne qui vous accompagnait.

Saba Afridi poussa une exclamation et se précipita. Lorsqu'elle réapparut, des larmes coulaient sur son visage, mêlées de khôl.

– Elle m'avait élevée, murmura-t-elle. C'était un peu comme ma mère. C'est horrible. Je vous avais dit que nous avions affaire à des gens dangereux. Vous avez parlé ?

– Non, affirma Malko. A personne. L'un de nous deux a été suivi. Vous ne connaissiez pas cet homme ?

– Non. C'est affreux.

L'émotion, dans sa voix, n'était pas feinte. Soudain, elle s'ébroua, faisant visiblement un effort énorme pour reprendre son sang-froid.

– Je vais remonter m'habiller dans ma chambre, dit-elle. Nous partons quand même. Je reviens vous chercher.

Rapidement, elle ramassa les débris de sa tenue de soie, ainsi que son poignard, et sortit.

Posant son pistolet, Malko se rhabilla à toute vitesse. Adieu la douche ! Il jeta un coup d'œil à travers le moucharabieh. Un gros 4 x 4 était arrêté sur le parking du *Khan Klub,* mais son coup de feu semblait n'avoir alerté personne.

Il était prêt quand Saba Afridi réapparut, dans une tenue verte, avec son extraordinaire veste incrustée d'émeraudes, un voile sur la tête, les traits tirés, les yeux rouges.

– Nous partons, dit-elle.

Avant de s'engager dans l'escalier en colimaçon, elle jeta un long regard au cadavre de sa servante qui ressemblait à un gros tas de chiffons.

Malko, arrivé le premier à la réception du rez-de-chaussée, s'arrêta net.

– Regardez !

Le réceptionniste était tassé sur son siège, la tête en arrière, la gorge tranchée jusqu'aux oreilles. Voilà pourquoi son coup de feu n'avait alerté personne. A part eux, l'hôtel était vide.

Le chauffeur du 4 x 4 descendit pour leur ouvrir la portière. Une grosse Nissan noire sans plaque. Deux minutes plus tard, ils filaient sur Jamrud Road, en direction de la Khyber Pass. Pas une voiture, les gens dormaient encore sur les *charpois* posés sur les trottoirs, ou près de leurs chevaux. Une vague lueur dans leur dos indiquait que le soleil allait se lever. Malko posa une main sur la cuisse de la jeune femme. Aussitôt, Saba Afridi la repoussa.

– Souvenez-vous de ce que je vous ai dit, souffla-t-elle. Il faut oublier. Moi, j'ai déjà oublié.

C'était difficile : le sexe de Malko le brûlait encore à cause de l'huile pimentée. Il revint à la réalité.

– Où allons-nous ?

– Chez moi. Mais personne ne doit vous voir. C'est une question de vie ou de mort.

Au *check-point* du marché de Kharkano, le chauffeur fit plusieurs appels de phares, donna une rafale de coups de klaxon et passa sans ralentir. Malko devina, au passage, des uniformes marron des *Frontier Corps.*

– Personne n'arrête cette voiture, commenta Saba Afridi. Désormais, vous êtes en sécurité.

Façon de voir les choses... Il était surtout entre ses mains. Une question le taraudait. Si ce n'était pas Osama Bin Laden qui essayait de le tuer, qui était-ce ?

*
**

Les phares éclairaient les pentes nues et les lacets déserts de la Khyber Pass. Personne ne se déplaçait de nuit, trop dangereux. Ils avaient quitté Peshawar une heure plus tôt. Malko aperçut un panneau indiquant Landicotal.

– Nous arrivons, annonça la jeune femme.

La Nissan ralentit. Malko aperçut sur leur gauche un mur qui semblait ne pas finir, haut de quatre mètres au moins. Ils stoppèrent devant un portail de fer à deux battants. Coups de klaxon. Un des battants s'entrouvrit sur un barbu qui s'inclina profondément avant d'ouvrir. La Nissan fila le long d'un bâtiment en marbre blanc, pour s'arrêter devant un porche.

– Descendez, ordonna Saba Afridi.

Malko la suivit sur le perron, débouchant dans un hall au sol de marbre absolument gigantesque dont on voyait à peine le plafond. Des lustres, des tapis, des meubles dorés Louis XV, des tableaux de chasse. Malko repéra sur une table basse un catalogue *Romeo* épais comme un annuaire téléphonique... Tout venait de Paris.

A gauche, il aperçut une enfilade de pièces, des salons grands comme des paquebots, tous meublés de la même façon. Des rangées de chaises ou de fauteuils le long des murs, des tables basses, des tapis. Ainsi, il se trouvait dans la maison du célèbre Ayub Afridi.

– Vous ne vous y perdez pas ? demanda-t-il.

Saba Afridi sourit.

– Mon mari aime les grandes maisons. Celle-ci a plus de vingt mille mètres carrés au sol.

Deux hectares. Plus grande que le château de Liezen...

– Venez, fit-elle, je vais vous montrer votre chambre. Ensuite, nous irons appeler Osama Bin Laden.

Il la suivit dans un dédale de couloirs. Un vrai labyrinthe. Des portes et des portes et des portes. Enfin, il découvrit une grande chambre au plafond très haut somptueusement meublée, avec de lourds rideaux de soie imprimée, un lit tapissé de tissu Versace, des fauteuils en bois doré, un bar tout en glaces, un canapé de soie grège. Saba Afridi était restée sur le pas de la porte, comme si elle craignait que Malko ne se jette sur elle.

– Cela vous plaît ? demanda-t-elle. C'est la chambre que nous réservons aux hôtes de marque. Elle a été entièrement conçue par mon architecte d'intérieur, Claude Dalle.

– C'est superbe, reconnut Malko.

– Venez avec moi. Vous en profiterez tout à l'heure.

Nouveaux couloirs. Ils sortirent de la gigantesque maison par une porte latérale, traversèrent une roseraie, puis une pelouse, pour arriver à un appentis collé au mur d'enceinte. Saba Afridi frappa et on ouvrit aussitôt. Un vieux qui ne payait pas de mine, cassé en deux.

La pièce carrée ne comportait qu'un *charpoi,* une

tablette où était posé un émetteur radio et un tabouret. Un radiateur électrique servait d'étagère... Saba Afridi donna un ordre en pachtou et l'homme activa son appareil. Malko repéra la fréquence : 573.50. Il lançait un appel à intervalles réguliers. La Breitling Emergency indiquait six heures du matin. Ils devaient correspondre à des vacations précises. Enfin, une voix retentit dans le haut-parleur, presque inaudible à cause des parasites.

Aussitôt, Saba Afridi prit le micro et se mit à parler.

La voix, dans le haut-parleur, changea. Malko ne comprenait pas un traître mot. Elle se tourna vers lui.

– Osama Bin Laden vous souhaite la bienvenue.

Ainsi, c'était la voix du terroriste le plus recherché des Etats-Unis. Plutôt douce. Malko prêta l'oreille, mais la conversation se termina rapidement. Saba Afridi raccrocha le micro.

– Tout va bien, dit-elle. Nous partirons demain matin.

– Pourquoi pas maintenant ?

– Il fait jour. Ce voyage et cette rencontre doivent rester secrets. Il faut franchir la frontière. D'ici là, vous vous reposerez.

Cinq minutes plus tard, il était de retour dans sa chambre. Une coupe de fruits avait fait son apparition, avec de l'eau, du thé, des biscuits, ainsi qu'une bouteille de vodka Petrossian à la cerise, dans un seau à glace.

– Reposez-vous, recommanda Saba Afridi. Je vais en faire autant.

La lourde porte claqua sur elle. Resté seul, Malko écarta les rideaux et découvrit un immense jardin plein d'arbres fruitiers. Plus loin, les montagnes. Seul détail : entre ce paysage idyllique et lui, il y avait un moucharabieh en épais barreaux de fer... Pas question de sortir par là.

Il fonça à la porte, voulut l'ouvrir. Le battant ne bougea pas d'un millimètre. En teck, il était indéfonçable, et pas la moindre poignée : on ne pouvait l'ouvrir que de l'extérieur. La « chambre d'amis » luxueuse décorée par Claude Dalle était une cellule. Superbe, certes, mais une cellule... Pas question d'en sortir sans l'autorisation de son hôtesse.

Il s'assit sur le lit, posant son pistolet à côté de lui, bien inutile.

Comment tout cela allait-il finir ?

*
**

La journée s'était écoulée avec une lenteur exaspérante. Deux fois, on était venus ravitailler Malko. Trois hommes armés de Kalach, très aimables mais sur leur garde. Il avait de quoi manger pour une semaine. Des plats en argent contenaient du riz, de la *raita*, des brochettes, de la viande en sauce, l'éternel *chicken tikka,* plus des pâtisseries. Il avait à peine touché à la nourriture.

Pas de Saba Afridi.

Parfois, un avion passait dans le ciel très bleu, laissant une traînée blanche. Quelques coups de feu dans le lointain, et surtout, le silence. Cette partie de la Khyber Pass était inhabitée.

Il se coucha. Pas de télé, pas de téléphone. L'air était frais. Curieusement, il ne se sentait pas en danger, même s'il pensait à tout ce qui s'était déjà passé dans ce *no man's land* féroce... Il était entièrement entre les mains d'Osama Bin Laden et de ses amis.

Il sombra dans le sommeil sans même s'en rendre compte.

Une main sèche l'en arracha. Un homme à la barbe de trois jours, des cartouchières autour de la poitrine, le secouait sans brutalité.

Par gestes, il lui fit signe de le suivre. Malko s'habilla, glissa son Beretta 92 dans sa ceinture et obéit. La grosse Nissan noire était devant le perron. Il grimpa sur la banquette arrière, où se trouvait déjà une femme, et devina plus qu'il ne vit le visage de Saba Afridi derrière son voile.

– Vous vous êtes bien reposé ? demanda la jeune femme sans ironie.

La Nissan démarrait déjà. Trois hommes à l'avant et trois derrière eux, tassés sur la banquette du fond. Des

Kalach et un RPG avec plusieurs fusées qui brinquebalaient sur le plancher. Il faisait encore nuit, mais une lueur rouge filtrait à l'est. La Nissan roula quelques kilomètres sur la route principale, puis la quitta pour emprunter une des innombrables pistes qui sillonnaient le massif montagneux, courant au flanc des collines pelées. Les phares éclairaient un sentier de chèvres où la grosse voiture passait tout juste. Pas un mot. Soudain, des silhouettes, un coup de phares. Des hommes armés entourèrent la voiture. Bref conciliabule. Ils repartirent.

Cela se reproduisit trois fois. A force de contourner des montagnes, Malko ne savait plus où il était, et avait l'impression de tourner en rond.

Le soleil jaillit brutalement dans leur dos. Saba Afridi écarta son voile et il put voir qu'elle était impeccablement maquillée.

– Nous sommes en Afghanistan, annonça-t-elle.

Le paysage n'avait guère changé. Ils roulaient sur une piste à flanc de vallée, entourée de pics vertigineux, qui bientôt se mit à monter en lacets. Après un ultime virage, ils découvrirent une sorte de plateau, tout aussi pelé, moutonnant à perte de vue.

Un petit groupe noyé dans l'ocre du paysage surgit alors. Trois pick-up double cabine, avec une quinzaine d'hommes coiffés de *pancol*. Le plateau d'un des véhicules était occupé par un canon bi-tube de 20 mm.

– Descendez, fit la jeune femme.

Tout le monde en fit autant. Embrassades. Elle se dirigea vers celui qui semblait être le chef, puis après un bref conciliabule, se tourna vers Malko. Seuls ses yeux étaient visibles, sous le voile.

– Nous nous quittons ici.

Une brutale poussée d'adrénaline faillit faire exploser les artères de Malko.

– Vous ne venez pas ?

– Impossible. Il n'y a pas de femme là-bas. Je vous retrouverai ici vers quatre heures cet après-midi, *Inch'Allah*. Ne craignez rien.

Le *Inch'Allah* était de trop, mais Malko n'eut pas le loisir de discuter. Déjà, Saba Afridi remontait dans la Nissan qui démarra aussitôt. Il jeta un coup d'œil à la grosse Breitling Emergency, son seul lien avec le monde civilisé. Un homme souriant l'invita à monter dans la cabine du premier pick-up et lui offrit un gobelet de thé.

Trois hommes avaient pris place sur la plate-forme. L'un avec un RPG7 et des étuis en toile contenant six fusées accrochés dans son dos, les deux autres avec des Kalach.

Le véhicule démarra. Des chargeurs épars sur le plancher faisaient un vacarme d'enfer. Une radio accrochée au tableau de bord émettait des sifflements, des craquements, avec parfois une voix dans le lointain. Très vite, les pick-up se mirent à rouler à tombeau ouvert sur une piste pratiquement invisible, laissant derrière eux un épais panache de poussière jaune. Ses compagnons, barbus, sales, dépenaillés, semblaient parfaitement détendus.

Ils roulèrent une heure, puis s'arrêtèrent brutalement. Malko regarda autour de lui : rien. Et pourtant, tous les hommes étaient descendus. Il les imita et comprit la raison de ce stop inopiné. Agenouillés en direction de La Mecque, ils priaient. *Fajr,* la prière de l'aube.

Le voyage reprit. Presque trois heures. D'après le soleil, ils se dirigeaient vers le nord-est, évitant les villages, se faufilant dans des canyons, grimpant des pentes abruptes. La poussière envahissait tout, la chaleur était devenue intenable, il devait encore faire plus de 35 degrés dehors. Le voisin de Malko s'était endormi, la tête sur son épaule. Il prit du thé dans le Thermos. Ils traversèrent un hameau de maisons en terre battue où jouaient quelques enfants qui leur adressèrent des signes joyeux, et quelques kilomètres plus loin, passèrent près de la carcasse d'un T. 62 calciné, chenilles arrachées.

Peu après, ils quittèrent la piste, escaladant une pente rocailleuse à grands coups de moteur, les quatre roues enclenchées. Les trois hommes du plateau sautèrent à terre pour alléger le véhicule. Arrivés en haut, nouvelle halte.

Pas pour la prière, mais pour partager quelques pastèques dont Malko eut un large quartier. Par cette chaleur, c'était délicieux.

Et ils repartirent, cette fois en zigzag sur une pente vertigineuse. En bas, il y avait un ruisseau, de la verdure, un hameau et derrière une sorte de corral où se trouvaient plusieurs véhicules, un affût antiaérien et des caisses de munitions. Partout des moudjahidin barbus étaient assis par terre ou nettoyaient leurs armes. Le conducteur guida Malko jusqu'à une tente militaire camouflée. Il dut se baisser pour y pénétrer.

Il y faisait si sombre qu'une lampe donnait un faible éclairage. Malko aperçut des ballots de couvertures, un vieux sofa, quelques tapis sans couleurs. Un homme était assis sur un coin du sofa, en train de lire un journal. Il le posa et se leva pour accueillir Malko. Il portait un keffieh rouge et blanc sur une calotte de coton, arborait une grosse moustache et une assez longue barbe qui se confondait avec ses cheveux et tranchait sur sa dichdacha d'un blanc éblouissant.

– Je suis Osama Bin Laden, annonça-t-il en anglais d'une voix douce. Bienvenue.

CHAPITRE XIII

Malko examina son hôte. Il était de la même taille que lui, avec des yeux plutôt clairs à l'expression intelligente et un sourire serein. Il se rassit, signifiant à Malko d'en faire autant. Un essaim de mouches tourbillonnait dans la chaleur poisseuse, mais Bin Laden ne semblait pas la sentir. Un moudjahid apparut avec des gobelets de thé et des biscuits que Malko dévora : il mourait de faim. Osama Bin Laden l'observait en faisant rouler entre ses doigts les perles d'un *mashaba* d'ambre. Après quelques instants de silence, le Saoudien remarqua d'une voix douce :

– Vous êtes un homme intelligent et courageux d'avoir répondu à mon invitation. Ceux pour qui vous travaillez me considèrent comme le diable.

Malko, sur ses gardes, se méfiait de tout compliment. Osama Bin Laden ressemblait à un sage inoffensif, ce qu'il n'était pas.

– Ils ont quelques raisons pour cela, répliqua Malko assez sèchement. Commanditer un attentat contre un avion civil avec deux cent trente passagers ne fait pas partie des règles civilisées...

Osama Bin Laden sourit.

– Ils croient avoir des raisons, corrigea-t-il doucement.

– Vous ne vous êtes jamais caché de vouloir chasser les Américains d'Arabie Saoudite, remarqua Malko. Vous avez approuvé les deux attentats qui, il y a quelques mois, à Ryad et à Dharan, ont tué vingt-quatre soldats américains.

Osama Bin Laden sourit à nouveau.

– Je les ai approuvés, reconnut-il, parce que je pense que la présence américaine pourrit l'Arabie Saoudite, que les Américains sont les ennemis de l'Islam à cause de leur alliance avec Israël. Mais je n'ai jamais dit que je les avais organisés.

Il jouait sur les mots.

– Je travaille pour la CIA, trancha Malko, comme vous le savez. J'ai été envoyé au Pakistan pour retrouver l'homme qui a déposé une bombe dans le vol 800 de la TWA. Nous l'avons retrouvé. Il s'appelait Abdul Basin Karim et il travaillait pour vous... Aussi n'est-il pas étonnant que les Américains vous considèrent comme leur ennemi numéro un.

Le Saoudien l'écoutait en se curant les dents avec un cure-dents, le regard lointain. Il se reversa un peu de thé et dit d'une voix posée :

– C'est la raison pour laquelle je vous ai demandé de venir ici, Mr Linge. Bien que vous ayez tenté de me faire tuer par l'aviation pakistanaise. Je voudrais que vous transmettiez un message à Washington. Un message très important.

– Lequel ? demanda Malko, méfiant.

Il était certain désormais qu'Osama Bin Laden ne lui voulait pas de mal, mais tentait plutôt de le désinformer. Il n'aurait pas à se servir de sa Breitling Emergency.

Osama Bin Laden se cura encore les dents avant de dire d'une voix calme :

– Je suis à la tête d'une fondation qui vient en aide à de multiples organisations islamistes à travers le monde. Certaines de ces organisations ont des branches qui pratiquent l'action violente, ce que vous appelez le terrorisme. Je n'en suis pas responsable, même si je considère que leur lutte est une cause juste. Nos saints oulémas ont émis des fatwas ordonnant à tous les bons musulmans de lutter contre l'impérialisme américain qui défend les juifs.

Il se tut, but un peu de thé, et assena son message :

– En dépit de mes positions, je ne suis pourtant pour rien dans les attentats que les Américains m'attribuent.

Dehors, on entendit claquer quelques coups de feu. Entre la chaleur et les mouches, c'était un véritable supplice de rester sous cette tente.

– De quels attentats voulez-vous parler ?

– Les explosions de Ryad et de Al Khobar. Les Américains sont les premiers à le savoir. Deux hommes ont été arrêtés par les services saoudiens. Ils appartiennent à des réseaux chiites pro-iraniens. Les deux tonnes d'explosifs utilisées venaient de Balbeck, d'une zone tenue par le Hezbollah pro-iranien. Cela, les Américains le savent. Pourquoi prétendent-ils le contraire ? Les quatre hommes qui ont été exécutés le mois dernier à Ryad approuvaient mon action, mais ils n'avaient jamais commis aucun crime. Pour faire plaisir à ses maîtres américains, le gouvernement de Ryad a sacrifié leur vie. C'est un crime dont il devra rendre compte un jour devant Dieu.

Malko était pris de court, faute de connaître le dossier saoudien. Il restait cependant le principal : le sabotage du vol 800 de la TWA et les deux cent trente innocents tués. A son tour, il but un peu de thé pour lutter contre la fatigue et la chaleur. Ses paupières étaient de plus en plus lourdes, et pourtant, il avait besoin de toute sa lucidité.

– Je transmettrai votre position, promit-il. Mais il existe un contentieux beaucoup plus important. Les Américains affirment posséder des preuves accablantes contre vous en ce qui concerne l'explosion du vol 800 de la TWA. Moi-même, j'ai assisté à l'interpellation du coupable direct, cet Abdul Basin Karim dont je vous parlais. Il possédait une poupée bourrée d'explosifs et un plan de Boeing 747. Or, cet homme a pris le vol Athènes-New York le jour de l'attentat qui a détruit l'appareil. Selon les enquêteurs, l'explosion initiale a eu lieu dans la zone où il avait été assis. Or, cet homme appartenait à votre organisation.

Osama Bin Laden ferma les yeux quelques instants. Ses

doigts avaient cessé de faire glisser les perles d'ambre de son *mashaba.* Il semblait plongé dans une profonde méditation.

– Mr Linge, dit-il enfin, je suis un musulman profondément croyant. Je lutterai toujours de toutes mes forces pour que l'Islam progresse, pour la défense des musulmans opprimés et massacrés, comme en Palestine. Même s'il faut, pour cela, se battre. Mais jamais nous ne nous attaquerons à des innocents. Vous m'avez parlé de l'Arabie Saoudite. Aucun civil n'a été touché, aucun innocent. Il s'agissait de soldats occupant un pays étranger...

– Ils ne l'occupent pas, corrigea Malko, ils ont été invités par le gouvernement de ce pays.

Osama Bin Laden balaya l'objection et répéta de sa voix douce :

– Aux yeux des vrais musulmans, ils l'occupent.

Silence. Un ange passa, voilé. Le dialogue était difficile entre deux univers aussi différents.

– Et le vol 800 ? réitéra Malko.

Le Saoudien affronta son regard sans la moindre gêne.

– Mr Linge, fit-il. Je suis prêt à vous jurer sur le saint Coran qu'Abdul Basin Karim ne travaillait pas pour moi. Je ne l'avais pas vu depuis très longtemps. Certes, il avait été à mes côtés durant le Djihad. C'était un garçon courageux, très croyant, mais nos routes s'étaient séparées. C'est un peu comme si vous me disiez que la CIA est responsable de ce crime horrible parce que Karim a aussi travaillé avec les Américains, à cette même période.

On y était. Malko faisait tourner ses cellules grises à toute vitesse. Toute la manip du Saoudien consistait à se blanchir, afin d'éviter la vengeance de la Maison-Blanche. Il avait choisi, habilement, un messager permettant d'arriver au cœur du système américain. Peut-être trop habilement. Tout y était, y compris le somptueux appât en la personne de Saba Afridi.

Malko but de nouveau un peu de thé et répliqua calmement :

– Vous comprenez qu'il m'est difficile de prendre vos

paroles pour argent comptant. Les gens qui vous accusent se basent sur des faits. Moi-même j'ai failli être assassiné à Peshawar, l'homme qui nous a aidés à retrouver Abdul Basin Karim a été sauvagement exécuté, ainsi que toute sa famille. Vous prétendez ne pas vous livrer à des actions violentes, mais vous avez fait liquider Sayed Gul parce que vous pensiez qu'il vous avait trahi, après sa rencontre avec moi...

Osama Bin Laden regarda sa montre et interrompit brusquement l'entretien.

– Je vous prie de m'excuser, dit-il, c'est l'heure de *Zohz,* la deuxième prière.

Il se leva, sortit de la tente, et Malko le vit s'agenouiller sur un petit tapis de prière et prier. Etrange personnage. Son côté doucereux, son attitude d'intellectuel contrastaient avec ceux de la plupart des terroristes. Un fait troublait Malko. Le meurtre sauvage de Samira, la servante de Saba Afridi. Puisque celle-ci était venue chercher Malko pour l'emmener voir Bin Laden, son interlocuteur n'était pas derrière cette affaire.

Se pouvait-il que les Américains et surtout le *Special Advisor* de la Maison-Blanche, Franck Capistrano, fassent fausse route ?

Malko n'avait pas encore répondu à cette question lorsque Osama Bin Laden revint s'asseoir en face de lui. Il ne semblait pas souffrir de l'effroyable chaleur. A peine installé, il dit d'une voix posée :

– Je n'ai pas tué Sayed Gul – que Dieu le prenne en Sa sainte protection –, qui était un de mes plus fidèles amis. Lorsqu'il est tombé dans cette embuscade, je l'avais envoyé arranger une rencontre avec vous. « On » l'a su et « on » a fait le nécessaire. Ceux qui l'ont tué sont partis de Peshawar, pas du Kundar. D'ailleurs, je n'ai pas assez d'hommes ici pour une opération de ce type. Je peux vous démontrer que c'est impossible. Sayed Gul est parti de bonne heure d'ici, il a roulé sans arrêt jusqu'à l'endroit où il a été attaqué. Il aurait fallu que j'envoie des gens avant son départ d'ici, et il n'y a qu'une route. C'est impossible. Alors que de Peshawar, il n'y a que deux heures de route.

– Qui l'a tué, alors ?

Osama Bin Laden lui jeta un regard grave.

– Ceux qui ne voulaient pas que je vous parle.

– Pourquoi ?

– Afin de continuer à laisser croire que je suis l'organisateur de certains attentats. Ce qui les protège.

Sur le papier, tout se tenait.

Malko revit les images des débris du Boeing 747 flottant au large du Long Island. Cette conversation presque mondaine commençait à l'agacer.

– Mr Bin Laden, dit-il, je suis disposé à vous écouter, mais pour transmettre un message, il faut que celui-ci ait un poids. Qu'il soit autre chose qu'une simple dénégation. Cela, vous auriez pu le faire avec des journalistes.

Osama Bin Laden ne se troubla pas.

– Les services britanniques ont une attitude plus nuancée avec moi que la CIA, observa-t-il. Croyez-vous qu'il en serait ainsi s'ils me croyaient coupable d'un crime aussi horrible ?

Encore un faux-fuyant.

– Si vous n'êtes pour rien dans l'explosion du vol 800, continua Malko, qui est responsable de ce crime ? En dehors, bien entendu, d'Abdul Basin Karim ? Il n'a pas agi seul. Il appartenait à une organisation structurée, disposant de relais, d'argent, de faux papiers et d'explosifs sophistiqués. Qui sont ces gens ? Vous semblez très bien informé.

Osama Bin Laden se pencha légèrement en avant, comme pour mettre Malko dans la confidence.

– Je ne sais pas tout. Mais je peux vous mettre sur la piste. Je ne suis pas là pour effectuer votre travail. Je veux seulement rétablir la vérité. Car ces gens-là font du tort à l'Islam. Nous gagnerons notre combat sans avoir recours à ces méthodes.

Il se tut et reprit :

– L'information que je vais vous livrer n'est connue

de personne. Je l'ai obtenue en effectuant ma propre enquête. A Peshawar et ailleurs. L'homme à qui obéissait Abdul Basin Karim s'appelle Abu Salim.

– Abu Salim ? répéta Malko. Qui est-ce ?

Osama Bin Laden secoua la tête.

– Je l'ignore. Je ne connais que ce nom, qui est un pseudonyme. Il se trouve à Peshawar. C'est lui qui a organisé l'attentat contre le vol 800 de la TWA.

Une page du carnet d'Abdul Basin Karim sauta aux yeux de Malko. Le nom d'Abu Salim, suivi de plusieurs numéros de téléphone. Osama Bin Laden ne pouvait pas savoir qu'il était en possession de ce carnet. Cela donnait un certain crédit à ses affirmations. Mais c'était quand même très vague.

– Cet Abu Salim, pour qui travaille-t-il ?

– Je l'ignore, reconnut le Saoudien, et si je le savais, je ne vous le dirais pas. Cet entretien doit rester totalement secret. Vous disposez de moyens énormes, de l'aide des services pakistanais. Si vous ne retrouvez pas cet homme, c'est que vous ne le voulez pas. Je n'ai plus rien à vous dire.

Il se leva. Malko en fit autant, et posa une dernière question :

– Pourquoi me faites-vous cette révélation ?

– Pour deux raisons, répondit le Saoudien. Ces gens se sont attaqués à moi en assassinant Sayed Gul. Ensuite, il y a dans les prisons saoudiennes une douzaine de mes partisans qui vont bientôt être condamnés à mort sous de fausses inculpations, à cause de la guerre secrète que me livrent les Américains. Si votre enquête m'innocente, je souhaite que vous fassiez en sorte qu'ils soient graciés.

Malko restait sur sa faim. Certain que le Saoudien ne lui disait qu'une infime partie de la vérité.

– Vous me donnez un nom, remarqua-t-il. Abu Salim. Mais il n'est pas seul. Qui sont les gens assez puissants pour s'attaquer à vous en tuant Sayed Gul, et assez bien informés pour orienter les soupçons des Américains ? Et assez organisés pour se protéger en liquidant ceux qui cherchent à les découvrir ?

Osama Bin Laden esquissa un sourire mystérieux.

– Peshawar est le creuset de toutes les haines, fit-il. Moi-même, je ne sais pas tout. Vous êtes en retard d'un terrorisme. Ceux qui frappent maintenant ne disposent pas de structures verticales, organisées. Ils s'appuient sur des réseaux dévoués, mouvants et *très* bien informés. C'est la raison pour laquelle on a *tout* fait pour éviter que je vous rencontre. J'étais un bouc émissaire parfait. Retournez à Peshawar et cherchez. Vous découvrirez peut-être la vérité. Il sortit de la tente, mettant visiblement fin à l'entretien.

– Vous ne demandez rien pour vous ? s'étonna Malko.

Osama Bin Laden eut un geste insouciant.

– Allah me protège.

Ils se retrouvèrent sous le soleil brûlant. Les véhicules qui avaient amené Malko étaient prêts à partir. Osama Bin Laden lui tendit la main.

– Bon retour. Nous nous croiserons à nouveau, peut-être un jour, *Inch'Allah.*

Il était déjà rentré dans sa tente lorsque le pick-up où avait pris place Malko s'ébranla. De nouveau, ce furent la poussière, les cahots, la chaleur desséchante. Cette fois, ils avaient le soleil en face. Ils n'arriveraient pas avant la nuit.

Malko luttait contre la somnolence, ressassant l'information communiquée par le Saoudien. Il en possédait une autre : le téléphone de cet Abu Salim. En « croisant » les deux, il allait peut-être pouvoir remonter jusqu'au cerveau monstrueux qui avait planifié la destruction du Boeing 747 et de ses deux cent trente occupants...

CHAPITRE XIV

Il faisait nuit noire lorsque le chauffeur de la Nissan noire klaxonna pour se faire ouvrir le portail de la propriété Afridi. Malko, mort de faim, desséché, abruti par les cinq heures de route, n'avait plus qu'une idée : prendre une douche. Il se laissa conduire dans la chambre « Romeo » et se jeta dans la salle de bains aux robinets d'or. Il avait juste eu le temps de dévorer deux bananes quand deux coups furent frappés à sa porte. Un des hommes de l'escorte lui fit signe de le suivre.

Saba Afridi l'attendait dans un salon grand comme la galerie des Glaces de Versailles ! Assise sur un canapé doré, dans une tenue bleu sombre, presque pas maquillée, à part le khôl de ses yeux, mais toujours aussi belle. Son cerbère indiqua à Malko un siège séparé d'elle par une bonne douzaine de mètres ! Ensuite, au lieu de sortir, il s'assit en tailleur sur un des tapis, à égale distance des deux.

Saba Afridi s'excusa d'un sourire.

– Zahid ne comprend pas l'anglais, affirma-t-elle, mais les convenances exigent que je ne reste pas seule avec vous. Votre voyage s'est bien passé ?

– Parfaitement, dit Malko, mais...

Elle l'arrêta d'un geste.

– Je ne veux rien savoir. Vous devez oublier jusqu'à l'existence de cette entrevue. Vous allez être reconduit à

Peshawar, afin d'y arriver de nuit. Nous n'aurons plus jamais aucun contact. Je vous souhaite bonne chance.

Elle se leva et le cerbère en fit autant. En pensant à ce qu'ils avaient fait ensemble au *Khan Klub,* Malko se dit que c'était vraiment le supplice de Tantale.

– A propos, demanda-t-il, vous n'avez rien appris sur le meurtrier de votre servante ?

– Rien, fit-elle. La police ne possède aucun indice. J'ai eu des renseignements. Peut-être serez-vous plus heureux. Maintenant, je dois vous laisser.

Elle sortit par une porte, tandis que le cerbère accompagnait Malko vers une autre.

La Nissan noire était devant le perron, le chauffeur au volant. Cinq minutes plus tard, Malko dévalait les lacets de la Khyber Pass déserte. Comme à l'aller, ils ne s'arrêtèrent à aucun *check-point.*

La Nissan alla directement à University Town et stoppa devant le portail de la maison de Rahman Baba Road. Au quatrième coup de klaxon, le *chowkidar* de Ralph McCarthy consentit à entrouvrir.

L'Américain était en train de prendre un verre sous la véranda en compagnie de Dorothy O'Leary. Il se leva, comme poussé par un ressort.

– *Holy cow !* Je commençais à être sérieusement inquiet.

Il étreignit Malko. Puis se tourna vers Dorothy.

– Do, va voir, il doit rester une bouteille de champ'.

Malko prit place à côté de lui. Il se sentait vidé et mourait de faim.

– Vous avez vu Bin Laden ? interrogea Ralph McCarthy.

– Oui.

Dorothy arrivait avec une bouteille de champagne Taittinger et des verres. Euphorique, l'Américain lui prit la bouteille des mains et l'ouvrit, faisant sauter le bouchon. Puis il remplit les verres.

– *Happy return !* fit-il en levant le sien. J'avais déjà

prévenu Ghaffar pour qu'il aille faire un tour demain avec son Mirage...

Malko savoura les bulles glacées du champagne, vidant son verre d'un coup. C'était bon de retrouver la civilisation. Ralph McCarthy alla chercher la Breitling *Chronomat* qu'il lui avait laissée et Malko lui rendit sa Breitling Emergency au superbe cadran jaune.

– J'ai faim ! dit-il.

Dorothy lui remplit à nouveau son verre et disparut en direction de la cuisine. Malko commença son récit, depuis l'attaque du *Khan Klub*. Ralph McCarthy buvait ses paroles. Tout en parlant, Malko dévorait du poulet froid trempé dans de la *raita*. Heureusement qu'il y avait le Taittinger, dont le niveau baissait dangereusement vite.

– Nous avons donc deux pistes, conclut-il. La première, c'est ce mystérieux Abu Salim. D'après le carnet d'Abdul Basin Karim, il semblait déjà jouer un rôle important. Cela, Osama Bin Laden ne pouvait pas le savoir. Si je le crois, c'est lui, le « donneur d'ordres ».

– Abu Salim, ça sent l'arabe, remarqua Ralph McCarthy. Seulement, c'est un pseudo et on ne sait rien de lui. Même à quoi il ressemble, ni où le trouver.

– On a le numéro de son portable, objecta Malko.

– J'ai un copain à Paktel, dit l'Américain. Moyennant un honnête bakchich mensuel, mes notes ne dépassent jamais dix mille roupies. Par lui, je dois pouvoir obtenir le nom et l'adresse qui correspondent au numéro que nous avons trouvé dans le carnet de Karim. Je m'y mets dès demain matin. Si vraiment Bin Laden n'est pour rien dans cette affaire, j'en connais qui vont sauter par la fenêtre...

Malko doucha son enthousiasme.

– Ne vendons pas la peau de l'ours. Pour l'instant, nous possédons des indices, mais aucune certitude. Il y a une piste secondaire : l'assassin à la barbe orange. Mais là, on en sait encore moins que pour Abu Salim...

Une voix les fit sursauter.

– Moi, je crois que je le connais !

Ils se tournèrent comme un seul homme vers Dorothy

O'Leary qui était en train de mélanger tequila, Cointreau et citron vert pour une « Original Margarita » bien tassée.

– Qu'est-ce que tu racontes ! lança Ralph McCarthy. Tu es pétée ou quoi ?

– Pas du tout ! protesta la jeune femme vexée, en brandissant la bouteille de Cointreau presque pleine. Je connais un type qui correspond à cette description. Il m'a toujours fait peur parce qu'il a l'air d'un fou.

– Où tu l'as vu ?

– C'est un des *chowkidars* d'une ONG. *L'Islamic Relief Agency,* dans Old Bara Road. Chaque fois que j'y suis allée, je l'ai vu. Il couche sur un *charpoi,* dans un garage accolé à la maison.

L'Américain, sceptique, remarqua :

– Ici, c'est plein de barbes orange. Ils se teignent au henné et ça donne des résultats bizarres...

– Ça vaut la peine de vérifier, conclut Malko. Quel rapport avez-vous avec cette ONG ?

– C'est moi qui l'ai envoyée traîner là-bas, répondit l'Américain à la place de la jeune femme. Elle fait partie des ONG que Joe m'a demandé de surveiller. On les soupçonne d'être une couverture pour des services arabes et de se livrer à différents trafics. Le patron, un mollah très connu, Zaid Ghulam Shaikh, est un intégriste radical et l'ONG est financée par des contributions venant du monde arabe que nous n'avons pas encore réussi à identifier. Dorothy est devenue copine avec quelques-uns des « coordinateurs » qui rêvent de se la taper. Elle leur apporte des magazines étrangers et une bouteille de Cointreau de temps en temps.

– Je leur ai appris à confectionner des « Caïpirinha », précisa la jeune femme. Ils adorent, mais ils boivent en cachette. Pourtant, ce sont tous des apprentis-*shahid*...

La guerre sainte n'était plus ce qu'elle était...

– Demain, tu leur apportes *Times* et *Newsweek,* dit Ralph McCarthy. Si le barbu est là, on avisera.

– Je le reconnaîtrai facilement, affirma Malko.

Ralph McCarthy bâilla.

– J'ai hâte d'être à demain. Je crois qu'on a fait le tour du problème.

La bouteille de Taittinger Comtes de Champagne était vide et Dorothy était déjà debout. Malko remarqua :

– Si la piste Abu Salim est bonne, il faudra remonter plus haut. Lui n'est encore qu'un exécutant. Le vrai sponsor ne peut être qu'un grand service qui possède les moyens techniques et la volonté politique de préparer ce genre d'attentat.

– Je mets vingt dollars sur les Iraniens, lança Ralph McCarthy. Si ce que vous a dit Bin Laden est vrai, le Hezbollah libanais serait derrière les attentats d'Arabie Saoudite. Or, le Hezbollah, c'est Téhéran ! Quant aux Syriens, maintenant, ils nous embrassent sur la bouche. Oubliez-les. Les Libyens ne sont pas implantés hors d'Afrique.

Malko, en retard de sommeil, bâilla à son tour.

– On verra.

*
**

Malko coupa la communication de son portable, après une conversation décevante avec Joe Hickerson. Le chef de station de la CIA à Islamabad ne pouvait guère les aider avec le seul nom d'Abu Salim, qui en plus n'était qu'un pseudo. Il rassura Malko : suite à l'intervention de Franck Capistrano, l'ambassadeur avait renoncé à demander son rappel.

Après dix heures de sommeil, Malko se sentait nettement mieux. A part le personnel local de l'ONG, il était seul dans la maison de Rahman Baba Road. Ralph et Dorothy étaient partis tôt à la pêche aux informations. Un coup de klaxon le fit sursauter. L'Américain revenait. Le *chowkidar* se précipita et Ralph McCarthy descendit de sa Nissan, visiblement de bonne humeur, pour venir s'installer près de Malko.

– Vous voulez la bonne ou la mauvaise nouvelle ? demanda-t-il.

Malko n'était pas d'humeur à plaisanter.

– N'importe ! La mauvaise d'abord.

– OK. Le numéro d'Abu Salim trouvé sur le carnet d'Abdul Basin Karim n'existe plus. Il a été déconnecté il y a huit jours.

Une piste qui s'effondrait !

– Attendez ! corrigea Ralph McCarthy. J'ai quand même le nom du propriétaire de la ligne mise hors service.

– Abu Salim ?

– Non. Un certain Ali Masood Afridi. Domicilié à Kharkano.

Malko sursauta.

– Afridi !

Ralph McCarthy le calma d'un geste.

– Des Afridi, il y en a quelques dizaines de milliers. C'est le nom d'une tribu qui vit entre Landicotal et Peshawar. Depuis des temps immémoriaux, ils sont dans tous les trafics. Mon copain de Paktel m'a expliqué que cet Afridi-là est le spécialiste de la logistique pour les marchands de drogue, les terroristes, les trafiquants de pierres précieuses, tous ceux qui ne veulent pas apparaître directement. Donc, il leur « loue » des téléphones portables, des 4 x 4 ou des maisons. Comme il habite dans la zone tribale, il n'y a aucune enquête possible. Mon copain pakistanais m'a dit que c'était comme s'il était sur une autre planète.

– Quelqu'un peut nous aider, fit Malko. Saba Afridi.

– Je croyais qu'elle ne voulait plus vous voir !

– Pour ça, je suis prêt à lui forcer la main.

– Où allez-vous la récupérer ? Chez elle ?

– On peut y aller, concéda Malko, mais une fois là-bas, on ne nous laissera pas entrer.

– Nous, peut-être pas, mais une femme, probablement...

– Dorothy ?

– Tout juste.

Ils entendirent le portail claquer et tournèrent la tête. La jeune femme arrivait, déguisée en Pakistanaise. Rien qu'à voir ses yeux brillants, Ralph McCarthy sut qu'elle avait appris quelque chose. Elle ne leur laissa pas le temps de poser des questions.

– Je crois que j'ai trouvé votre barbu, annonça-t-elle, tout excitée. Celui que je voyais d'habitude a disparu. J'ai parlé avec les autres et ils m'ont dit qu'il travaillait désormais chez le mollah Shaikh, le patron de l'ONG, dans sa maison d'Hayatabad.

– Il va falloir vérifier, approuva Malko, mais ça peut être une coïncidence. Il y a beaucoup de barbus orange à Peshawar. En attendant, j'ai besoin de vous.

*
**

Le regard fixé sur la route, l'air suprêmement indifférent, Ralph McCarthy ralentit à peine au *check-point* de Kharkano. La sentinelle du *Frontier Corp* jeta un coup d'œil distrait à la Nissan. Avec son *pancol,* sa tenue pakistanaise et ses lunettes noires, l'Américain pouvait parfaitement passer pour un Pachtou. A côté de lui, Dorothy, entièrement recouverte d'un chadri orange, ne déparait pas. Ralph avait calé une Kalach verticalement le long de la portière, de façon que le canon soit bien visible de l'extérieur. Malko, à l'arrière, en *kamiz* et *charouar*, ses cheveux blonds dissimulés sous un turban, faisait tout autant couleur locale.

Les deux *check-point* suivants furent franchis de la même façon. Lorsque la Nissan arriva devant le mur impressionnant de la propriété d'Ayub Afridi, ils n'avaient fait aucune mauvaise rencontre.

– Allez-y, demanda Malko à Dorothy O'Leary.

Ils l'observèrent anxieusement frapper au portail qui s'ouvrit sur un barbu, un fusil de chasse à l'épaule. Et puis, Dorothy franchit le portail qui se referma sur elle.

– Bingo ! soupira Ralph McCarthy.

La mission de la jeune femme était simple. Obtenir de Saba Afridi un nouveau rendez-vous.

Ralph McCarthy alluma une Gauloise blonde. De temps

en temps, une voiture passait sur la route. Les minutes s'écoulaient avec une lenteur exaspérante.

Enfin, vingt minutes plus tard, le portail se rouvrit sur le chadri orange.

– Pourvu qu'elle ait réussi, murmura Malko.

Il descendit au-devant de Dorothy O'Leary.

– Alors ?

– C'est moi, fit la voix de Saba Afridi montant dans la Nissan. Pourquoi vouliez-vous me voir ? J'espère qu'il s'agit d'une chose importante.

Elle avait appuyé sur le dernier mot. Malko n'en revenait pas.

– Allons jusqu'à Landicotal, conseilla Saba Afridi. Je ne veux pas que vous attiriez l'attention.

Ralph McCarthy obéit aussitôt, quittant l'esplanade caillouteuse pour regagner la route.

– Connaissez-vous un certain Ali Masood Afridi ? demanda Malko tandis qu'ils roulaient.

– Oui. Pourquoi ?

La voix était bizarrement étouffée par le chadri.

– Qui est-ce ?

– Un cousin éloigné de mon mari.

– Vous pouvez avoir un contact avec lui ?

– Pourquoi ?

Malko lui expliqua l'histoire des téléphones portables, et conclut :

– Si nous n'arrivons pas à en savoir plus sur Abu Salim, l'enquête s'arrête là et ce n'était pas la peine de rencontrer Osama Bin Laden...

Visiblement, il plongeait Saba Afridi dans un dilemme difficile. Ils étaient arrivés à Landicotal et Ralph McCarthy se gara en face d'un boucher en plein air. Des choses noirâtres pendaient à des crochets, moitié viande, moitié mouches.

– Si je dis qui vous êtes à Ali Masood Afridi, expliqua finalement la jeune femme, il n'acceptera même pas de vous parler. D'abord que voulez-vous lui demander ?

– Je n'en sais encore rien, avoua Malko, mais il est le

seul à savoir qui est Abu Salim. Peut-être n'arriverai-je à rien. Mais je dois l'approcher.

Saba Afridi se décida d'un coup.

– Bien, dit-elle, j'espère que vous ne me trahirez pas. Je vais lui téléphoner. Lui dire que des amis de mon mari ont besoin de ses services. Des trafiquants de pierres précieuses. C'est crédible. Allez le voir, de ma part. Je l'appelle tout de suite.

– Où ?

– A Kharkano. Il possède une boutique d'armes et de haschisch. C'est là que ses clients viennent le voir. En bordure de la route, à droite, cent mètres après le *check-point*. Juste à côté d'un magasin de jouets et de bicyclettes. Mais soyez extrêmement prudent. Maintenant, ramenez-moi.

Il y avait une véritable inquiétude dans sa voix.

Ralph McCarthy fit demi-tour. Un quart d'heure plus tard, la Nissan s'arrêtait en face du mur imposant.

Malko demanda d'un ton détaché :

– Vous ne revenez pas à Peshawar ?

– Non.

Elle avait déjà sauté à terre. Cinq minutes plus tard, le portail s'ouvrait à nouveau sur le chadri orange. Cette fois, c'était bien Dorothy O'Leary. Eblouie.

– C'est incroyable, fit-elle, je n'ai jamais rien vu d'aussi luxueux ! Il y a de l'or partout, des tapis inouïs, du marbre, des meubles importés de France. Elle m'a dit que c'était un célèbre architecte d'intérieur parisien, Claude Dalle, qui s'était occupé de la décoration. C'est un véritable palais.

– Son mari est un des hommes les plus riches du Pakistan, remarqua Ralph McCarthy.

– Nous allons passer devant la boutique d'Ali Masood Afridi, fit Malko. On va déjà repérer les lieux.

Ce ne fut pas difficile. Ralph McCarthy longea le marché de Kharkano à petite vitesse. Malko surveillait le côté gauche de la route. Il repéra facilement le magasin de bicyclettes et de jouets. Juste après, il y avait une modeste maison de brique d'un étage, avec une boutique au rez-de-chaussée. Derrière la vitrine, on pouvait admirer un râtelier d'armes très complet, du Lee-Enfield à la Kalachnikov.

– On reviendra tout à l'heure, dit Malko.

*
**

Le marché de Kharkano s'étendait sur presque un kilomètre de profondeur, le long de Jamrud Road. La moitié se trouvait au Pakistan, l'autre en zone tribale. Cette fois habillés normalement, Malko et Ralph McCarthy avaient laissé la Nissan dans le parking avant le *check-point* et franchi à pied la ligne invisible qui coupait le marché en deux.

Ils étaient les seuls non-Pachtous parmi la foule qui se pressait entre les échoppes. Ici tout était moins cher.

Ils arrivèrent devant la maison d'Ali Masood Afridi. Des femmes faisaient la lessive au balcon du premier. Ils poussèrent la porte de la boutique et un Pachtou enturbanné surgit aussitôt, visiblement étonné de voir des étrangers. Ralph McCarthy s'adressa à lui en pachtou et cela le détendit.

– Nous voulons voir Ali Masood, expliqua-t-il.

– Il vous connaît ?

– Nous venons de la part de son cousin, Ayub.

Le nom d'Ayub sembla impressionner le vendeur. Il appela quelqu'un dans l'arrière-boutique et un jeune homme surgit, un riot-gun à l'épaule.

– Attendez là, dit le premier vendeur avant de s'engager dans un escalier en colimaçon reliant la boutique au premier étage.

Il revint quelques minutes plus tard et annonça :

– Ali Masood va vous recevoir. Venez.

Par le même chemin, ils débouchèrent dans un grand bureau meublé en teck, avec des fauteuils sculptés. Un homme de grande taille, en *kamiz* et *charouar*, tête nue, les accueillit.

– Je suis Ali Masood Afridi, dit-il en anglais. Vous connaissez mon cousin Ayub ?

Il avait une très belle tête aux traits réguliers, au nez droit, et une barbe très noire coupée au carré. Pas plus de quarante ans.

– C'est exact, confirma Malko. Vous avez dû recevoir un coup de téléphone de la part de Saba Afridi.

– C'est exact, fit-il, asseyez-vous.

Ils prirent place autour de la table basse et un jeune homme surgit avec des verres de *green tea.* Malko regarda le bureau. Une grande armoire métallique occupait tout le panneau du fond, les autres murs étaient nus, sauf un portrait du président pakistanais, et celui d'un barbu inconnu de Malko. Dans un coin, à côté du grand bureau, il y avait un vieux coffre-fort.

– De quoi avez-vous besoin ? demanda Ali Masood d'une voix égale.

La recommandation de Saba Afridi était efficace. Malko se souvint de ce qu'elle avait dit. Pour être considéré, il fallait faire gagner de l'argent à son cousin.

– D'un bon 4 x 4 et d'un ou deux portables, fit Malko.

Ali Masood eut un léger sourire.

– Pour les téléphones, c'est facile. Que voulez-vous comme 4 x 4 ?

– Qu'avez-vous ?

– Des Nissan, des Land Cruiser, des Suzuki.

– On peut les voir ?

– *No problem.* Venez.

Ils redescendirent tous les trois. Ali Masood Afridi semblait les considérer comme des clients « normaux », c'est-à-dire en marge de la légalité. Depuis des années, beaucoup d'étrangers traînaient à Peshawar. Barbouzes, trafiquants, marginaux. Certains avaient de l'argent, beaucoup même... Ali Masood héla trois Pachtous qui attendaient à côté de la boutique et ils leur emboîtèrent le pas. Tous avaient une Kalach à l'épaule. Ils gagnèrent un pick-up double cabine et Ali Masood prit le volant.

Très vite, ils sortirent du marché par une piste coupant

le désert vers l'ouest, en direction des montagnes. Vingt minutes plus tard, après avoir traversé un village où un camionneur était en train de laver amoureusement un camion peinturluré aux portes de bois coquettement sculptées, ils atteignirent un enclos, en plein désert. Un rectangle de cent mètres sur cent cinquante rempli de 4 x 4 de tous les types, visiblement flambant neufs.

Personne pour les garder !

Ça en disait long sur la puissance d'Ali Masood Afridi. Ce dernier sauta à terre et se retourna vers Malko.

– Choisissez.

Malko et Ralph McCarthy se promenèrent quelques minutes au milieu des véhicules puis Malko désigna une Nissan blanche aux glaces teintées.

– Celle-là.

Il ouvrit la portière, inspectant l'intérieur. Cela sentait le plastique et le compteur indiquait trente-cinq kilomètres.

– On vous a dit comment je fonctionnais ? demanda Ali Masood. Cette Nissan coûte quarante-cinq mille dollars. Je vais l'immatriculer à mon nom, c'est plus simple, mais elle est à vous. Peut-être ne nous reverrons-nous jamais. Si vous le désirez, je vous la rachète quand vous n'en aurez plus besoin.

– Quarante mille, proposa Malko.

Le Pachtou secoua la tête.

– Non. Je ne peux pas modifier mes prix. C'est déjà une très bonne affaire. Je vous donnerai deux AK 47 avec des munitions en plus.

– Bien, dit Malko. Quand pouvons-nous revenir ?

– Dans trois jours. Demain, c'est vendredi. Avec l'argent. Des dollars. Ou des roupies sur la base de quarante roupies pour un dollar.

Il était déjà remonté dans le véhicule qui les avait amenés. Revenus à la boutique, ils se séparèrent. Ali Masood précisa :

– Pour les téléphones, vous les prendrez avec la voiture. C'est le même système. Ils sont à mon nom. Vous payez d'avance trois mois à deux cent cinquante dollars par mois. Tous les mois vous passez, ou vous m'appelez pour régler les communications.

Ils se séparèrent sur une poignée de main chaleureuse. A peine furent-ils seuls que Ralph McCarthy explosa.

– Vous êtes fou ! Qu'est-ce qu'on va faire d'un 4 x 4 ? A quoi ça rime ?

Malko ne se démonta pas.

– Je ne sais pas encore, avoua-t-il. J'avance dans le noir. Ali Masood est le seul qui puisse nous mener directement à Abu Salim. Cela vaut bien un investissement de quarante-cinq mille dollars.

– Joe va gueuler, remarqua l'Américain.

– La Special Branch lui a fait économiser deux millions de dollars, lui fit remarquer Malko. Au pire, vous aurez une Nissan toute neuve. Mais je suis certain qu'on sortira quelque chose d'Ali Masood.

Ralph McCarthy ne répondit pas, de toute évidence il ne partageait pas l'optimisme de Malko. Ils retrouvèrent le 4 x 4 de l'Américain où ils l'avaient laissé et reprirent la route de Peshawar.

Sans remarquer, à côté d'une vieille Austin, un jeune homme en turban qui les observait, perdu dans l'animation du marché.

CHAPITRE XV

L'homme qui se faisait appeler Abu Salim arrêta son 4 x 4 Suzuki au coin d'Abdara Road, derrière une station de *tongas,* et revint à pied jusqu'au 80 Old Bara Road. Une plaque vissée sur le portail rouge annonçait « Islamic Relief Agency ». Il ouvrit et se glissa à l'intérieur. Le *chowkidar,* qui le connaissait de vue, ne prêta aucune attention à lui. Toute la journée, il y avait des allées et venues de gens venant demander un service à cette ONG musulmane. En plus, Abu Salim passait totalement inaperçu, avec son « uniforme » – cheveux longs, moustache et barbe soigneusement taillées, *kamiz* et *charouar* beiges, sandales de cuir – semblable à ceux de milliers de jeunes à Peshawar. Il pénétra dans le hall où une table disparaissait sous les plateaux de canapés et les bouteilles de boissons non alcoolisées. Un coordinateur posté près de la porte lui demanda :

– Vous venez pour la séance ?

– Oui.

La projection d'un film sur les réalisations de l'ONG en Afghanistan donnait lieu à un cocktail.

– Vous appartenez à quelle organisation ?

Abu Salim sourit.

– Aucune, je suis étudiant ; c'est Mir Amar qui m'a invité.

– Très bien, sourit son interlocuteur. Il est déjà dans la salle. Je crois que je vous ai déjà vu ici, non ?

– Oui, c'est possible, je viens parfois le voir. *Choukrai.*

Il se glissa dans la salle à moitié pleine et repéra aussitôt celui qu'il cherchait. Un homme plutôt corpulent, la barbe grisonnante, qui s'occupait du dispatching à l'*Islamic Relief Agency.* Il vint s'asseoir à côté de lui et les deux hommes bavardèrent quelques instants à voix basse.

Puis, la lumière s'éteignit et le film commença. Abu Salim essaya de s'y intéresser, pour se vider le cerveau. La vie qu'il menait depuis des années lui infligeait une telle tension nerveuse qu'il avait besoin de ces plages de détente. Né d'un père palestinien et d'une mère pakistanaise, il s'était toujours senti plus Palestinien que Pakistanais. Il n'avait jamais été particulièrement religieux, mais avait compris très vite l'importance de la religion dans sa lutte. Au nom d'Allah, on mobilisait plus facilement qu'au nom des Palestiniens. Depuis qu'il était en âge de penser, il haïssait les Israéliens, et surtout les Américains, leurs puissants protecteurs sans qui ils n'auraient pu survivre.

A ses yeux, il n'y avait qu'une solution au problème palestinien : jeter tous les juifs à la mer. Il vomissait Yasser Arafat et méprisait les anciens « durs » de la résistance palestinienne qui se laissaient dicter leur conduite par les Syriens.

Sa haine de l'Amérique était son moteur, et l'aidait à supporter les difficultés et les dangers de sa vie de clandestin, de sans-famille exilé. Parfois, il en arrivait à oublier son véritable nom, tant il utilisait d'alias... Il prenait des précautions extraordinaires pour se protéger. A Peshawar, aucun de ceux qui composaient son réseau ne savait où il demeurait, ni où il se déplaçait, ni où il utilisait son portable.

Quelques mois plus tôt, sa haine des Etats-Unis avait encore augmenté d'un cran, après le massacre de civils libanais à Canaa par l'artillerie israélienne. C'est en parlant avec des gens qui partageaient ses haines qu'était né son projet.

Un projet dont il était la cheville ouvrière, dont il avait lui-même recruté les participants. Qui exigeait sa présence à Peshawar encore deux semaines. Il avait espéré pouvoir tout mener à bien sans être repéré, mais il y avait eu un grain de sable dans sa belle mécanique, et il sentait le danger se rapprocher de lui. Grâce à un appel d'Abdul Basin Karim le prévenant du contact « suspect » d'un de ses anciens camarades de combat qu'il savait inféodé aux services pakistanais, il avait pu réagir assez tôt en supprimant le traître. Mais la surveillance de celui-ci lui avait fait découvrir un péril beaucoup plus grand : les Américains.

A la seconde où il avait découvert, grâce à la surveillance exercée par Mir Amar sur ses adversaires, que ceux-ci allaient rencontrer Bin Laden, il avait su qu'il était véritablement en danger. Le Saoudien ne connaissait pas sa véritable identité, mais il connaissait en partie son rôle. A Peshawar, il était difficile de garder un secret, avec l'inextricable enchevêtrement des réseaux et des groupes plus ou moins rivaux.

Il avait échoué à empêcher la rencontre avec Bin Laden et du coup, un nouveau risque avait surgi, cette fois beaucoup plus immédiat. Il allait, grâce aux précautions qu'il avait prises, retourner définitivement la situation à son avantage.

En éliminant ses adversaires les plus proches, il ne se faisait pas d'illusions : la CIA ne le lâcherait plus. Mais il avait seulement besoin de quelques jours de répit.

*
**

Il avait fallu que Malko menace d'en référer à Franck Capistrano pour que Joe Hickerson accepte de débloquer quarante-cinq mille dollars. Perverst devait effectuer l'aller-retour Peshawar-Islamabad pour aller les chercher.

Tout cela avait pris un peu de temps et la nuit allait bientôt tomber.

– On pourrait peut-être économiser tout cet argent, suggéra soudain Ralph McCarthy.

– Comment ?

– On a dit à Dorothy que le *chowkidar* à la barbe orange de l'*Islamic Relief Agency* travaillait désormais chez le patron de cette ONG, le mollah Shaikh. Ça vaudrait peut-être la peine de vérifier si c'est le vôtre ; et alors...

– Excellent, approuva Malko. Vous savez où habite ce mollah ?

– Non, mais il vient tous les jours travailler aux bureaux de Old Bara Road. Il doit en repartir vers sept heures du soir. Il n'y a qu'à le suivre. Je sais par Dorothy qu'il a une vieille Land Cruiser noire.

*
**

Embusqués au coin de Old Bara Road et de Chinar Road, Malko et Ralph McCarthy surveillaient l'entrée du 80 Old Bara Road. Il était 7 h 10, la nuit était tombée depuis longtemps. Enfin, le portail s'ouvrit pour laisser passer une Land Cruiser noire avec un gyrophare et une sirène sur le toit.

– Voilà le mollah Shaikh ! annonça l'Américain en lançant son moteur.

Grâce à l'obscurité, ils n'eurent aucun mal à la suivre. D'abord, la Land Cruiser rejoignit Jamrud Road et tourna à gauche, vers Hayatabad. Elle longea ensuite l'immense lotissement, tournant à gauche dans une avenue à deux voies montant vers le nord. Puis, elle franchit la rivière à sec serpentant au milieu d'Hayatabad et monta encore un peu, pour tourner ensuite à gauche. Malko aperçut un panneau bleu : Street n° 9.

La Land Cruiser avait stoppé devant une maison carrée, au milieu de la rue. Coup de klaxon. Ralph s'était arrêté à l'entrée de la rue. Ils virent le portail s'ouvrir, avalant la Land Cruiser. L'Américain avait déjà démarré. Ils arrivèrent à la hauteur de la villa au moment où le *chowkidar* refermait le portail. Les phares de la Nissan l'éclairèrent. Un grand type, un calot blanc sur la tête, avec un énorme nez de perroquet, des yeux protubérants et une incroyable barbe orange. Son bras gauche était en écharpe.

– *Himmel Herr Gott !* C'est lui !

Ils continuèrent jusqu'au bout de la rue et revinrent par le même chemin.

– Nous sommes dans la phase 2, la zone J. 1, la rue 9. Juste en face de la mosquée Maraw, annonça l'Américain.

Il n'y avait plus rien à faire pour le moment. Ils reprirent le chemin d'University Town.

– Ça ne va pas être facile de le coincer, remarqua Ralph McCarthy, les *chowkidar* ne sortent pratiquement pas.

– Demain, c'est vendredi, fit Malko. Il ira peut-être à la mosquée. Il faut tenter de s'emparer de lui. Nous ne pouvons pas faire appel à la police pakistanaise.

– On va essayer ! promit Ralph McCarthy. Si on arrive à l'amener à la maison, on devrait en sortir quelque chose.

Au moins quelqu'un qui n'avait pas froid aux yeux... Il leur restait un jour et demi avant de revoir Ali Masood Afridi. Peut-être n'auraient-ils pas besoin de lui...

*
**

Malko, en entrant dans sa chambre, aperçut, glissée sous la porte, une enveloppe fermée qui n'était pas un message de la réception. Il l'ouvrit. Elle ne contenait qu'un rectangle de bristol avec quelques mots : « Venez demain à trois heures à l'exposition du premier étage. Saba »

Depuis quarante-huit heures, une exposition de fabricants de bijoux et de marchands de pierres précieuses et semi-précieuses se tenait dans l'hôtel, drainant un monde fou. Tous les marchands du Pakistan et d'Afghanistan étaient là.

Pourquoi Saba Afridi rompait-elle son serment de ne

pas le revoir ? Il ne voulait pas croire à une simple pulsion sexuelle, flatteuse pour son ego. Il y avait forcément autre chose de plus sérieux... Il s'efforça de ne pas y penser. Avant Saba Afridi, il y avait le barbu orange.

*
**

La mosquée Maraw était la réplique minable de la grande mosquée de Lahore, au dixième de sa taille... Elle n'en attirait pas moins beaucoup de gens d'Hayatabad, éloignés des belles mosquées de Peshawar. Depuis un quart d'heure, ses haut-parleurs psalmodiaient l'appel à la grande prière du vendredi.

Stationnés juste après l'entrée de la rue numéro 9, Ralph et Malko attendaient dans la Nissan, observant les fidèles déposer leurs chaussures à l'entrée avant de s'entasser à l'intérieur. Le muezzin continuait à leur vriller les oreilles et les retardataires se hâtaient.

Pas de barbu orange.

Quelques jeunes gens distribuaient des tracts devant la mosquée, ou vendaient des journaux. Enfin, une silhouette déboucha de la rue numéro 9.

– Le voilà, fit Malko.

– On y va, proposa Ralph McCarthy.

Le barbu n'était plus qu'à quelques mètres de la mosquée.

– Il vaut mieux attendre la sortie et le coincer dans sa rue, suggéra Malko. S'il se met à hurler maintenant, nous aurons en un clin d'œil tous les excités de la mosquée sur le dos.

Le barbu orange venait d'y disparaître. Ralph poussa la clim. Il faisait un bon petit 37 degrés...

Malko ne quittait pas des yeux la mosquée. Il avait une partie de la vérité à portée de la main.

*
**

Le flot des croyants se répandait à nouveau sur l'esplanade en face de la mosquée. Une heure environ s'était écoulée. Le barbu orange sortit parmi les derniers. Mais, au lieu de repartir chez lui, il s'éloigna vers le pont enjambant la rivière à sec, en direction de Jamrud Road.

– Superbe ! exulta Ralph McCarthy, on va le piquer tranquillement un peu plus loin.

– C'est son jour de repos, commenta Malko, il va se promener.

Ce serait facile de le faire monter de force dans la Nissan, sur le parcours menant à Jamrud Road. Il n'y avait jamais personne dans les rues d'Hayatabad. Hélas, vingt mètres plus loin, il monta dans un *tonga* qui passait !

Suivre la carriole à cheval n'était pas facile tant elle allait lentement. Ralph McCarthy prit le parti de passer devant, s'arrêtant puis repartant. Ils arrivèrent ainsi à Jamrud Road. Le manège recommença jusqu'à University Town.

– Il va à Peshawar, dit Malko. C'est intéressant de voir qui il va rencontrer.

Mais tout à coup le *tonga* s'arrêta et le barbu orange en sauta, détalant aussitôt vers un rickshaw ! Il avait repéré la Nissan. Deux minutes plus tard, ils filaient dans les rues calmes d'University Town. Impossible de doubler. Le rickshaw effectua un parcours compliqué, sûrement dans l'espoir de les semer. Ils revenaient vers Jamrud Road quand soudain, en arrivant à Abdara Road, le barbu orange jaillit du rickshaw et courut derrière un fourgon bourré de navets qui démarrait. Une douzaine de barbus, trimbalés pour quelques roupies, étaient déjà accrochés à l'arrière ou installés sur les navets. Le barbu orange réussit à se glisser au milieu d'eux. S'il comptait semer la Nissan, il se trompait, celle-ci était infiniment plus rapide. Les deux véhicules s'approchaient du carrefour avec Jamrud Road. Lorsque le fourgon l'atteignit, le feu était au rouge. Le barbu orange se retourna et vit la Nissan qui se rapprochait.

Le fourgon stoppa. Soudain, Malko vit le barbu sortir de son *charouar* un énorme couteau et se mettre à gesticuler en hurlant ! Terrifié, le chauffeur grilla le feu, coupant la circulation de Jamrud Road. Il parvint à éviter le premier flot de véhicules venant de Peshawar et tourna à droite.

Sans voir un énorme *Flying Coach* lancé à toute vitesse, toutes antennes dehors, des rubans noirs accrochés un peu partout, peinturluré comme une vieille hétaïre. Le bus n'eut pas le temps de freiner et heurta le fourgon chargé de navets par l'arrière, avec une violence inouïe.

Le fracas de la collision dut s'entendre jusqu'à Peshawar... Imbriqués l'un dans l'autre, les deux véhicules parcoururent quelques mètres puis, perdant sa direction, le chauffeur du fourgon alla s'écraser contre un poteau en ciment. Pris en sandwich, le fourgon explosa !

Un policier en chapeau de toile et masque à gaz anti-pollution était en faction au carrefour. Il se précipita.

Du fourgon, il ne restait qu'une purée de barbus aux navets.

Les malheureux accrochés à l'arrière avaient été broyés par le choc et gisaient sur la chaussée, morts ou agonisants, sur un lit de navets.

Au milieu de cette horreur, la barbe orange ressortait comme un beau fruit tropical. Son propriétaire n'égorgerait plus personne. Une mousse rosâtre aux lèvres, il hoquetait, la cage thoracique défoncée, les yeux encore plus hors de la tête. Seul son énorme nez de perroquet était intact.

Lorsque Malko, jouant des coudes, parvint enfin près de lui, il ne respirait plus. La pagaïe était à son comble, les deux voies vers Peshawar coupées. Ralph McCarthy et Malko battirent en retraite, vers University Town.

– *Tough luck* (1) laissa tomber l'Américain.

(1) Pas de pot !

– Il nous reste le mollah Zaid Ghulam Shaikh, remarqua Malko. S'il a aidé ce type, c'est très probablement qu'il fait partie du complot.

Ralph McCarthy émit un sifflement ironique.

– Peut-être ! Mais il est intouchable. Zaid Ghulam Shaikh est une autorité morale et religieuse. Si vous touchez un cheveu de sa barbe, c'est l'émeute.

Malko ne fit aucun commentaire. Il pensait déjà à son rendez-vous avec Saba Afridi. Pourvu qu'elle n'ait pas que des mauvaises nouvelles. Dès qu'ils semblaient toucher au but, tout s'évanouissait. D'abord Abdul Basin Karim, puis Hedjaz Rahim, et maintenant le mystérieux barbu orange.

*
**

Le temps de déjeuner à l'infâme buffet du *Pearl Continental,* l'heure du rendez-vous arriva très vite. Pour faire passer le goût de son déjeuner, Malko alla avaler rapidement une vodka Petrossian au poivre, au seul bar. Ensuite, il gagna le premier étage et se promena parmi les stands offrant les lapis, les topazes, les bijoux, toute la production locale. Il était en train de négocier la réplique d'un char T.34 en lapis-lazzuli avec un barbu bougon lorsqu'il la vit. Saba Afridi était toujours aussi appétissante, avec un voile blanc aux fils d'or sur sa chevelure noire et une tenue pakistanaise améliorée qui suivait les lignes de son corps. Elle était accompagnée par une autre femme, nettement moins belle. Son regard croisa celui de Malko, et elle eut un imperceptible sourire. Il la suivit à distance, tandis qu'elle flânait le long des stands. Sa copine ne la lâchait pas d'une semelle. Dans la cohue, Malko arriva plusieurs fois à se rapprocher d'elle sans trouver l'occasion de lui parler.

Leur tour accompli, les deux femmes ressortirent de l'exposition, gagnant le couloir menant aux ascenseurs. Elles s'arrêtèrent devant. Après un bref conciliabule, elles se séparèrent, l'une prenant l'ascenseur et Saba Afridi, revenant sur ses pas, vers Malko.

– Vite, dit-elle dès qu'elle fut à sa hauteur, allons dans votre chambre. Je lui ai dit que je voulais aller aux toilettes, elle m'attend dans la voiture.

– Qui est-ce ?

– Une cousine de mon mari. Elle ne se doute de rien.

Ils arrivèrent à la porte de la chambre de Malko. Il la fit entrer. Il n'y avait personne dans les parages. Elle se retourna, tendue, nerveuse.

– Il fallait que je vous voie, commença-t-elle.

Malko lui cloua la bouche d'un baiser, l'étreignant brutalement. En la revoyant, tout son désir était revenu. Au diable les problèmes, pour quelques instants. Elle gémit, tenta de se dégager, mais il était décidé à parvenir à ses fins. Ils oscillaient dans l'entrée et il gardait sa bouche soudée à la sienne. Il souleva sa tunique, atteignit la taille de son *charouar*, écarta l'élastique, et tira le vêtement vers le bas. Saba Afridi parvint à dégager sa bouche et cria :

– Arrêtez ! Je ne suis pas venue pour ça.

Malko n'avait cure de ses protestations. Déchaîné, il la poussa vers le lit. Achevant de faire glisser son *charouar* jusqu'à ses chevilles, il le lui ôta, ainsi que ses sandales.

Il ne lui restait qu'un triangle de dentelle noire à la jointure des cuisses charnues, mais Saba Afridi continuait à se défendre, à plat dos sur le lit, les jambes dans le vide, donnant des ruades violentes. Malko se laissa tomber à genoux devant elle, parvint à arracher la culotte de dentelle noire et enfouit son visage dans l'astrakan noir. Ce fut comme un coup de baguette magique. La jeune femme poussa un petit cri, se débattit encore quelques instants, puis ses cuisses s'ouvrirent, elle poussa un profond soupir et ses doigts se refermèrent sur les cheveux de Malko. Il la caressa longtemps, s'ingéniant à faire monter son plaisir. Puis, quand il sentit son orgasme près de se déclencher, il l'abandonna et se ficha en elle d'un seul coup, lui arrachant un cri violent. Il la prit à grands coups de reins, s'enfonçant violemment au plus profond de son ventre inondé jusqu'à ce qu'il explose. A peine avait-il joui que Saba se redressa, affolée.

– Elle va me chercher ! Ameuter tout le monde...

Malko lui tendit son *charouar* qu'elle enfila à toute vitesse. Essoufflée, elle lui lança :

– Ali Masood Afridi m'a appelé, fou furieux. Il a appris, je ne sais pas comment, que vous n'étiez pas des trafiquants de pierres, mais des agents des Américains. Faites très attention.

– Qui l'a prévenu ?

Elle secoua la tête en remettant ses chaussures.

– Il ne me l'a pas dit. Si je n'étais pas la femme d'Ayub, il m'aurait tuée. Je lui ai juré que vous m'aviez menti.

Comme une folle, elle se rua vers la porte.

– Ne me suivez pas, surtout... ! lança-t-elle.

– Quand vais-je vous revoir ? insista Malko.

Saba Afridi se retourna et lâcha :

– Jamais !

Resté seul, Malko se demanda s'il n'avait pas rêvé. Quel dommage qu'une femme aussi séduisante ne vive pas dans un pays normal.

Il repensa à ce qu'elle lui avait dit. Le lendemain, ils devaient aller récupérer leur Nissan. Cela risquait de se passer très mal. Le choix était simple : y aller ou pas.

En tout cas, elle avait rompu sa promesse de ne pas le revoir pour lui sauver la vie... Finalement, la nuit au *Khan Klub* lui avait peut-être laissé un très bon souvenir.

Il redescendit sur terre, une seule question en tête. Qui pouvait avoir averti Ali Masood Afridi de sa véritable personnalité ? Abu Salim ? Mais comment était-il au courant ? Il repensa à ce qu'Osama Bin Laden lui avait dit du nid de cobras de Peshawar. Beaucoup d'éléments lui échappaient encore. Mais, chaque heure qui passait crédibilisait les révélations du Saoudien.

Abu Salim ne semblait pas être un fantôme.

Malko n'avait pas encore voulu parler à Franck Capistrano. Il attendait d'avoir des preuves concluantes de l'innocence de Bin Laden. Si cela s'avérait être le cas, le *Special Advisor for National Security* de la Maison-Blanche allait passer des moments difficiles. Contraint d'abandonner ses certitudes concernant le Saoudien.

Le rendez-vous avec Ali Masood Afridi, le « logisticien » du mystérieux Abu Salim allait être crucial. Et risqué. Malko avait beau être sur ses gardes, grâce à Saba Afridi, il ignorait d'où viendrait le coup.

CHAPITRE XVI

Ralph McCarthy et Malko franchirent les derniers mètres les séparant de la maison d'Ali Masood Afridi l'estomac noué, aux aguets. Depuis trois cents mètres, ils se trouvaient à l'intérieur de la zone tribale, sans autre protection que leurs armes de poing. La foule habituelle déambulait dans le marché de Kharkano. Rien que des hommes, la plupart armés. A n'importe quel moment, ils pouvaient se faire tirer dessus. Ce fut presque un soulagement d'entrer dans la boutique d'armes d'Afridi. Le vendeur avait été prévenu, car sans même les faire attendre, il les invita à monter au premier.

Malko s'engagea le premier dans l'escalier. Si l'information de Saba Afridi était vraie, Ali Masood Afridi ne pouvait pas ne pas réagir. Or, chez les Pachtous, on ne connaissait qu'une réponse à ce genre de situation : la rafale de Kalach.

Ali Masood Afridi les attendait, souriant, en face d'une vieille affiche du Djihad montrant un moudjahid lançant une grenade sur un char soviétique. Ralph McCarthy émergea à son tour de l'escalier, chargé de la valise de dollars.

– La voiture est prête, annonça le Pachtou. Voilà les papiers.

Il tendit à Malko un certificat d'enregistrement pour la Nissan désormais immatriculée PRS 505. Au nom d'Ali

Masood Afridi, comme convenu. Ce dernier semblait très détendu. D'où allait venir le coup ?

– Voilà l'argent, dit Malko.

Il ouvrit la mallette et Afridi compta les liasses de billets de cent dollars dans un silence de mort. Ce dernier, l'opération terminée, se dirigea vers le vieux coffre à côté de son bureau, l'ouvrit et y entassa les liasses.

– Je vais vous donner le téléphone, dit-il en se redressant.

Il alla au fond du bureau et ouvrit la grande armoire métallique grise. Les étagères étaient pleines de téléphones portables, tous du même modèle, des Paktel. Certaines cases étaient vides : des appareils déjà « loués ». Ali Masood Afridi en prit un et retourna à son bureau. Il sortit d'un tiroir un gros carnet et l'ouvrit. Malko aperçut des listes de noms, avec des numéros en face.

Ses clients. Parmi lesquels se trouvait forcément Abu Salim...

Hélas, les noms étaient écrits en urdu, c'est-à-dire en caractères arabes. Le Pachtou était en train de noter le numéro de série du portable et le numéro qui lui était attribué. Il leva la tête.

– A quel nom voulez-vous que je l'inscrive ? Juste pour moi.

– Mike, dit Malko.

En face du numéro, Ali Masood Afridi calligraphia « Mike ».

Nerveux, Ralph McCarthy surveillait la porte et l'escalier. Ce n'était pas possible que tout se passe aussi bien. Pourtant, Afridi paraissait tout à fait décontracté. Il tendit le portable à Malko.

– Voilà. C'est le 0351 763872.

Le numéro était inscrit sur un Post-it. Le Pachtou eut un sourire aimable.

– N'oubliez pas de payer. Sinon, la ligne est interrompue.

– Bien sûr, approuva Malko.

– Bien, allons chercher la voiture.

Ils descendirent l'un derrière l'autre le petit escalier et sortirent. Cette fois, personne ne se joignit à eux. Ils se retrouvèrent devant une Toyota Land Cruiser beige toute neuve. Son chauffeur attendait à côté et se mit au volant en voyant Afridi. Les trois hommes montèrent, et le Pachtou lança un ordre bref.

Comme la fois précédente, ils filèrent au milieu du désert jusqu'au « corral ». La Nissan blanche fraîchement immatriculée avait été sortie.

– Le plein est fait, annonça Ali Masood Afridi. Les clefs sont dessus. Vous avez les papiers. Tout est en ordre.

De nouveau, Malko scruta son visage sans y lire la moindre tension. Une transaction commerciale banale. Le Pachtou, toujours souriant, lui tendit la main, enveloppant aussitôt celle de Malko dans les deux siennes.

– Bonne chance. A bientôt.

Toujours souriant, après la même poignée de main à Ralph McCarthy, il se dirigea vers sa Land Cruiser. Malko l'observait, crispé. Quelque chose ne collait pas. Saba Afridi n'avait pas pu mentir. Soudain, un détail minuscule l'alerta. En lui disant qu'il le reverrait, Ali Masood Afridi n'avait pas prononcé la formule rituelle : *Inch'Allah*, si Dieu le veut. En même temps, la mort de Sayed Gul lui était revenue à l'esprit. Tout cela était flou, chaotique, mais l'angoisse, elle, lui tordait bien l'estomac.

En un éclair, il entrevit le piège.

– *Mister* Afridi !

Ali Masood Afridi se retourna au moment de monter dans la Land Cruiser.

– *Yes ?*

Malko était déjà à sa hauteur.

– Nous allons revenir avec vous, dit-il. Votre chauffeur conduira la Nissan.

La lueur dans les yeux sombres du Pachtou ne dura qu'une fraction de seconde, mais n'échappa pas à Malko. Ali Masood Afridi semblait paralysé.

– Je ne reviens pas à Kharkano tout de suite, dit-il.

– Vous allez changer vos plans, intima Malko sans élever la voix.

– Pourquoi ?

– Une intuition. Si je me trompe, je vous ferai des excuses. Dites à votre chauffeur de prendre la Nissan, et d'aller nous attendre près de votre boutique.

Comme Afridi demeurait silencieux, Malko sortit de sa ceinture le Beretta 92 et le braqua sur le Pachtou.

– Dites-lui, insista-t-il. Ou je vous abats.

Les deux hommes se défièrent du regard. Ali Masood Afridi savait sentir le véritable danger. Ce qu'il lut dans les yeux de Malko le convainquit mieux qu'un long discours.

De la même voix calme, il donna un ordre au chauffeur. Celui-ci descendit de la Land Cruiser et alla se mettre au volant de la Nissan toute neuve. Il démarra aussitôt. Les trois hommes le regardèrent s'éloigner dans un nuage de poussière. Malko ne quittait pas le véhicule des yeux. Celui-ci s'éloignait rapidement, sur la piste par laquelle ils étaient venus. Malko commençait à se demander si son instinct ne l'avait pas trompé. La Nissan atteignait l'entrée du village qu'ils avaient traversé à l'aller.

Soudain, un trait lumineux jaillit d'une des maisons qui bordaient la piste. Une fraction de seconde plus tard, la Nissan blanche se volatilisa en une gerbe de flammes, touchée de plein fouet par une roquette, vraisemblablement du RPG7. L'explosion se répercuta longuement, roulant jusqu'aux montagnes. Ali Masood Afridi n'avait pas bronché en voyant son chauffeur se transformer en chaleur et en lumière. Chez les Pachtous, la vie humaine n'avait pas la même valeur qu'ailleurs.

Malko se sentait un morceau de glace à la place du cœur.

– C'est comme ça que Sayed Gul est mort ? dit-il d'une voix égale.

Ali Masood Afridi ne se démonta pas :

– Vous m'avez menti, dit-il, vous n'êtes pas ce que vous prétendez être.

Malko eut un sourire glacial.

– C'est une raison pour nous assassiner ?

Ralph McCarthy, blême, regardait la colonne de fumée noire qui montait du désert, à l'entrée du village, emportée par le vent violent. Ils auraient dû se trouver dans la Nissan... il se rapprocha des deux hommes et dit d'une voix sourde :

– Pourquoi vous ne lui en mettez pas deux dans la tête ?

– Nous avons deux solutions, dit Malko à Ali Masood Afridi. La plus simple est évidemment de faire ce que suggère mon ami. Vous avez voulu nous tuer, c'est raté, nous vous tuons. C'est la règle. L'autre solution est peut-être meilleure. Pour vous comme pour nous. Vous nous rendez un service qui efface votre dette. Cela s'appelle le prix du sang...

Ali Masood Afridi regarda le sol caillouteux sans répondre. Le vent soulevait les pans de sa *kamiz* et agitait son épaisse chevelure. Malko leva son arme et ramena le chien du Beretta en arrière. Ce seul bruit suffit à redonner vie au Pachtou.

– Combien voulez-vous ? demanda-t-il.

Malko secoua la tête.

– Nous ne sommes pas des voyous, répondit-il froidement. Et nous ne voulons pas d'argent. A propos, pourquoi avez-vous tenté de nous faire assassiner ?

Pas de réponse. Ralph McCarthy secoua la tête. Sans un mot, il s'approcha et décocha un coup de pied terrible à Ali Masood Afridi. Ce dernier se tordit en deux avec un cri de douleur. L'Américain frappa du coude en plein visage. Puis, d'un coup de crosse, il ouvrit la joue du Pachtou de la pommette à la bouche, le projetant dans le sable. Il le bourra aussitôt de coups de pied, d'une violence à faire vomir Malko... Sa victime se tordait, roulait sur elle-même, essayant de se protéger des coups. Soudain, par une déchirure de son *charouar*, Ralph McCarthy aperçut le manche d'un poignard accroché à sa ceinture. Il l'en arracha, acheva de déchirer le *charouar* et posa la pointe sur le ventre d'Ali Masood Afridi. Il l'enfonça d'un bon centimètre.

Le Pachtou poussa un hurlement de douleur. Penché sur lui, Ralph lança :

– Mon copain est trop bien élevé... Moi, je vais te sortir les tripes du ventre et tu les regarderas sécher au soleil, le temps que tu crèves.

– Attendez ! lança Malko.

– *Hold it !* fit l'Américain. Il est à moi aussi, je devais y passer également, non ? Alors, laissez-moi faire à ma guise avec ma moitié. Vous ferez ce que vous voudrez de la vôtre...

Sans attendre la réponse de Malko, il pesa sur le manche du poignard. La lame s'enfonça un peu plus. Ali Masood Afridi poussa un hurlement suivi d'une interjection paniquée.

– Qu'est-ce que vous voulez ?

Un large sourire éclaira le visage de l'Américain. Sans retirer le poignard, il répliqua :

– D'abord, savoir pourquoi tu as monté ce coup ?

– On m'a dit que vous étiez des espions américains...

– Qui « on » ?

Pas de réponse. Malko détourna les yeux, mais au hurlement du Pachtou, il sut que le poignard s'était enfoncé un peu plus. Il ne supportait pas la torture. S'approchant, il lança à Afridi :

– Ce ne serait pas un certain Abu Salim ?

Ali Masood lui répondit d'un regard éloquent, en grimaçant de douleur.

– Pour Sayed Gul aussi, c'était Abu Salim ?

Pas de réponse. D'un coup de poignet sournois, Ralph McCarthy fit tourner le poignard dans la plaie, arrachant un nouveau hurlement à son prisonnier, suivi d'un faible *atcha* (1).

Ali Masood Afridi ferma les yeux. Il s'en voulait à mort d'avoir transgressé sa règle de base : neutralité abso-

(1) Oui.

lue entre ses différents « clients ». Il savait qu'il était en danger de mort et ne voulait pas mourir. Ce n'était pas une question d'honneur, donc, il pouvait transiger. Ravalant le sang qui coulait de son nez brisé, il dit d'une voix presque ferme :

– J'accepte votre proposition.

Nouveau sourire de Ralph McCarthy. Retirant le poignard, il prit le Pachtou par le haut de sa *kamiz* et le mit debout. L'autre n'avait pas vraiment fière allure, le visage boursouflé, couvert de sang, ses vêtements déchirés, du sang coulant de sa blessure au ventre, tachant son *charouar*.

L'Américain braqua sur lui un gros Browning et dit avec bonne humeur :

– Maintenant que le dialogue est engagé, on ne va pas perdre de temps. Il fait très chaud ici et je n'ai pas envie de prendre un coup de soleil. Voilà la règle du jeu. Je pose des questions, tu réponds. Tu n'as pas droit à une seule mauvaise réponse.

Ali Masood Afridi, les yeux baissés, essuya le sang qui coulait de son visage. Tendu vers une seule idée : sauver sa peau. Malko l'observait, ravi. Leur enquête pouvait faire un pas de géant, sauf si le Pachtou se sentait une âme de héros... Une bouffée de vent brûlant les enveloppa, chargée de sable et de poussière. Ralph McCarthy cracha par terre et demanda :

– C'est bien Abu Salim qui t'a dit de nous tuer ?

– Oui.

Malko intervint :

– Et Sayed Gul ? Ce sont vos hommes aussi.

– *Atcha.*

– Pourquoi ?

– Il m'a payé.

– Combien ? demanda avec gourmandise Ralph McCarthy.

– Un million de roupies.

Pour soixante-dix morts, cela mettait le cadavre à trois cents dollars environ. Raisonnable...

Malko ne put s'empêcher de poser la question suivante :
– Qui est Abu Salim ? Ce n'est pas son vrai nom.
Le Pachtou ne baissa pas la tête.
– C'est le seul nom que je lui connaisse. Je ne sais pas non plus vos noms...
– Comment l'avez-vous connu ?
– Il est venu me voir, de la part d'un ancien moudjahid que je connaissais bien. Hadj Jahnaguir Quayoum. C'était suffisant.
– Où est ce Quayoum ?
– Je ne sais pas. Il appartenait au groupe Sayyaf qui a été expulsé de Peshawar l'année dernière. Il doit se trouver en Afghanistan. Probablement à Kaboul.
Autant dire dans une autre planète... Ralph McCarthy jeta un coup d'œil à Malko, comme pour lui demander si la réponse était satisfaisante. Son arme était toujours braquée sur le ventre d'Ali Masood. Prête à cracher la mort.
Malko continua l'interrogatoire.
– Où demeure Abu Salim ?
Ali Masood, qui sentait ses chances de survie augmenter, le défia du regard.
– Où habitez-vous ? Je n'en sais rien. Je ne sais rien de lui non plus. Il est venu comme vous. Il a payé, il a pris un téléphone et une voiture. Une Suzuki 4 x 4 blanche. C'était il y a cinq mois environ. Quand je reçois la note, je l'appelle. Il m'envoie quelqu'un avec l'argent.
– Quels sont l'immatriculation de la voiture et le numéro de téléphone ?
– Je ne les sais pas par cœur.
– Il ne vous a pas fait changer le numéro du portable récemment ?
Ali Masood Afridi marqua le coup. Ils étaient très bien renseignés.
– Si. Il y a huit jours.
– Quel est le nouveau numéro ?
– Je ne le connais pas par cœur.
– Vous avez monté un guet-apens contre nous simplement parce qu'il vous l'a demandé ?

– Abu Salim m'a prévenu que vous étiez des agents américains de la CIA, expliqua-t-il. Il m'a dit que si je ne faisais rien, je serais puni, parce que cela signifierait que je suis complice. Ici à Peshawar, cela ne pardonne pas.

Le silence se prolongea. Le vent soufflait de plus en plus fort.Ralph McCarthy baissa les yeux, fixant l'endroit où il allait tirer. Ali Masood Afridi lança d'une voix mal assurée :

– Venez à mon bureau, je vous rends l'argent de la Nissan, plus cent mille roupies.

Cette fois, il avait vraiment peur. Malko lui adressa un sourire froid.

– Nous n'avons pas besoin d'argent. Seulement d'une information, ou plutôt de deux. A quoi ressemble Abu Salim et quel est le numéro de portable qu'il utilise en ce moment.

Le Pachtou s'essuya le front. Ce n'était pas la chaleur. Il regarda alternativement le canon du pistolet et les yeux de Ralph McCarthy et conclut qu'il n'y avait pas d'échappatoire.

– Il a trente ans environ, dit-il, il est grand comme vous, mince, une tête ronde, une moustache et une barbe noire assez courte.

Autrement dit, il ressemblait à quelques millions de Pakistanais.

– Il parle quelle langue ?

– Urdu et un peu dari.

– Il est arabe ?

– Je ne crois pas. Il parle comme un Pakistanais.

Le silence retomba. Malko conclut :

– Nous allons revenir à votre bureau. Vous nous donnerez le numéro du portable d'Abu Salim, celui de sa voiture, et vous n'entendrez plus jamais parler de nous.

Le Pachtou passa la langue sur sa bouche éclatée.

– S'il sait que je vous ai parlé, il me tuera, murmura-t-il.

– Il ne le saura pas, affirma Malko. Par contre, il va savoir que nous sommes vivants, car il nous surveille.

Sinon, il n'aurait rien su de notre visite chez vous. Vous aurez à fournir des explications, de toute façon. Alors ?

Ali Masood Afridi baissa la tête.

– Allons à mon bureau.

*
**

Un silence de mort régnait dans le bureau encombré. Les hommes d'Afridi qui tournaient dans le coin n'avaient pas pu ne pas remarquer dans quel état était leur chef, mais comme ce dernier n'appelait pas à l'aide, ils n'étaient pas intervenus. Des pittbulls en laisse...

Penché sur son coffre, Ali Masood Afridi composa la combinaison, surveillé par Ralph et Malko. Il sortit d'abord les liasses de dollars, le prix de la Nissan. Au fur et à mesure qu'il les posait sur le bureau, Ralph McCarthy les remettait dans son attaché-case. Joe Hickerson serait fou de joie.

Ensuite, le Pachtou revint à son bureau et ouvrit un tiroir d'où il sortit un épais classeur.

– Voilà, annonça-t-il. Un 4 x 4 Suzuki blanc, immatriculé SLG 452.

– Et le téléphone ? insista Malko.

Ali Masood prit son petit carnet. Ralph McCarthy lisait par-dessus son épaule. Le Pachtou posa le doigt sous un numéro.

– C'est le nouveau numéro d'Abu Salim. 0351 658760.

Malko le nota soigneusement. Ali Masood remit tout dans son tiroir. Il paraissait épuisé, du sang s'était coagulé dans sa barbe, la boursouflure sanglante qui coupait sa joue avait pris une vilaine allure. D'une voix faible, il demanda :

– Vous êtes satisfaits ?

De toute évidence, il n'avait qu'une idée : les voir quitter son bureau.

– Je ne vous conseille pas de téléphoner à Abu Salim, avertit Malko.

Le Pachtou lui jeta un regard mort.

– Je vais partir ce soir à Quetta où j'ai des affaires. Pour plusieurs semaines. J'ai beaucoup de choses à organiser avec l'avance des *talibans*...

Ralph McCarthy ricana.

– Ça me paraît une sage décision. Sinon, à une autre fois, *Inch'Allah*...

– A propos, dit Malko, tout à l'heure, quand vous nous avez envoyés à la mort, en souhaitant nous revoir, vous n'avez pas dit *Inch'Allah*. Pourquoi ?

Le Pachtou baissa la tête et bredouilla :

– Je savais ne jamais vous revoir et je ne voulais pas offenser Dieu par un blasphème.

*
**

Ce n'est qu'à plusieurs kilomètres de la zone tribale, sur la route de Peshawar, qu'ils respirèrent vraiment.

– Vous lisez l'urdu ? demanda Malko à Ralph McCarthy.

L'Américain éclata de rire.

– Jamais de la vie, mais il l'a cru. Je voulais qu'il ait vraiment peur, qu'il ne nous file pas un numéro bidon... Maintenant, qu'est-ce qu'on fait du numéro d'Abu Salim ? On ne va pas l'appeler.

– Evidemment ! Mais désormais, nous connaissons le numéro de son portable, la voiture qu'il utilise et son apparence physique. On arrivera à le trouver.

L'Américain fit la moue.

– Je ne voudrais pas vous décourager, mais des types comme celui qu'il a décrit, il doit y en avoir deux cent mille à Peshawar. Le téléphone, on ne peut pas l'utiliser pour l'instant. Et la Suzuki blanche, il n'y a plus qu'à se poster sur Jamrud Road en attendant qu'elle passe. Comme ici les gens ne laissent pas leurs voitures dehors la nuit, ça ne facilite pas la tâche...

– C'est vrai, reconnut Malko, mais on a quand même progressé. Et nous avons encore une corde à notre arc...

– Laquelle ?

– Le mollah Zaid Ghulam Shaikh, patron de notre barbu orange, qui, lui, travaillait sûrement pour Abu Salim.

Ralph McCarthy sursauta et faillit écraser un cycliste.

– Je vous ai dit qu'il est intouchable, sauf à déclencher des émeutes. Un saint homme, qui dîne une fois par mois chez le gouverneur. Il construit des mosquées, prêche l'Islam. Pas question de le secouer et si on va le voir, il nous enverra promener.

– Il y a peut-être une troisième solution...

– Laquelle ?

– Vous êtes certain que votre mollah est aussi saint qu'il le paraît ?

– Je n'en sais rien, avoua l'Américain. C'est la réputation qu'il a...

– Les réputations ne sont pas toujours méritées, fit doctement Malko. Il a peut-être un petit secret qui nous aiderait à engager le dialogue plus facilement, si on le découvrait.

Le visage de Ralph McCarthy s'éclaira.

– Vous êtes génial ! J'ai un copain à la Special Branch qui connaît tous les ragots de Peshawar. Un vrai fouille-merde. S'il y a quelque chose sur le mollah Shaikh, il est au courant.

– Alors, prions, conclut Malko, pour que sa Sainteté ait des ratés.

CHAPITRE XVII

– Malko, je vous présente mon ami Hafiz Jam, annonça Ralph McCarthy, très protecteur. C'est un vrai ami, hein, Hafiz ?

Le dénommé Hafiz Jam, enquêteur de la Special Branch à Peshawar, baissa modestement ses yeux bordés de rouge de fumeur de hasch. Il ressemblait vaguement à une fouine fatiguée mais cela ne semblait pas le gêner. Père de trois enfants, avec un salaire de huit mille roupies (1) par mois, il demandait depuis longtemps à la CIA de compléter son budget. A raison de quatre mille roupies (2) par mois, plus une bouteille de scotch tous les jeudis soir, ce n'était pas un mauvais investissement pour l'agence américaine. Hafiz Jam collectionnait pour la Special Branch toutes les informations collectées sur le terrain par une myriade d'informateurs payés quelques roupies. Ce qui en faisait une mine précieuse.

Ralph McCarthy était allé le récupérer à leur lieu de rencontre habituel, la *Modle Filling Station,* sur Khyber Road, une des stations-service modernes de Peshawar, pour l'amener directement dans la maison de Rahman Baba Road.

Un peu intimidé, il but une solide gorgée de scotch et posa sur Dorothy O'Leary un regard semblable à celui du

(1) 1 000 francs.
(2) 100 dollars.

loup de Tex Avery. A la fois bestial et suppliant... Ralph McCarthy ne négligeait rien pour le mettre en condition. Sur son ordre, la jeune femme avait abandonné sa tenue pakistanaise pour un T-shirt moulant et une mini. Pour Hafiz Jam, c'était autre chose que les danseuses indiennes des clips de la chaîne EL. Celle-là était vraie. A portée de main.

Dorothy O'Leary prit une Gauloise blonde dans son paquet et, aussitôt, l'agent de la Special Branch sortit un Zippo représentant une superbe pin-up, cadeau de son « traitant », pour allumer la cigarette. Ces petites marques d'attention l'attachaient au moins autant que les dollars. Ralph McCarthy, le sentant mûr, attaqua :

– Vous n'avez jamais rien eu sur le mollah Zaid Ghulam Shaikh ? demanda-t-il d'un ton presque badin.

Hafiz Jam parut presque choqué.

– Oh, c'est un homme très respecté. Je l'ai vu plusieurs fois chez le gouverneur. Il est très pieux, quelquefois il prononce des prêches à la mosquée d'Hayatabad.

On avait l'impression qu'il récitait une leçon. Ralph McCarthy l'interrompit :

– Il ne fait pas de politique ?

– Oh non, il s'occupe seulement d'humanitaire. Il y a beaucoup d'étrangers dans son ONG mais ils n'ont jamais eu de problèmes. Ce sont surtout des Arabes. Il est financé de l'étranger, par des gens très honorables. Il fait beaucoup de bien, conclut-il avec un regard humide à Dorothy O'Leary.

Celle-ci en profita pour demander, sur le ton de la plaisanterie :

– Il n'a pas de femme ?

Le Pakistanais se récria :

– Bien sûr que non ! Il se consacre à la religion et à soulager la misère des Afghans. Il est très bon, répéta-t-il avec une énorme conviction.

Sournoisement, Ralph McCarthy remplit à nouveau son verre. Mais le Pakistanais n'avait d'yeux que pour Dorothy qui s'était levée afin de préparer son habituelle carafe de « Caïpirinha ». Ayant sorti une bouteille de Cointreau, elle écrasa consciencieusement des citrons verts sur de la glace.

– Qu'est-ce que c'est ? demanda Hafiz Jam, fasciné.

Dorothy lui expédia un sourire explosif. A réduire en cendres un *taliban.*

– Vous voulez goûter ?

Il se leva comme s'il avait eu un ressort sous les fesses.

– Bien sûr.

Ralph cligna de l'œil à l'intention de Malko et se leva à son tour.

– On vous laisse un moment, on a des coups de fil à donner.

Ils sortirent de la pièce et l'Américain pouffa.

– Elle va le presser comme un citron. Mieux que moi.

*
**

Dorothy O'Leary était écarlate et respirait un peu trop vite pour une femme honnête, lorsque Malko et Ralph revinrent dans le living-room.

La carafe de « Caïpirinha » était vide et le policier assis tout près de Dorothy O'Leary sur le canapé bas. Le Pakistanais se leva avec des excuses embrouillées, expliquant qu'il avait un rendez-vous important, qu'il ne pouvait pas s'éterniser.

Ralph McCarthy le raccompagna jusqu'au portail. Dès qu'ils eurent quitté la pièce, Dorothy annonça :

– Le mollah est un cochon ! Il a une maîtresse, une hôtesse de la PIA qui vient une fois par semaine à Peshawar, le lundi. Elle passe la nuit au *Pearl Continental*, mais retrouve secrètement son amant...

C'était trop beau !

– Où ? demanda Malko.

– Il prétend ne pas le savoir, mais il croit que c'est dans les locaux de l'ONG, qui sont déserts le soir. Il m'a fait jurer de ne jamais mentionner ce qu'il avait dit. Il se ferait virer de la Special Branch.

– Le nom de cette fille ?

– Il ne sait pas. C'est une très belle rousse, paraît-il.

Ralph réapparut, hilare.

– Alors ?

– Elle s'est bien débrouillée, dit Malko.

Dorothy lui jeta un regard noir.

– Vous pouvez me remercier... Ce salaud m'a tellement pincé les seins que je vais avoir mal pendant huit jours... Il était comme un fou. Il m'a proposé de venir le voir à son bureau...

Ralph McCarthy lui jeta un regard égrillard.

– Il t'a sautée ?

Dorothy sortit de la pièce avec un haussement d'épaules, sans répondre.

– Ne la taquinez pas, tempéra Malko.

Ralph McCarthy se baissa soudain pour ramener de sous les coussins une petite culotte de dentelle blanche qu'il agita en riant.

– Vous ne connaissez pas les Pakistanais, fit-il. C'est comme si on avait laissé un tigre affamé avec un agneau bien gras... Ça n'a pas dû lui déplaire, à Dorothy. Elle aime le genre fougueux. En tout cas, maintenant, on va s'amuser.

– Nous sommes samedi, remarqua Malko, ça fait deux jours à attendre. Abu Salim doit savoir maintenant que son plan pour nous éliminer a échoué. Il va probablement disparaître.

Ralph McCarthy eut un geste d'impuissance.

– Je sais. Tout ce qu'on peut faire, c'est se balader, ici et à Hayatabad, en espérant croiser sa Suzuki. Mais on a autant de chance que de gagner au casino.

Malko, lui, avait une corvée à accomplir. Mettre au courant Franck Capistrano de sa probable erreur aux conséquences tragiques pour les quatre jeunes Saoudiens décapités « pour l'exemple ». Imprudent de téléphoner de Peshawar, même en utilisant le portable codé de Ralph McCarthy. La seule solution était un aller-retour à Islamabad, afin d'utiliser les moyens de transmission *protégés* de la *Central Intelligence Agency*.

*
**

A Washington, il était cinq heures du matin. Connaissant les habitudes matinales du *Special Advisor for National Security,* Malko n'avait pas hésité, mais se demandait maintenant, à la cinquième sonnerie sans réponse, s'il n'avait pas eu tort.

– *Hello ! Who's calling ?*

La voix rocailleuse et grave de Franck Capistrano ne pouvait prêter à confusion.

– C'est moi, Malko Linge, répondit Malko. Je vous appelle d'Islamabad, sur un circuit « protégé ». Je suis désolé de le faire si tôt...

– *No problem !* affirma l'Américain, instantanément réveillé. Vous avez de bonnes nouvelles ?

– J'ai des nouvelles... répliqua Malko, avant de passer au récit de sa rencontre avec Osama Bin Laden, et d'expliquer ce qui l'avait précédée et suivie.

Franck Capistrano ne l'interrompit pas une seule fois. Lorsque Malko eut terminé, il demeura silencieux si longtemps que Malko crut la communication coupée... Enfin, il demanda calmement :

– Quelle est *votre* opinion ?

– Je crois qu'il dit la vérité, répondit Malko.

Nouveau silence. Ce devait être dur pour le conseiller de la Maison-Blanche. Ce dernier digéra quelques secondes la réponse de Malko avant de dire d'une voix presque éteinte :

– Pour l'Arabie Saoudite, je savais déjà. Depuis très peu de temps. Je me suis trompé. Ce qui n'empêche pas que ce salaud est notre ennemi. Pour le reste, il faut aller jusqu'au bout. Avoir des preuves. Que tout cela reste entre nous pour l'instant. Tenez-moi au courant. *And thank you so much.*

C'est lui qui raccrocha. Malko se dit qu'il n'allait sûrement pas se rendormir.

*
**

L'afghani flambait : huit mille deux cent trente pour un dollar. Ça hurlait et ça gesticulait dans toutes les boutiques de changeurs de la place Chawk Yodgar, au cœur du Khyber Bazar.

L'homme connu sous le nom d'Abu Salim s'éloigna. Le cours de la monnaie afghane était un excellent baromètre de l'avance des *talibans*...

Il avait déjeuné frugalement dans un restaurant en plein air, en face du cinéma Ferdouz. Se forçant à manger, malgré son peu d'appétit, sans cesser de surveiller les alentours du restaurant. Il se sentait traqué. Sans la surveillance continue qu'il faisait exercer sur ses adversaires, il aurait dormi sur ses deux oreilles. Un 4 x 4 Nissan avait bien explosé en plein désert, deux jours plus tôt, frappé par une roquette de RPG7. Mais il n'y avait dedans qu'un Pakistanais.

Ce genre d'incident étant courant dans la zone tribale, le *Frontier Corp* n'avait enquêté que mollement.

La disparition soudaine d'Ali Masood Afridi, injoignable même sur son portable, ne lui disait rien de bon. Beaucoup de signes inquiétants s'accumulaient... Il se rassurait en se disant que, même totalement retourné, le Pachtou n'avait pas pu donner beaucoup d'indications sur lui. Son numéro de téléphone et les caractéristiques de sa voiture. Pour ne prendre aucun risque, il ne se déplaçait qu'en *tonga* ou en rickshaw, désormais.

Impossible de disparaître. Il devait impérativement rester quelques jours encore à Peshawar, afin de rencontrer ses complices qui arrivaient de très loin et n'étaient pas joignables. Il était là comme une chèvre attachée à son piquet. Il s'éloigna, se noyant dans la foule anonyme du bazar. Contrairement aux terroristes de l'ancienne vague, comme Carlos, Abu Salim détestait la publicité. Sa satisfaction venait de sa puissance, du sentiment de supériorité qui l'animait. Lui, le petit ingénieur anonyme, faisait trembler le monde. Il n'était admiré que d'une poignée de gens qui ne pourraient jamais lui témoigner publiquement leur estime. Un peu comme les anciens traîtres du monde occidental, qui se faisaient décorer en cachette par le KGB et mettaient ensuite dans un coffre des médailles qu'ils ne pourraient jamais porter.

*
**

Depuis une heure, Malko poireautait dans le hall du *Pearl Continental* au milieu d'une marée de barbus en *dichdacha* ou *kamiz* et *charouar*. Un barbu enturbanné dormait, la bouche ouverte, dans un fauteuil. Malko s'était renseigné : le vol PIA en provenance de Lahore était arrivé à l'heure. L'équipage ne devrait donc plus tarder.

Ils n'avaient pas gagné au casino... Quarante-huit heures s'étaient écoulées depuis la confidence de Hafiz Jam, le policier de la Special Branch, et ils avaient eu beau sillonner Hayatabab, University Town et Peshawar, aucune trace de la Suzuki blanche. Pour sa part, Malko pensait que l'homme qu'ils connaissaient sous le nom d'Abu Salim avait quitté Peshawar. Il aperçut soudain des uniformes vert-gris dans l'entrée.

L'équipage du vol PIA de Lahore. Les femmes étaient en tunique et *charouar*, avec un foulard. Il repéra immédiatement celle qu'il cherchait à sa tignasse flamboyante. Plutôt petite, les traits épais, un air de salope avec sa grosse bouche et ses yeux soulignés de khôl. Il se rapprocha un peu tandis qu'ils s'inscrivaient à la réception. Il était sept heures et il faisait nuit. Si l'information de Hafiz Jam était exacte, l'hôtesse rousse allait ressortir assez vite.

Il regagna son poste d'observation dans le hall. Une brutale tornade s'était abattue sur Peshawar, une queue de mousson amenant des trombes d'eau et des rafales de vent. Les rues étaient inondées, le tonnerre n'arrêtait pas. Un temps de fin du monde.

La rousse sortit d'un ascenseur une demi-heure plus tard. Elle avait troqué son uniforme pour un voile d'où dépassait une mèche de cheveux. Elle gagna le porche de l'hôtel et se mit à attendre un taxi. Malko courut jusqu'à la Nissan où l'attendait Ralph McCarthy. L'Américain était en train de vérifier son Browning.

Cinq minutes plus tard, ils virent passer un rickshaw héroïque sous les rafales de pluie. L'hôtesse était tassée au fond de l'engin. Entre le temps effroyable, le voile et l'obscurité, la discrétion était assurée. Le rickshaw tourna à droite dans Jamrud Road. La pluie redoublait. Ils durent franchir de vrais lacs avant d'arriver à University Town... Le rickshaw prit encore à droite, dans Abdara Road et ensuite à gauche, dans Old Bara Road. Pour s'arrêter en face du 80 !

– Bingo ! fit Ralph McCarthy à mi-voix.

C'était l'adresse de l'*Islamic Relief Agency*. L'ONG dirigée par le mollah Zaid Ghulam Shaikh.

L'Américain stoppa cinquante mètres plus loin. Sous la pluie battante, Old Bara Road était totalement déserte. Il valait mieux attendre un peu. L'hôtesse n'était sûrement pas là pour dix minutes. Ralph alluma une Gauloise blonde tandis que Malko regardait tomber la pluie. Il connaissait l'idée de l'Américain : surprendre le mollah et sa maîtresse dans une situation embarrassante...

Seulement, ce n'était pas gagné d'avance. D'abord, il fallait pénétrer dans la propriété. Ensuite, surprendre le mollah dans une situation vraiment compromettante. Si la maison était gardée, cela serait impossible.

Ralph McCarthy éteignit sa cigarette.

– On y va.

Le temps d'atteindre le portail, ils étaient trempés. Des éclairs zébraient le ciel sans arrêt. L'Américain poussa le portail et il s'entrouvrit sur la maison totalement obscure. Ils gagnèrent la véranda puis poussèrent la porte d'entrée. Elle n'était pas fermée à clef ! Ils s'immobilisèrent, tendant l'oreille. La pluie sur le toit de tôle faisait un vacarme effroyable. Le couloir était plongé dans une obscurité totale. Les trombes d'eau faiblirent et ils perçurent des bribes de musique. Ralph McCarthy alluma brièvement son Zippo pour repérer les lieux. Le *chowkidar* devait dormir. Devant le garage, ils reconnurent la vieille Land Cruiser noire du mollah. Ça se présentait bien. Ils avancèrent à tâtons, découvrant un rai de lumière filtrant sous une porte. Ralph colla son oreille au battant avant de murmurer à Malko :

– C'est là que ça se passe...

Ils demeurèrent strictement immobiles quelques instants, s'habituant à l'obscurité. Peu à peu, les bruits devenaient plus distincts. Des soupirs sur fond de musique.

– Ils baisent, fit sobrement l'Américain.

Les soupirs firent soudain place à des gémissements scandés, rythmés. Une femme en train de se faire défoncer et qui aime ça...

Ralph McCarthy n'hésita pas. Tournant la poignée de la porte, il écarta sans bruit le battant. Les gémissements se firent plus forts. Malko écarquilla les yeux. Une lampe éclairait vaguement un *charpoi* au fond de la pièce. Il lui fallut quelques secondes pour distinguer ce qui s'y passait, tant la scène était confuse.

L'hôtesse de la PIA, reconnaissable à sa chevelure flamboyante, était allongée sur le ventre, se tenant des deux mains aux pieds du *charpoi.* Entièrement nue. Il voyait ses seins écrasés contre le *charpoi* et sa croupe proéminente, sous ses reins creusés. Un barbu assez maigre, nu comme un ver, la tête coiffée d'un turban, était allongé sur elle. D'après sa position, il était en train de la sodomiser.

Mais ce n'était pas tout : un deuxième homme était, lui, allongé sur le saint mollah. Un jeune barbu aussi nu que les deux autres, qui faisait subir au religieux le traitement que ce dernier infligeait à l'hôtesse de l'air ! Les trois participants soufflaient, gémissaient, s'agitaient, tout à leur bonheur. Pris en sandwich, le mollah Shaikh paraissait goûter particulièrement la situation. La pénombre régnait dans la pièce et, absorbés par leurs ébats, ils ne s'étaient absolument pas aperçus qu'ils n'étaient pas seuls.

Le flash du Nikon de Ralph McCarthy fit l'effet d'une bombe atomique. Il eut le temps de shooter trois fois avant que l'harmonieux sandwich ne se défasse. Le jeune homme abandonna les fesses fripées du mollah avec un cri aigu. Ralph eut le temps de déclencher une quatrième fois, immortalisant le long sexe fin encore dressé. Médusé, ébloui, le jeune sodomite resta figé à côté du *charpoi*.

A son tour, le mollah-sandwich s'arracha à la croupe de la belle hôtesse, révélant ce qui avait la dimension d'un troisième bras. La Pakistanaise se redressa avec un cri perçant, sous les éclairs du flash... Ralph McCarthy shoota une dernière fois et restant toujours dans l'ombre, lança une interjection en urdu. Comme un zombie, le jeune homme ramassa son *charouar*, et le sexe beaucoup moins triomphant, s'enfuit en passant devant eux sans demander son reste.

– *Go away !* lança l'Américain à la jeune femme, en anglais.

Fébrilement, elle entreprit d'enfiler son *charouar*, les traits déformés par la peur. Ses gros seins ballottant, elle courut vers la porte, le reste de ses vêtements à la main. Ralph McCarthy referma soigneusement derrière elle et alluma enfin.

Le mollah avait retrouvé un semblant de dignité, et drapé un tissu autour de ses reins. Son membre orgueilleux pointait encore. Il était assez âgé, la barbe grise, le visage marqué et ascétique, le front très haut. Une belle tête de tribun. Ralph McCarthy s'avança, le pistolet à la main, avec un sourire vipérin, et l'interpella. Aucun risque d'erreur, la photo du mollah apparaissait fréquemment dans la presse.

– Zaid Ghulam Shaikh !

L'autre ne répondit pas, encore sous le choc. Comme il cherchait à gagner la porte, Ralph le repoussa sans douceur sur le *charpoi* où il se rassit.

– Vous parlez anglais ?

Le mollah inclina la tête affirmativement.

– OK ! fit Ralph McCarthy. On ne vous veut pas de mal. Si vous faites ce qu'on vous dit, si vous répondez aux questions, personne ne verra jamais ces photos. Dans le cas contraire, elles seront largement distribuées, à Peshawar, à Islamabad, dans les Emirats, en Arabie, en Iran, partout où elles pourront intéresser.

Le mollah était décomposé. Son menton tremblait.

– Qui êtes-vous ? demanda-t-il d'une voix chevrotante.

– Peu importe, dit Malko, nous avons seulement des questions à vous poser.

– Quelles questions ?

– Connaissez-vous un homme qui se fait appeler Abu Salim ?

Malko vit le regard du mollah chavirer. Il fronça les sourcils, répéta le nom et leva un regard rempli de terreur.

– Non ! Non ! Pourquoi ?

Le pire c'est qu'il semblait sincère.... Malko n'était pas vraiment fier de lui. Il fallait que l'enjeu soit considérable pour qu'il se livre à ce chantage.

– Vous aviez ici un *chowkidar* avec une barbe orange, continua-t-il. Il a eu un accident de la circulation vendredi dernier.

– Oui. Zulfikar Ahmad.

– Cet homme avait essayé de me tuer quelques jours plus tôt. C'est vous qui lui en avez donné l'ordre ?

Zaid Ghulam Shaikh eut un geste de protestation énergique.

– Non, non, Allah interdit de tuer son prochain, balbutia-t-il. Je ne sais pas ce que vous voulez dire...

– Bon, dit Malko, je vois que vous aimez la publicité.

Il fit mine de gagner la porte, déclenchant aussitôt un cri strident.

– Non, non, *please* !

– La vérité ! lança Malko.

Le mollah bredouilla.

– Zulfikar m'a dit qu'il s'était battu, qu'il devait se

cacher, qu'on le cherchait pour le tuer. J'ai accepté de le prendre chez moi quelques jours.

– Vous ignoriez ce qu'il avait fait ?

Le mollah se tordit les mains. Ses lèvres tremblaient.

– Bien sûr ! Je le jure sur le saint Coran. Qu'Allah me châtie si je mens. C'était un homme très pieux, très courageux, qui avait combattu pendant le Djihad.

Malko sentait le découragement l'envahir. Et si Zaid Ghulam Shaikh était innocent ? Il insista :

– Ce Zulfikar avait des amis ?

Le mollah passa ses doigts tremblants dans sa barbe.

– Des amis ? Je ne sais pas, il ne sortait pas beaucoup.

– Vous ne l'avez jamais vu avec personne ?

Silence lourd. Zaid Ghulam Shaikh réfléchissait, le front plissé, oubliant même son humiliation. Il cherchait désespérément à sauver sa réputation. Il leva enfin la tête.

– Je l'ai vu une fois bavarder avec un jeune homme qui vient toutes les semaines à nos séances de cinéma.

– Comment est-il ?

– Assez grand, il porte une moustache, une barbe, il a beaucoup de cheveux. Je crois qu'il connaît quelqu'un qui travaille ici, un coordinateur, Mir...

Malko l'interrompit :

– Il a une voiture ?

Nouvelle réflexion. Puis le mollah dit timidement :

– Je crois qu'il a un petit 4 x 4. Il l'avait garé devant, le jour où je l'ai vu.

– Une Suzuki ?

– Oui, peut-être...

Le cœur de Malko battait plus vite. Enfin, il approchait.

– Et ce Mir, qui est-ce ?

– Un garçon très gentil. Très pieux. Il gère la logistique. Je l'ai vu à plusieurs reprises avec le jeune homme.

– Quel jour a lieu votre séance de cinéma ?

Zaid Ghulam Shaikh ferma les yeux un instant. Il ne devait même plus se rappeler son nom...

– Le mercredi, vers cinq heures.

– Donc, dans deux jours.

– Oui.

Sa voix n'était plus qu'un souffle.

– Parfait, conclut Malko. Je vous donne mon téléphone. Mercredi, dès que vous voyez ce jeune homme, vous m'appelez.

Le mollah lui jeta un regard suppliant.

– Qu'est-ce qui va arriver ?

– Rien, promit Malko. Rien du tout. Nous allons seulement vérifier quelque chose. Ensuite seulement, nous vous rendrons la pellicule non développée ! Mais si vous n'appelez pas, ce film sera développé et les photos distribuées. D'accord ?

Malko griffonna le numéro de son portable sur un bristol et le tendit au mollah en précisant :

– Si vous parlez de cela à qui que ce soit, et surtout à Mir, vous deviendrez le mollah le plus célèbre du Pakistan.

Zaid Ghulam Shaikh n'en revenait pas de se tirer aussi bien de cette horrible situation. En un clin d'œil, il fut rhabillé, et s'enfuit littéralement. La pluie tombait toujours. Pendant qu'il montait dans son 4 x 4, Malko et Ralph McCarthy gagnaient le leur. Ils virent la Land Cruiser noire jaillir dans Old Bara Road et foncer vers Jamrud Road, comme si tous les djins de la création étaient à ses trousses.

Ils suivirent à bonne distance Zaid Ghulam Shaikh. Celui-ci ne s'arrêta nulle part et les mena droit chez lui.

– Il joue le jeu, remarqua Ralph. Ce soir, nous avons fait une bonne action en remettant une âme perdue dans le droit chemin.

Un ange passa en chantant « Alléluia » !

Malko n'avait pas le cœur à plaisanter. Les prochaines quarante-huit heures allaient passer lentement. Si le mollah-sandwich les trahissait, son enquête était terminée.

CHAPITRE XVIII

Depuis quatre heures, Ralph McCarthy et Malko ne s'éloignaient plus du téléphone. Le « créneau » sensible se prolongeait jusqu'à cinq heures, l'heure de la séance de cinéma à l'*Islamic Relief Agency.* Dûment chapitrée, Dorothy O'Leary était partie une demi-heure plus tôt, et devait déjà se trouver sur place, ce qui n'éveillerait la méfiance de personne puisqu'elle était une visiteuse régulière de l'ONG.

Cette tension était le point d'orgue de deux jours d'attente angoissée et impuissante. Ils avaient continué à patrouiller à la recherche de la Suzuki blanche, sans succès. C'était vraiment chercher une aiguille dans une meule de foin.

– Pourvu qu'il n'ait pas filé ! soupira Malko.

– Ou que ce cochon de mollah ne l'ait pas prévenu, répliqua Ralph McCarthy. Il est franc comme un cheval qui recule.

– Je ne crois pas, fit Malko, il a trop peur.

L'Américain hocha la tête, pas convaincu... Le silence retomba, pesant, comme la chaleur étouffante. La sonnerie du téléphone, quelques minutes plus tard, les fit sursauter tous les deux. Ils se regardèrent.

– Répondez, dit Malko.

Ralph décrocha et dut tendre l'oreille tant la voix dans

le récepteur était inaudible et bégayante. Il raccrocha, rayonnant.

– Ce *motherfucker* ne nous a pas doublés ! Abu Salim vient d'arriver !

C'était tellement formidable qu'ils ne purent dire un mot pendant plusieurs secondes... Puis, Malko s'ébroua.

– Allons-y.

Ils restèrent silencieux pendant le court trajet jusqu'à Old Bara Road. Plusieurs voitures étaient garées devant l'ONG. La dernière était une Suzuki blanche immatriculée SLG 452.

*
**

Dorothy O'Leary bavardait dans le hall de l'ONG avec des copains, autour de la table transformée en buffet froid. Les gens arrivaient les uns après les autres et prenaient place dans la salle à gauche qui pouvait contenir une quarantaine de personnes. Elle avait repéré le mollah Zaid Ghulam Shaikh qui accueillait les visiteurs, entrait et sortait, visiblement nerveux. Elle aussi avait le cœur qui battait. L'idée de voir en chair et en os un terroriste responsable de crimes sanglants lui faisait une drôle d'impression ; un mélange de crainte et d'excitation. Si elle était restée à Toronto, elle n'aurait jamais connu cela.

Un homme jeune traversait le jardin. Chevelu et barbu, comme la plupart des Pakistanais, les traits réguliers, plutôt séduisant dans une tenue beige. Il s'arrêta quelques instants sur le pas de la porte, dévisageant les gens en train de bavarder d'un regard aigu.

Le cœur de Dorothy s'était mis à battre plus vite. Instinctivement, elle fut sûre que c'était lui.

Elle regarda autour d'elle. Le mollah venait de s'esquiver. Le nouveau venu entra et se dirigea directement vers la salle. Elle le vit s'asseoir à l'avant-dernier rang, là où il y avait encore beaucoup de places libres. Elle n'entendait plus ce qu'on lui disait, le regard rivé à la nuque du nouveau venu, les jambes coupées. Brutalement, elle avait peur, sans savoir pourquoi. Elle bavarda encore quelques instants, puis tout le monde se dispersa. La séance allait commencer. L'estomac au bord des lèvres, elle pénétra à son tour dans la salle. La chance était de son côté. Il n'y avait plus de places qu'à la rangée où se trouvait celui qu'elle supposait être Abu Salim. Elle s'assit à côté de lui sans le regarder. La lumière s'éteignit, lui permettant de souffler un peu.

Les images d'Afghanistan défilèrent sur l'écran, mais elle n'arrivait pas à s'y intéresser.

Bientôt, sa vraie mission allait commencer et elle espérait être à la hauteur.

*
**

Le dispositif était au point. Malko et Ralph McCarthy dans la Nissan et Perverst, avec un de ses copains, dans la Corolla, garée un peu plus loin. Ni le véhicule ni ses occupants ne se remarquaient... Perverst avait été briefé et brûlait de rendre service. Ralph se tourna vers Malko.

– Allez-y.

Tous les deux, par superstition, retardaient le moment de la *positive identification.* Mais il était temps d'agir. Malko activa son portable, puis composa avec soin le 0351 658760, le numéro du portable d'Abu Salim communiqué par Ali Masood Afridi. Il avait l'impression que les battements de son cœur s'entendaient à des kilomètres. Quelques secondes s'écoulèrent puis une sonnerie se déclencha. Un silence de mort régnait dans le 4 x 4.

– *Atcha ?*

L'index de Malko écrasait déjà la touche rouge, coupant la communication.

Les deux hommes se regardèrent et Ralph McCarthy esquissa un sourire crispé.

– Dans pas longtemps, on va être certains à cent pour cent, dit-il.

– Partons, dit Malko. Inutile de se faire repérer.

L'Américan hésitait visiblement.

– Et si on allait le chercher tout de suite ? C'est facile. On braque les autres et on l'emmène.

– Trop risqué, objecta Malko. Nous ignorons tout de son environnement. Si ça se trouve, il n'est pas seul. Cela risque de mal se passer. Nous avons assez attendu pour avoir un peu de patience.

– OK !

L'Américain démarra et ils passèrent devant la Suzuki blanche. Pourvu que Perverst ne fasse pas l'idiot.

*
**

L'homme connu sous le nom d'Abu Salim refrénait une furieuse envie de se lever et de quitter la salle de cinéma. A la seconde où son portable avait sonné, sans qu'il y ait personne au bout du fil, toutes ses défenses s'étaient activées. Depuis la trahison avérée d'Ali Masood Afridi, il s'attendait à cela. Hélas, il lui était impossible de se débarrasser de son portable. Beaucoup de gens ne pouvaient le joindre que de cette façon. Ceux, notamment qu'il attendait. Il était obligé de répondre à chaque appel.

Il essaya de se rassurer en se disant que le propre d'un portable, c'est justement de ne pas révéler où on se trouve.

Mais il ne sous-estimait pas pour autant ses adversaires et se méfiait de tout le monde. En toute logique, quelqu'un devait être en train de l'observer. Sinon, le portable aurait dû sonner depuis longtemps... Dans la pénombre, il regarda autour de lui. Il ne connaissait pas tout le monde. Son regard accrocha la poitrine qui déformait la *kamiz* de sa voisine. Et, instinctivement, il fut en alerte. Il y avait très peu de femmes seules à University Town. Celle-là paraissait inoffensive, il l'avait observée, attiré par son joli visage, tandis qu'elle bavardait avec des gens dans le hall.

Et pourtant...

En habitué de la vie clandestine, il se fiait à son instinct... Tandis que le film se déroulait sur l'écran, il se mit à réfléchir. Il fallait admettre à présent que ses adversaires l'avaient localisé.

Sur le plan légal, il ne risquait rien, il y avait peu de chances qu'ils s'adressent aux Pakistanais. Restait l'action directe et brutale. Mais cela se prépare. Donc, il avait un certain répit. Qui pouvait s'allonger s'il parvenait à endormir ses adversaires, à leur faire croire qu'ils le manœuvraient à leur aise. Cela impliquait une manœuvre audacieuse, mais qui pouvait, bien menée, retourner la situation en sa faveur... Quand la lumière se ralluma, il était de nouveau serein. Il se leva, et au lieu de partir, se mêla à la foule agglutinée autour du buffet, avide de manger et de boire.

Une voix fit derrière lui :

– Vous avez aimé le film ?

Il se retourna et rencontra le regard plein d'innocence de sa voisine, un verre de soda à la main.

*
**

Un « coordinateur » boutonneux et un peu glauque passa un bras autour des épaules de Dorothy O'Leary avec un rire gras et lança un clin d'œil à Abu Salim.

– C'est la plus belle infirmière de Peshawar. Et elle connaît l'Afghanistan comme sa poche.

– Oh ! il ne faut pas exagérer, protesta la Canadienne.

Elle bavardait depuis un moment avec le jeune barbu et n'arrivait pas à croire que c'était le monstre décrit par Ralph et Malko. Il s'était présenté comme un ingénieur au chômage ayant trouvé une mission de courte durée à Peshawar, afin d'étudier l'implantation d'une usine d'engrais. Son anglais était excellent, il avait de l'humour, du charme et un sourire ravageur.

Dorothy avait parlé d'elle, de son rôle dans différentes ONG, de son métier d'infirmière et du Canada. Au bout d'une heure, ils bavardaient comme de vieux amis. La nuit était tombée. Dorothy O'Leary regarda soudain sa montre.

– Oh mon Dieu, il faut que j'y aille, j'ai rendez-vous au *Club américain* pour un dîner avec des amis.

– Je vais partir aussi, dit le jeune homme.

Ils se retrouvèrent dans Old Bara Road.

– Vous avez une voiture ? demanda-t-il.

Elle rit.

– Non, je ne suis pas assez riche. Je vais prendre un *tonga* ou un rickshaw.

– J'ai une voiture qu'on m'a prêtée. Je vous dépose, suggéra-t-il.

En montant dans la Suzuki blanche, Dorothy avait du mal à maîtriser les battements de son cœur. Où allait-il l'emmener ? Brutalement, elle fut submergée par une angoisse aveugle... Elle n'osait même plus regarder son compagnon. Le trajet lui sembla très court. Devant le club, Abu Salim lui demanda :

– Vous venez souvent à l'IRA ?

A Peshawar, on adorait les sigles et les raccourcis.

– Parfois, fit la jeune femme, la main sur la portière.

– Nous pourrions dîner un soir ensemble, proposa-t-il. Vous connaissez le *Salateen* ? C'est ce qu'il y a de moins mauvais.

– Oui, pourquoi pas, répondit Dorothy machinalement.

Sa peur se dissipait un peu. Les deux *chowkidar* du club américain se trouvaient à quelques mètres.

– Où puis-je vous joindre ?

Elle hésita.

– Je n'ai pas le téléphone, mais vous pouvez me laisser un message à l'IRA, je passe ou je téléphone tous les soirs. A propos, comment vous appelez-vous ?

– Amar. Mir Amar. Vous vous souviendrez ?

– Sûrement, fit la jeune femme, en sautant à terre. Alors, peut-être à bientôt.

*
**

– Son portable a sonné à 17 h 20 environ, annonça Dorothy O'Leary qui venait de rejoindre Malko et Ralph McCarthy au *Club américain.*

Abu Salim ne risquait pas de la suivre... L'entrée en était interdite aux Pakistanais et il fallait montrer son passeport pour y pénétrer.

Malko se sentit envahi d'une joie incroyable. Euphorique. Un peu comme le joueur qui mise tout ce qu'il a sur un numéro plein à la roulette, et qui voit la boule s'arrêter dessus.

Enfin, il avait un personnage en chair et en os correspondant au mystérieux Abu Salim. Le mollah-sandwich ne verrait jamais ses turpitudes révélées et il allait pouvoir neutraliser le terroriste.

– Vous croyez qu'il ne s'est douté de rien ? interrogea anxieusement Dorothy O'Leary. J'ai peur.

– Je ne pense pas, fit Malko. Si votre attitude a été naturelle.

– C'est étonnant qu'il m'ait invitée à dîner.

– Non. Pas forcément. Et puis, rien ne dit qu'il appelle...

Il avait du mal à y croire, car il avait fallu plusieurs morts et bien des difficultés pour en arriver là. Désormais, l'homme qui avait donné l'ordre de faire sauter le Boeing 747 de la TWA avait un visage, une voix, et bientôt une adresse. Si Perverst ne l'avait pas perdu...

Ils commencèrent leur repas. Les hamburgers semblaient sortis d'une poubelle, la salade était mangée aux mites et les frites auraient donné la nausée à un affamé. Ils en étaient au café lorsqu'un garçon vint prévenir Ralph McCarthy qu'on le demandait à l'entrée. Il se leva aussitôt. Lorsqu'il revint, il avait du mal à cacher sa satisfaction.

– Plot 34, secteur A3, phase 5, annonça-t-il. On le tient.

– Perverst ne s'est pas fait repérer ?

– Il dit que non. Mais ce sera difficile de le surveiller. Cette partie d'Hayatabad est encore très peu construite. La maison où il se trouve est isolée.

Malko esquissa un sourire.

– Je voudrais bien avoir un magnum de Taittinger Comtes de Champagne rosé 1991 et un kilo de caviar pour célébrer cela !

En fait de caviar, c'était plutôt de la nourriture pour animaux.

Encore sous le coup de l'émotion, Dorothy O'Leary semblait ailleurs.

– Avec l'adresse, on trouvera son nom dès demain, expliqua Ralph McCarthy. Je connais le type de la Special Branch qui « gère » les étrangers de Peshawar. Il y en a environ deux cents. Il suffit de prendre le fichier. J'ai hâte d'être à demain.

– Et moi donc, fit Malko.

Dorothy O'Leary ne dit rien : elle avait encore les jambes tremblantes d'avoir côtoyé un personnage comme le mystérieux Abu Salim. Elle appela le garçon et tenta, avec des mots simples, de lui expliquer comment confectionner un « Caïpirinha » avec du Cointreau, de la glace et des citrons verts. Elle avait absolument besoin de faire fondre la boule qui lui obstruait le gosier.

*
**

On entrait comme dans un moulin à la Special Branch. Ralph McCarthy avait garé sa Nissan sur le terre-plein en face du portail gardé par une sentinelle nonchalante et, accompagné de Malko, il se dirigeait vers le bureau des étrangers, situé à gauche de l'entrée. La porte était ouverte. Une demi-douzaine d'expatriés des ONG faisaient la queue pour renouveler leur permis de séjour. Dans ce pays aux frontières totalement perméables, l'administration tatillonne veillait sur les visas avec un soin maladif.

L'intérieur ne respirait pas le luxe. Des murs blancs, trois ventilateurs anémiques brassant un air poisseux, des étagères tout le long des murs, qui ployaient sous d'énormes registres noirs attaqués par les rats et l'humidité et semblaient pourrir dans l'indifférence générale. Ici, l'ordinateur était inconnu... On écrivait encore à la main. Passant devant trois fonctionnaires visiblement fatigués et grincheux en train de jouer du tampon, Ralph McCarthy alla droit au chef de service, un Pakistanais bedonnant dont les lourdes paupières semblaient prêtes à se fermer.

– *Salamaleykoum !*

Le fonctionnaire sursauta et referma vivement le *Playboy* saisi par les douaniers qu'il regardait, dissimulé sous une couverture de magazine pakistanais. Son visage s'éclaira en voyant l'Américain et il lui tendit une main molle et grasse.

– *Aleykoum salam !*

Ralph McCarthy déposait déjà deux paquets sur son bureau. L'un contenait une bouteille de Defender « Cinq ans » et disparut aussitôt dans un tiroir ; l'autre, plus petit, un briquet Zippo avec son étui en cuir.

– Je te l'ai fait venir des Etats-Unis, précisa l'Américain. C'est la dernière série « Harley Davidson ».

L'autre se répandit en remerciements et ouvrit le paquet, heureux comme un gosse à qui on offre un jouet.

– *Thank you ! Thank you !*

Penché vers lui, Ralph McCarthy passa aux affaires sérieuses.

– Je cherche un petit renseignement, fit-il. L'adresse d'un copain. Tu permets ?

Il retournait déjà un classeur en bois posé sur le bureau qui contenait, classées par ordre alphabétique, les identités de tous les étrangers séjournant légalement à Peshawar.

– *Please,* fit le fonctionnaire en faisant jaillir la flamme du Zippo, en extase.

L'Américain était déjà en train d'examiner rapidement les fiches, ne regardant que les adresses. Chacune comportait une photo, l'identité, l'adresse et quelques renseignements. Il était à la lettre H quand il retira un rectangle de carton crasseux de la boîte.

La photo représentait un jeune homme barbu, aux traits réguliers, qui correspondait à l'homme de la Suzuki blanche. En plus des indications manuscrites portées sur la fiche, la photocopie de son passeport était agrafée au document.

Malko lut par-dessus l'épaule de Ralph McCarthy : « Aktar Nadjy Hadd. Né le 27 janvier 1962 à Koweit City. Nationalité jordanienne. Titulaire d'un passeport délivré par le consulat jordanien au Koweit en octobre 1984. »

Il y avait également une adresse au Koweit. Ralph McCarthy nota rapidement toutes les informations, remit la carte en place et remercia le fonctionnaire pakistanais d'un sourire.

– OK. *Thank you.*

Il était déjà dehors, dans un état d'excitation indescriptible. Enfin, Abu Salim n'était plus un fantôme.

– Filons à Islamabad, conseilla Malko, voir Joe Hickerson. Cela va être trop compliqué d'enquêter ici.

Les computers de la *Company* avaient du pain sur la planche.

*
**

Grâce au décalage horaire, les recherches avaient abouti rapidement. Ralph McCarthy et Malko étaient arrivés à Islamabad vers une heure, filant directement à l'ambassade. Les stations de la CIA de Koweit City, d'Amman et Langley recoupaient une masse de renseignements depuis deux heures. Joe Hickerson étala devant lui le résultat des investigations.

– Voilà, fit-il. Aktar Nadjy Hadd s'est rendu en Grande-Bretagne en 1986. Possesseur d'un visa de six mois délivré par le vice-consul de Grande-Bretagne au Koweit, le 16 novembre 1986. On a retrouvé son passage à l'arrivée de Heathrow le 17 et à sa sortie le 10 août 1987. Ensuite, de 1987 à 1989, il est allé plusieurs fois en Grande-Bretagne. Il a été étudiant au Oxford College of Further Education et ensuite, au Swansea Institute, où il a étudié l'ingénierie des computers. Il a obtenu un diplôme de fin d'études en 1989.

– Comment savez-vous tout cela ?

– Les Koweitis ont collaboré. La plupart des fichiers ont survécu à l'invasion irakienne de 1991. C'est là que l'on a retrouvé la fiche d'Aktar Nadjy Hadd. Il était résident au Koweit depuis 1974 ainsi que ses parents. Son père était palestinien, sa mère pakistanaise.

– Quand est-il entré au Pakistan ?

– Il y a deux mois. Venant de Dubai.

– Qu'est-il devenu entre 1991 et 1996 ? Où sont ses parents ?

Joe Hickerson eut un geste d'impuissance.

– Pour le moment, on n'en sait rien. Beaucoup d'étrangers ont fui lors de l'invasion irakienne. Certains ont été tués. D'autres sont retournés dans leur pays d'origine ou dans un autre pays du Golfe. Ou même ont poussé jusqu'à l'Australie. Il va falloir des semaines de recherches pour découvrir la vérité.

– Aktar Nadjy Hadd n'a jamais travaillé nulle part après ses études ?

– Pas qu'on sache, mais il y a encore de nombreux pays à inspecter. A commencer par l'Egypte, l'Afrique, le Yémen. Cela va prendre très longtemps.

Malko regardait pensivement les deux fiches signalétiques mises côte à côte. Celle de la Special Branch pakistanaise, et celle transmise par le Koweit. Bizarre. Le profil de cet étudiant sage ayant fait des études au Royaume-Uni n'était pas celui d'un terroriste. Et pourtant, il avait bien identifié l'homme qui se faisait appeler Abu Salim.

Tout à coup, un détail lui sauta aux yeux.

– Il y a quelque chose d'étrange, remarqua-t-il. Sur la fiche que vous ont transmise les Koweitis, Aktar Nadjy Hadd mesure cinq pieds huit pouces. Or, sur le passeport qu'il détient actuellement, il mesure six pieds... Il a donc grandi de quatre pouces (1) entre vingt-quatre et trente ans ?

Les deux Américains se penchèrent sur les fiches, véri-

(1) Douze centimètres environ.

fiant les dires de Malko. Ils se regardèrent, puis vérifièrent les chiffres.

– Il y a un loup, conclut sobrement le chef de la station de la CIA.

*
**

Depuis la découverte de Malko, les fax et les téléphones n'avaient pas arrêté. La vérité se faisait jour. L'homme qui utilisait l'identité d'Aktar Nadjy Hadd n'était pas l'étudiant du même nom qui avait effectué ses études en Grande-Bretagne. Pourtant, la fiche trouvée au Koweit authentifiait son existence. Un Jordanien de ce nom avait bien vécu au Koweit jusqu'en 1989 au moins.

– Je ne vois qu'une explication, avança Malko. Nous sommes en présence d'une manip irakienne. Premier temps, le vrai Aktar Nadjy Hadd est tué par les Irakiens. Accidentellement ou volontairement. A ce stade, impossible de savoir. On fait disparaître son corps et sa famille. Ce qui n'était pas difficile à l'époque, les Irakiens ont massacré une dizaine de milliers de gens. Les services irakiens donnent alors à un de leurs agents l'identité du véritable Aktar Nadjy Hadd.

– Qui serait donc un Irakien ? enchaîna Joe Hickerson.

– Pas forcément. C'est peut-être un Jordanien, un Pakistanais, ou un Yéménite, ou autre. Ce qui est certain, c'est que pour avoir monté une manip pareille, il avait en tête une opération importante nécessitant un secret absolu. Le coup est génial, puisque la fiche du Koweit comporte les empreintes digitales de l'homme que nous connaissons sous le nom d'Abu Salim et maintenant, d'Aktar Nadjy Hadd.

– Qu'est-ce qu'on fait ? demanda Joe Hickerson.

– Rien pour le moment, répliqua Malko. Pour nous, il est évident que cet homme – quel que soit son nom – est le cerveau d'une opération terroriste dont un des crimes a été de détruire le vol 800 de la TWA. Hélas, nous ne possédons aucune preuve matérielle. Ni aux yeux des Pakistanais, ni aux yeux d'une cour de justice.

– On ne va quand même pas le laisser filer ! protesta Ralph McCarthy.

– Bien sûr que non, fit Malko, mais à ce stade, il faut prendre une décision. Rapidement, parce qu'il peut disparaître. Et après... Je pense que le mieux est d'avertir Franck Capistrano.

Joe Hickerson était déjà en train d'écrire.

– J'envoie ça, dit-il, et on va dîner au chinois du *Marriott.* On l'a bien mérité.

Aucun des trois n'avait déjeuné, marchant au café toute la journée.

*
**

Lorsqu'ils revinrent à l'ambassade, le « Marine » de garde, une véritable armoire à glace, tendit à Joe Hickerson une enveloppe scellée.

– De la part du Chiffre, dit-il.

Le chef de station de la CIA attendit d'être dans son bureau pour ouvrir l'enveloppe. Celle-ci ne contenait que trois lignes avec la signature de Franck Capistrano.

Terminate the subject with Extreme Prejudice. By order of the President of United States. Special Advisor for National Security Franck D. Capistrano.

C'était clair. La CIA, donc Malko, recevait l'ordre de liquider physiquement Aktar Nadjy Hadd, alias Abu Salim.

Intellectuellement, cette solution déplaisait à Malko. On ne saurait jamais de façon certaine qui était vraiment Abu Salim et pour qui il travaillait. Mais, d'un autre côté, s'il leur glissait entre les mains et continuait son œuvre de mort, c'était encore pire.

Il détestait ce genre de mission, n'ayant jamais été un tueur. Même en face d'un monstre comme Abu Salim...

– On rentre à Peshawar, suggéra Ralph McCarthy.

Ils n'avaient plus rien à faire à Islamabad. Après avoir

pris congé de Joe Hickerson, ils reprirent la route. Deux heures quarante plus tard, ils étaient dans Rahman Baba Road.

Le *chowkidar* leur ouvrit. Dorothy O'Leary lisait sous la véranda, au milieu d'un nuage de moustiques. A peine étaient-ils assis qu'elle annonça :

– « Il » a laissé un message. Pour dîner avec moi demain. Qu'est-ce que je fais ?

Ralph McCarthy répondit, avant même que Malko ait le temps d'ouvrir la bouche.

– Tu acceptes, fit-il.

Il venait d'imaginer le moyen de mettre fin à la carrière de l'homme qui se faisait appeler Abu Salim. D'une façon « propre », si l'on peut dire.

CHAPITRE XIX

Malko regarda Ralph McCarthy, éberlué. Envoyer Dorothy O'Leary dans la gueule du loup ne lui semblait pas vraiment judicieux. L'Américain lui fit un clin d'œil.

– Venez, je vais vous expliquer.

Laissant Dorothy sous la véranda, il entraîna Malko dans son bureau.

Celui-ci écouta ses explications détaillées et techniques.

– Evidemment, reconnut-il, si ça marche, c'est séduisant. Mais il faut que Dorothy soit d'accord. Pas question de lui forcer la main... Je vais lui en parler moi-même.

Il se méfiait un peu de la fougue de Ralph McCarthy. Il alla retrouver la jeune femme qui fumait sous la véranda. Elle le laissa parler sans l'interrompre, tandis qu'il lui exposait le plan imaginé par l'Américain.

– Nous avons reçu l'ordre de neutraliser Abu Salim, conclut-il. On peut envisager plusieurs méthodes. Celle de Ralph me semble la meilleure, la plus « propre ». Mais vous êtes parfaitement libre de ne pas collaborer. Il s'agit quand même d'une élimination physique.

Dorothy O'Leary tira sur sa cigarette.

– D'après ce que vous savez, cet homme est extrêmement dangereux...

– Extrêmement, confirma Malko. Et de toute façon, nous l'éliminerons.

– Si je participe, s'enquit anxieusement la jeune femme, il ne va rien m'arriver ?

– Si vous suivez mes instructions strictement, rien. Mais il ne faut prendre aucun risque. Si vous voyez qu'il vous est impossible d'agir, vous n'agissez pas. Nous emploierons alors une autre méthode. Et souvenez-vous que vous avez affaire à un terroriste sur ses gardes, qui se méfie de tout. Que pensez-vous de son invitation à dîner ?

Dorothy se troubla.

– Je ne sais plus... Il n'y a pas beaucoup de femmes à Peshawar.

Abu Salim était un homme jeune, avec des besoins sexuels comme tout le monde, mais difficiles à satisfaire dans une ville comme Peshawar. Il y avait bien quelques prostituées afghanes qui draguaient parfois dans les rickshaws, mais c'était vraiment très déprimant. De plus, les collaboratrices féminines des ONG, toutes célibataires, avaient souvent des aventures avec des Pakistanais ou des Afghans. Abu Salim ne pouvait donc s'étonner de l'attitude de Dorothy.

– Laissez-lui un message à l'IRA disant que vous pouvez dîner avec lui demain, dit Malko. Si d'ici là vous changez d'avis, cela n'est pas grave.

Dorothy esquissa un sourire courageux.

– Non, non, je veux vous aider.

– Vous rendez service à l'humanité, conclut Malko.

Elle se leva pour aller se coucher et il la suivit des yeux. Il se sentait un peu coupable. Dorothy O'Leary n'appartenait pas à la CIA et il lui demandait de remplir une mission « pointue », comportant un risque minime, mais un risque quand même... En tout cas, Abu Salim ne semblait pas pressé de quitter Peshawar, ce qui leur donnait un peu de marge. Il n'y avait plus qu'à croiser les doigts et à prier. Les prochaines vingt-quatre heures allaient être longues.

*
**

L'homme qui se faisait appeler Abu Salim attendait au volant de sa Suzuki garée en face de l'IRA, là où Dorothy devait le rejoindre. Il avait beaucoup réfléchi durant les dernières vingt-quatre heures, arrivant à la conclusion qu'il serait plus utile à sa cause vivant que mort ou emprisonné.

C'était un déchirement pour lui d'abandonner l'opération projetée au stade final. Cela signifiait des mois d'efforts réduits à néant. Des gens qui lui avaient fait confiance et qui n'allaient pas le trouver à Peshawar. Il se consolait en se disant qu'il se retirait sans rien perdre et qu'il pourrait remettre sur pied la même opération, plus tard et ailleurs.

Sa décision était prise : il partirait pour l'Afghanistan le lendemain à l'aube. De là, il regagnerait sa base et se ferait oublier quelque temps, pour réapparaître sous une autre identité et renouer les fils. Mais avant de partir, il ferait un ultime pied de nez, féroce.

Un rickshaw s'arrêta devant l'ONG et l'infirmière avec qui il avait rendez-vous en descendit. Aussitôt, il donna un coup de phares pour attirer son attention. C'était sa dernière soirée à Peshawar et il allait en profiter pleinement.

Joignant l'agréable à l'utile.

*
**

En dépit de la boule qui lui pesait sur l'estomac, Dorothy O'Leary oubliait la personnalité d'Abu Salim et en arrivait à se dire qu'il avait beaucoup de charme.

Habillé à l'occidentale, avec un polo et un jean, il ressemblait à n'importe quel jeune. Au *Salateen,* les dîneurs lui jetaient des regards d'envie, car Dorothy était appétissante comme un beau fruit mûr. Ils parlaient religion, différences entre l'Occident et l'Islam, et il la questionnait beaucoup. Dorothy n'avait rien à cacher et racontait son cheminement depuis le Canada. Et la sympathie qu'elle éprouvait pour l'Orient et l'Afghanistan en particulier.

Abu Salim mangeait peu, mais buvait beaucoup de Pepsi. Elle le trouvait beau avec sa barbe très noire bien taillée. De toutes ses forces, elle s'efforçait de se persuader que c'était un rendez-vous comme un autre, avec un homme plutôt séduisant et célibataire. A certains regards insistants, elle sentait qu'il avait envie d'elle. Volontairement, elle avait mis un T-shirt assez échancré pour découvrir la naissance de ses seins... Se sentir désirée ainsi lui vidait le cerveau. La partie « apparente » de sa mission n'allait pas être trop difficile à remplir. Si Abu Salim savait lire dans ses yeux, il devait y voir une complicité érotique évidente.

9 h 45. Une bande de touristes coréens bruyants, venus faire du trekking dans l'Himalaya, avait débarqué. Dorothy acheva son thé, et proposa :

– On y va ?

Abu Salim sortit d'une sacoche en cuir une mince liasse de billets et compta soigneusement le prix du dîner. Elle réalisa qu'il avait très peu parlé de lui, sinon pour dire qu'il voyageait beaucoup. Ils se retrouvèrent devant la Suzuki. C'était le moment critique.

– Vous devez rentrer tout de suite ? demanda Abu Salim d'un ton détaché.

Dorothy eut un rire un peu forcé.

– Tout de suite, non. Personne ne m'attend...

– On peut aller prendre un thé chez moi, bavarder un peu.

– Vous me ramènerez ?

– Bien sûr.

– Où habitez-vous ?

– Hayatabad.

Vingt minutes plus tard, après avoir traversé le *no man's land* de la phase 5 encore très peu construite, il s'arrêta en face d'une maison massive entourée de hauts murs. La lune brillait. Il laissa la Suzuki dehors et conseilla :

– Ne faites pas trop de bruit. Je n'ai que le rez-de-chaussée.

Il la guida vers le porche et s'effaça pour la faire entrer. Son logement ne comportait que deux pièces. Une chambre avec un matelas posé à même le sol et un living, guère plus meublé. Une grande table basse, des tableaux aux murs, sans intérêt, un canapé et deux fauteuils. Une ampoule nue pendait du plafond. Ce n'étaient pas les Mille et Une Nuits.

– *Tchai ?* demanda-t-il.

– Oui.

– OK, je vais le faire.

Il posa sa sacoche sur la table et disparut dans le couloir menant sûrement à la cuisine. Dorothy attendit quelques secondes avant de se pencher en avant et d'ouvrir rapidement la sacoche. Elle y glissa la main et sentit sous ses doigts la forme oblongue d'un téléphone portable. La voix d'Abu Salim la fit sursauter.

– Ça va ? Vous ne vous ennuyez pas ?

– Ça va ! cria Dorothy.

Le pouls à deux cents, elle venait de tirer de son sac de toile le portable remis par Malko. En dix secondes l'échange fut fait. Celui d'Abu Salim atterrit au fond de son sac, et l'autre dans la sacoche. Quand il revint avec deux tasses de thé, elle fumait une cigarette, en essayant de maîtriser les battements de son cœur. Elle avait l'impression idiote qu'il pouvait voir à travers les murs.

– C'est vous qui peignez ces tableaux ? demanda-t-elle.

Il rit de bon cœur.

– Non, je ne peins pas. C'était au précédent locataire.

Elle commença à boire son thé, très fort, tout en bavardant de choses et d'autres. Abu Salim s'était assis sur la table basse, en face d'elle, très sagement. Mais peu à peu, durant la conversation, il se déplaça et finit par se retrouver à côté d'elle sur le canapé. Visiblement, il n'avait pas l'habitude des femmes. Seul son regard était éloquent. Elle attendait un geste qui ne venait pas. Une pluie tropicale s'était mise à tomber, brutalement, avec un grondement sourd.

– Il va falloir que je rentre, avança-t-elle.

– Déjà ?

Il semblait vraiment déçu.

– Je me lève très tôt, expliqua-t-elle, je fais du sport tous les matins.

Elle n'avait plus envie de lui, après ce qu'elle venait de faire. Elle éprouvait un mélange de crainte et de dégoût, et une seule envie : filer le plus vite possible. Elle se leva. Il en fit autant. Ils se trouvaient à quelques centimètres l'un de l'autre. Brusquement, il la prit dans ses bras, la serrant de toutes ses forces. Maladroitement, sans tendresse, comme un collégien boutonneux. Il ne l'embrassa pas et, sans un mot, se mit à lui palper la poitrine. Cela n'avait rien d'érotique et Dorothy voulut le repousser quand elle remarqua que le devant de son jean était déformé par une bosse énorme.

Cela l'excita et fit tomber, en un clin d'œil, toutes ses défenses. C'était peut-être un terroriste, mais un terroriste qui bandait pour elle.

Elle se sentit fondre. Comme douée d'une vie propre, sa bouche se colla à la sienne, sa langue partit à l'aventure et son ventre s'incrusta contre cette merveilleuse érection. Dorothy n'était plus qu'une femelle tenaillée par l'envie de sentir au fond de son ventre ce membre dressé et impatient.

Abu Salim ne perdit pas de temps. L'entraînant dans la pièce voisine, il la jeta pratiquement sur le lit, fouillant aussitôt entre ses cuisses avec l'impétuosité d'un affamé. Dorothy gémit de bonheur en sentant ses doigts accrocher sa culotte et la tirer vers le bas. Elle se souleva pour l'aider à la débarrasser du triangle de dentelle. A peine y fut-il parvenu qu'en un clin d'œil, il ôta son jean, l'arrachant en même temps que son slip et ses baskets. Le long sexe mince et brun se détendit comme un arc.

Instinctivement, Dorothy tendit la main et l'enserra de ses doigts. Fatale imprudence. A peine eut-elle tiré la peau vers le bas qu'elle sentit le membre frémir. Abu Salim poussa un cri aigu et sa sève jaillit à la verticale, tandis qu'il se laissait aller sur le dos. Frustrée, Dorothy n'hésita pas une seconde, l'enfonçant tout entier dans sa bouche.

Pas pour longtemps.

D'un sursaut de tout son corps, le jeune homme l'écarta avec un grognement furieux. Vexée, Dorothy le reprit en main et entreprit de le manualiser avec adresse. Son ventre la brûlait : elle le voulait en elle. Tout de suite.

En quelques minutes, il fut à nouveau raide comme une barre de fer. Dorothy ne renouvela pas son erreur et s'allongea jambes ouvertes dans une posture sans équivoque. Elle n'eut pas longtemps à attendre. Abu Salim se jeta sur elle et l'embrocha comme un soudard, avec un grognement ravi.

En sentant cette longue tige l'envahir brutalement, la jeune femme eut un orgasme immédiat, dont son partenaire ne sembla même pas s'apercevoir. Il la replia comme une grenouille puis se mit à la baiser comme un furieux, à grands coups de reins, comme s'il voulait lui faire éclater l'utérus. Dorothy hurlait de bonheur. A ce rythme, le jeune homme ne résista pas longtemps, lançant pour la seconde fois sa semence avec un cri sauvage. Dorothy eut l'impression d'en sentir le choc sur ses parois secrètes.

Abu Salim s'était écroulé sur elle, respirant lourdement sans se retirer. Après quelques instants d'immobilité, il se remit à bouger, toute sa force intacte ! D'abord lentement, puis de plus en plus fort, il repartit pour une nouvelle cavalcade. Cette fois, cela dura quand même un peu plus longtemps. Dorothy, ravie, ruisselante, savourait chaque instant de cet accouplement sauvage, les ovaires ébranlés par ce foret puissant, le cerveau en capilotade. Elle eut du mal à cacher sa déception, quand, après un ultime coup de reins, comme pour la transpercer de part en part, son amant retomba sur le dos, soufflant comme un phoque.

Trois minutes plus tard, il était debout, rhabillé.

– Je vous ramène, proposa-t-il avec un sourire.

Dorothy avait l'impression qu'il était encore en elle... Elle dut faire un effort surhumain pour se relever, ramasser sa culotte et la remettre. Encore groggy, elle suivit Abu

Salim sans protester, le cerveau vide. Dehors, il tombait des trombes. Soudain, elle sursauta.

– Mon sac !

Elle l'avait oublié dans le living.

– Je vais le chercher, dit Abu Salim en sautant de la Suzuki.

Il revint quelques instants plus tard et démarra aussitôt, fonçant dans la tornade, contournant des arbres renversés, franchissant de véritables lacs. Dorothy était trop épuisée pour parler et réalisa au dernier moment qu'ils se trouvaient devant l'ONG. Abu Salim l'embrassa sur la joue avec un sourire.

– Salut. A bientôt.

Il démarra aussitôt, tournant à droite. A peine avait-il disparu qu'une voiture donna un coup de phares. Dorothy, déjà trempée, courut vers elle. Comme convenu, Ralph McCarthy était venu la récupérer.

*
**

A peine eut-il tourné dans la petite allée sombre qu'Abu Salim éteignit ses phares. Il effectua un rapide demi-tour et attendit, surveillant Old Bara Road. Il entendit un bruit de moteur et vit passer un gros 4 x 4. Sachant où il allait, il put se permettre de ne pas démarrer tout de suite, afin de ne pas se faire repérer.

Le souvenir du plaisir qu'il venait d'éprouver était déjà loin. A nouveau, il se sentait froid comme un iceberg. Quand la voiture qu'il suivait tourna dans Rahman Baba Road, il parcourut encore quelques mètres et stoppa. D'un seul mouvement, il sauta à terre, attrapa un pistolet-mitrailleur Skorpio dissimulé sous son siège et se mit à courir silencieusement. La pluie lui fouettait le visage, mais le grondement de la tempête le transformait en un fantôme silencieux, presque invisible.

Il arriva à la hauteur de la Nissan Patrol arrêtée devant le portail alors que celui-ci était en train de s'ouvrir.

De la main gauche, il ouvrit la portière à toute volée, puis braqua le Skorpio sur le conducteur.

La courte rafale claqua au moment où le *chowkidar* finissait d'ouvrir le portail. Le conducteur tourna la tête vers Abu Salim. La dernière chose qu'il aperçut fut le museau du Skorpio et les flammes jaunes qui en jaillissaient.

Il n'eut le temps de rien faire et s'effondra, atteint de plusieurs projectiles. Déjà Abu Salim faisait le tour en courant. Il essaya d'ouvrir la portière de droite, sans y parvenir : Dorothy O'Leary avait eu le réflexe de la bloquer en voyant ce qui se passait. Rageusement, il approcha le canon du pistolet-mitrailleur de la tôle et lâcha une rafale à travers la portière avant de s'enfuir.

Une minute plus tard, il fonçait vers Hayatabad, satisfait. Tout s'était déroulé comme prévu. A la seconde où la fille s'était assise à côté de lui, à l'ONG, il avait su. Ses adversaires avaient été assez stupides pour croire qu'un numéro de séduction suffirait à l'aveugler. Tout ce qu'ils avaient obtenu, c'était de lui offrir quelques moments de détente agréables, et l'occasion de liquider un agent américain. Sinon, il serait, de toute façon, parti le lendemain.

CHAPITRE XX

Malko sursauta en entendant les glapissements du *chowkidar.* Saisissant son Beretta 92, il se rua vers le jardin éclairé par les phares de la Nissan, puis contourna la portière ouverte. Il aperçut Ralph McCarthy affalé sur son volant et cria :

– Ralph ! *You are OK ?*

Pas de réponse. Malko voulut le bouger et le corps bascula lentement vers l'extérieur.

A son poids, il réalisa aussitôt qu'il avait cessé de vivre.

Malko plongea dans la voiture. Dorothy O'Leary gémissait, pliée en deux sur son siège. Il la tira vers lui pour la sortir du véhicule et aussitôt elle poussa un hurlement de douleur.

– Où êtes-vous touchée ? demanda-t-il.

– Au ventre... J'ai mal, balbutia-t-elle.

Il n'y avait pas à hésiter. Le *chowkidar* contemplait la scène, abasourdi.

Malko l'appela, et à deux, ils transportèrent le corps inerte de l'Américain jusqu'à son *charpoi.* Hélas, pour lui, il n'y avait plus rien à faire... Malko fonça jusqu'à la Nissan, se mit au volant et lança à Dorothy :

– Je vous emmène à l'hôpital ! Tout va bien aller.

L'odeur fade du sang avait envahi l'habitacle. Priant silencieusement, il se lança dans les rues désertes d'University Town. Il n'y avait qu'un endroit où se rendre : le

Lady Reading Hospital, à côté du vieux Fort. Le trajet fut un supplice. A chaque cahot, Dorothy criait de douleur. Malko était partagé entre le désir de la faire soigner le plus vite possible et la crainte que les chocs n'aggravent encore son hémorragie. Dans Jamrud Road, il dut brutalement ralentir, sous des trombes d'eau. Il crut qu'il ne passerait jamais.

– J'ai mal, j'ai mal...

Le leimotiv lancinant de la jeune femme blessée lui nouait la gorge. Il lui parlait tout en conduisant, lui caressait les cheveux, essayait de la réconforter. Enfin, il grimpa la côte menant à l'entrée des urgences et s'arrêta devant la porte en klaxonnant furieusement.

A Peshawar, on était habitué à la violence. Une minute plus tard, Dorothy, allongée sur une civière, un goutte-à-goutte enfoncé dans le bras, disparaissait vers la salle d'opération, laissant Malko en train de remplir les documents administratifs. Il fallut prévenir la police, expliquer qu'ils avaient été attaqués par un inconnu qui avait rafalé la voiture et qu'il y avait une autre victime.

Grâce à son portable, Malko alerta Joe Hickerson. Ce dernier prit immédiatement contact avec la Special Branch de Peshawar avant de sauter dans une voiture.

Il n'y avait plus qu'à attendre. On était en train d'opérer Dorothy. Assis sur une banquette de la salle d'attente, il essaya de deviner ce qui s'était passé. Il retourna dans la Nissan prendre le sac de la jeune femme. Il en sortit un portable. Etait-ce celui qu'il lui avait remis, ou la jeune femme avait-elle pu procéder à la substitution ? Impossible à dire sans le démonter. Manœuvre délicate. Car Ralph McCarthy avait « piégé » l'appareil. Une idée simple et diabolique. Il avait introduit dans le portable environ quarante grammes de C.4, un explosif puissant, ce qui ne l'empêchait pas de fonctionner. Le détonateur était actionné par un signal radio codé acheminé en même temps qu'une communication téléphonique.

Il suffisait donc d'appeler la personne concernée,

de s'assurer que c'était bien elle et de lancer le signal, pour que l'appareil explose contre la tête de la personne en train de communiquer. On l'exécutait ainsi à coup sûr. Seulement, c'était impossible à faire tant que Malko ne serait pas certain que la substitution avait été effectuée.

Et pour cela, il devait parler à Dorothy O'Leary.

Il essaya de deviner ce que pouvait faire Abu Salim. Ce dernier, se sachant découvert, ne devait avoir qu'une idée : filer. Le plus simple pour lui était l'Afghanistan. Ou l'avion, ou la voiture. Personne ne le recherchait encore.

De toute façon, ou il était parti, ou Malko avait quelques heures devant lui. Il n'y avait pas d'avion avant le matin.

*
**

– C'est très grave. Plusieurs perforations intestinales. Elle a perdu beaucoup de sang.

Le médecin pakistanais encore en tenue, épuisé après quatre heures d'opération, essayait de sourire à Malko. Dorothy O'Leary était en réanimation.

– Quel est le pourcentage de chance ?

– Cinquante-cinquante.

Malko tiqua intérieurement. Quand un chirurgien dit cela, cela signifie quatre-vingt-quinze-cinq. Il était près de quatre heures du matin. La fatigue commençait à lui tomber sur les épaules. Joe Hickerson était arrivé deux heures plus tôt, après avoir battu le record Islamabad-Peshawar.

– Quand reprendra-t-elle connaissance ? demanda Malko au chirurgien.

– Pas avant deux ou trois heures. Et elle sera très faible. Allez vous reposer.

Il quitta l'hôpital en compagnie de Joe Hickerson. L'odeur du sang dans le 4 x 4 lui rappela le drame. Qu'est-ce qui avait cloché ? Il repassa à University Town, luttant contre une tristesse horrible. Le corps de Ralph

McCarthy avait été emporté par la police. Il lui semblait encore entendre le rire joyeux de l'Américain que la mort avait rattrapé dans sa semi-retraite. Il était 4 h 20 du matin. Dans un peu plus d'une heure, il ferait jour. Il était temps de s'occuper d'Abu Salim.

Un quart d'heure plus tard, laissant Joe Hickerson dans la maison de Rahman Baba Road, il était à Hayatabad. Il passa lentement devant la villa habitée par le terroriste. Aucun signe de vie, le portail était fermé, pas de lumière. Il prit position au bout de la rue, le long du mur d'un entrepôt, et surveilla la villa. Peu à peu, le ciel commença à s'éclaircir. Il fit bientôt jour. Le portail demeurait fermé. Dans l'ignorance où il se trouvait au sujet de l'échange des portables, la solution qui s'imposait était simple. Dès que le jour serait complètement levé, il se ferait ouvrir par le *chowkidar* et irait affronter celui qui se faisait appeler Abu Salim.

Un duel loyal. En sus de tout, il avait hâte de venger Ralph McCarthy et Dorothy, tous les deux froidement abattus.

Il était tellement tendu vers sa vengeance qu'il crut rêver en voyant le portail s'ouvrir. Un 4 x 4 Suzuki en sortit, tourna à droite vers Jamrud Road. Malko démarra à son tour, le pouls en folie. Abu Salim avait choisi la fuite. Cinq minutes plus tard, il atteignait Jamrud Road et tournait à gauche, se dirigeant donc vers la Khyber Pass et non vers l'aéroport. Dans une heure, il serait en Afghanistan. Malko accéléra, l'autre en fit autant. La rage au ventre, il réalisa que quelques kilomètres plus loin, Abu Salim allait automatiquement le semer. Lui n'aurait aucun mal pour franchir le *check-point* de Kharkano, alors que Malko serait stoppé, faute d'être en possession du permis pour la zone tribale.

L'un suivant l'autre, ils entrèrent dans la dernière ligne droite précédant le *check-point,* distant d'environ trois kilomètres. Il n'y avait plus qu'une option. Tout en conduisant, Malko sortit son portable et composa le 0351 763872, le numéro de celui que leur avait remis

Afridi. Il allait très vite savoir si Dorothy avait eu le temps de procéder à la substitution. Roulant à plus de cent, l'appareil collé à l'oreille, il attendit, comptant les battements de son cœur, guettant le signal « occupé » signifiant qu'il avait perdu.

La sonnerie se déclencha. A la cinquième, une voix d'homme fit :

– *Atcha ?*

– Abu Salim ?

Il y eut quelques interminables secondes de silence. Le terroriste devait chercher à identifier la voix de Malko qu'il n'avait jamais entendue. Il n'était plus qu'à un kilomètre du *check-point.*

– *Atcha !*

Malko écarta le portable de son oreille et appuya sur la touche « Etoile ». Il n'eut pas longtemps à attendre. La Suzuki, devant lui, fit un violent écart, et des éclats de verre accompagnés d'un peu de fumée jaillirent de ses glaces éclatées. Le véhicule continua ensuite tout droit dans le fossé, où il bascula. Malko fut sur place en moins d'une minute et sauta à terre. L'intérieur de la Suzuki était plein de fumée. Toutes les glaces étaient volatilisées. Les mains du conducteur étaient encore sur le volant, mais il n'avait plus de tête... Les parois intérieures du véhicule avaient été aspergées de sang, de matière cervicale, de débris d'os, de fragments de chair.

Abominable.

Malko aperçut une sacoche d'officier sur le sol et la prit. Elle était couverte de sang. Les soldats du *check-point* allaient se poser des questions... Au moment où il s'apprêtait à regagner son véhicule, il aperçut sur la banquette arrière, tachées de sang comme le reste, des boîtes en carton avec une face translucide.

Des cartons contenant des poupées !

Il en prit une et fila vers son 4 x 4. Croyant à un simple accident de la route, les soldats ne se pressaient pas. Malko eut largement le temps de faire demi-tour et de reprendre la route de Peshawar. Ainsi, Dorothy O'Leary avait bien réussi à échanger les deux portables.

L'homme qui se faisait appeler Abu Salim ne nuirait plus à personne, mais le prix à payer était lourd.

Joe Hickerson l'attendait à la maison. Le visage sombre, des larmes dans les yeux.

– Dorothy n'a pas tenu le coup, annonça-t-il. Elle ne s'est pas réveillée. Ils ont tenté l'impossible.

*
**

Un silence de mort régnait dans le bureau du général Hadj Shrif Emtiaz, le patron de l'ISI. Joe Hickerson et Malko lui faisaient face. Grâce aux documents trouvés dans la Suzuki, la CIA avait pu apprendre beaucoup de choses. C'est Joe Hickerson qui prit la parole :

– L'homme que nous connaissions sous le pseudonyme d'Abu Salim était un Irakien, expliqua-t-il. Nous avons trouvé sur lui un passeport authentique au nom de Djamal Takriti. Il l'utilisait peu, préférant celui de l'homme dont il usurpait l'identité, le Pakistanais né au Koweit du nom d'Aktar Nadjy Hadd.

– Donc, cet homme n'était pas pakistanais, interrompit le général.

– Non. Bien qu'il parle urdu parfaitement. Nous ignorons et ignorerons encore pour longtemps ses tenants et aboutissants.

– Qu'est devenu le véritable Nadjy Hadd ?

Joe Hickerson eut un geste d'impuissance.

– Il est très probablement mort. Les services irakiens l'ont sûrement fait disparaître ainsi que toute sa famille lors de leur entrée au Koweit. Là aussi, c'est difficile d'en savoir plus.

– Que faisait-il au Pakistan ?

Malko prit le relais, tendant à l'officier général une liasse de documents.

– Voilà ce que j'ai trouvé dans la Suzuki, expliqua-t-il. Il y a là-dedans les éléments d'une véritable campagne de terreur dirigée contre les Etats-Unis. L'idée était de faire placer des bombes par différentes personnes dans *onze* gros porteurs de différentes compagnies américaines : TWA, United Airlines, Delta, North West Airlines. Pour chaque attentat prévu, il y a une étude, avec les escales, les précautions à prendre, les sièges à réserver. Tous ces attentats devaient se produire dans un laps de temps très court. A mon avis, Abu Salim avait rendez-vous à Peshawar avec un certain nombre d'exécutants qui devaient venir prendre leurs consignes et les engins explosifs dissimulés dans des poupées.

– Nous en avons trouvé dix dans la Suzuki, remarqua le général.

– Moi, j'ai pris la onzième, dit Malko. Le compte y est.

C'était un plan diabolique. Les exécutants ne connaissaient qu'un homme : Abu Salim. Même s'ils se faisaient prendre, cela ne menait nulle part.

– Mais comment les avait-il recrutés ? demanda le général. Et qui sont-ils ?

– Nous ignorons encore beaucoup de choses, il existe de par le monde des réseaux logistiques islamistes... Abu Salim les a peut-être recrutés directement dans les milieux radicaux. Ses carnets parleront probablement.

– Il est donc responsable de l'explosion du vol 800 de la TWA ? interrogea l'officier pakistanais.

Joe Hickerson et Malko se regardèrent.

– Nous n'en sommes pas certains à cent pour cent, avoua l'Américain. La poupée que nous avons trouvée dans la chambre d'Abdul Basin Karim, à Islamabad, est identique à celles d'Abu Salim. Karim a eu la possibilité, sur le trajet Athènes-New York, de dissimuler une poupée explosive sous son siège. Le problème, c'est que le 747 s'est retrouvé au fond de la mer et qu'il est très difficile de retrouver des traces d'explosif. On peut imaginer que Karim a procédé à un parcours de reconnaissance et qu'il n'a pas mis de bombe. Et que, le même jour, le vol 800 a été victime d'une défaillance technique rarissime que personne n'a pu encore prouver. Karim est mort et il est possible qu'on ne le sache jamais.

Le général pakistanais écoutait, fasciné.

– Vous pensez, interrogea-t-il, que derrière Abu Salim, il y a les services irakiens ?

Hickerson eut un pâle sourire.

– J'en serais absolument certain si je possédais des aveux écrits de Saddam Hussein. Mais il y a ce que nous appellerons de fortes convergences. D'abord, il est évident que Saddam Hussein a un sérieux compte à régler avec les Etats-Unis. Ensuite, Abu Salim était irakien et sa fausse identité ne peut avoir été montée que par les Irakiens, lorsqu'ils étaient au Koweit. Enfin, vous trouverez dans son carnet un certain nombre de numéros de téléphone à Bagdad. L'un d'entre eux est la ligne directe du général Nawaf Abdul al Takriti, qui dirige le département des affaires politiques, la branche au sein de la direction générale du renseignement chargée des opérations secrètes. Le général ne traite qu'avec des *Wakeels,* c'est-à-dire des agents irakiens. Il y avait également sur ses passeports plusieurs visas jordaniens. Or, pour aller en Irak, il faut passer par la Jordanie... Bien sûr, les Irakiens n'allaient pas le compromettre en apposant des visas irakiens sur son passeport...

– Je vois ! fit le général, convaincu.

– Ce n'est pas tout, ajouta Malko. Nous avons démonté le système de mise à feu de cette poupée. Il est très sophistiqué et tout à fait similaire à d'autres systèmes trouvés dans des bagages piégés au cours des dernières années. Des mécanismes fabriqués dans les années 80 à Bagdad par le groupe palestinien Abu Ibrahim, qui était alors sous la protection des Services irakiens. Ceux-ci ont dû récupérer ces éléments et cela leur a donné des idées...

La boucle était bouclée. Derrière un gros attentat, il y avait toujours un Grand Service.

*
**

L'Airbus décolla facilement, montant à une pente de 30 degrés, laissant derrière lui les lumières de Dubai. Malko inclina son siège de première. Peshawar était déjà loin. La dépouille de Ralph McCarthy avait été expédiée dans son Wisconsin natal. Malko avait lui-même expédié à sa famille ses affaires personnelles avec son Zippo vietnamien à la devise prophétique. Dorothy O'Leary avait été inhumée dans le cimetière de Peshawar, selon les volontés de sa mère.

Officiellement, elle avait été tuée par un voleur. Mais sa famille avait reçu une lettre signée Franck Capistrano, la remerciant à titre posthume pour l'aide qu'elle avait apportée au démantèlement d'un dangereux réseau de terroristes. Son sacrifice avait très probablement sauvé des centaines de vies humaines.

Malko regarda la boîte de carton posée à ses pieds, à côté du caviar Beluga, et du saumon fumé à la Caucasienne Petrossian achetés au free-shop de Dubai. La poupée semblait sourire derrière le papier transparent. Il avait été chargé de convoyer jusqu'aux Etats-Unis cet engin de mort, témoin d'une monstrueuse vengeance et avait franchi sans problème les contrôles de sécurité à Peshawar et à Dubai. L'extrême légèreté du système de mise à feu interdisait la détection par portique magnétique. Qui se méfie d'un homme rapportant une poupée à sa fille ?

De Paris, il prendrait le Concorde d'Air France pour New York, où Franck Capistrano l'attendait pour le débriefer avant de mettre au courant le président des Etats-Unis des derniers développements de l'enquête.

L'hôtesse qui distribuait les menus lui adressa un sourire.

– Votre fille va être contente... Quelle belle poupée...

Malko lui rendit son sourire. Il suffisait de glisser la « belle poupée » sous son siège, dans l'alvéole du gilet de sauvetage, après avoir activé le système de mise à feu. Et de descendre à l'escale suivante... Il but d'un trait la coupe de Taittinger qu'on venait de lui servir. En ce moment même, un autre Abu Salim était probablement en train de reprendre le flambeau de l'horreur. La lutte contre le terrorisme était un métier de Pénélope.

Il n'était pas certain à cent pour cent d'avoir vengé les morts du vol 800, mais au moins, son action avait évité beaucoup d'autres attentats. Les onze poupées explosives ne détruiraient aucun avion et ne tueraient jamais personne.

IMPRIMÉ EN FRANCE PAR BRODARD ET TAUPIN
Usine de La Flèche (Sarthe), le 06-01-1997.
4424C-5 - Dépôt légal Editeur : 9793 - 01/1997.
ISBN : 2 - 7386 - 5843 - 1
42/5843/0